Laila Ibrahim

Laila Ibrahim a dédié l'essentiel de sa carrière à la direction d'une institution préscolaire qu'elle a fondée. Sa profession d'enseignante combinée à sa formation en psychologie et développement humain lui fournit une matière fertile pour l'écriture, à laquelle elle se consacre entièrement depuis 2015. Elle vit à Berkeley, en Californie, avec son épouse et leurs deux filles.
Le Crocus jaune, son premier roman traduit en France, a paru en 2020 aux éditions Charleston.

Retrouvez l'actualité de l'auteure sur :
www.lailaibrahim.com

LE CROCUS JAUNE

LAILA IBRAHIM

LE CROCUS JAUNE

ROMAN

Traduit de l'anglais (États-Unis)
par Marie-José Thériault

CHARLESTON

Édition originale parue aux États-Unis
en 2014 sous le titre
YELLOW CROCUS,
Lake Union Publishing

MIXTE
Papier issu de sources responsables
FSC
www.fsc.org
FSC® C003309

L'éditeur de cet ouvrage s'engage dans une démarche de certification FSC® qui contribue à la préservation des forêts pour les générations futures.

Pour en savoir plus :
www.editis.com/engagement-rse/

This edition is made possible under a license arrangement
originating with Amazon Publishing, www.apub.com.
Publié par AmazonCrossing, Amazon Media EU Sàrl

ISBN : 978-2-266-31543-2
Dépôt légal : avril 2021

Note de la traductrice

Le langage quasi vernaculaire des personnages noirs de ce roman présente en traduction une difficulté pour laquelle il n'y a pas de solution toute faite. Je dis « quasi vernaculaire », car il n'est que modérément idiomatique, ce qui ne diminue en rien le problème de sa traductibilité.

Impossible, en effet, de le rendre par du « petit-nègre » (créé au début du XXe siècle pour être utilisé dans certaines colonies françaises), par un créole martiniquais, guadeloupéen ou haïtien, ni même par le français cadien (*cajun*) des Acadiens exilés en Louisiane ou le créole des Noirs louisianais. L'un ou l'autre de ces choix aurait produit des non-sens, géographiques et autres, et dans certains cas des problèmes de lisibilité.

Il fallait donc trouver un équivalent crédible qui aille au-delà de la simple élision et de l'absence de négation, mais éviter à tout prix de recourir à un patois ou un argot, quels qu'ils soient, ou d'introduire des éléments de vocabulaire incongrus qui auraient eu pour effet de catapulter les personnages noirs du roman de la Virginie esclavagiste jusqu'en France.

Une solution consistait à façonner une syntaxe qui s'inspire très librement de celle des parlers cadien et acadien, créole louisianais et québécois régional (bas du fleuve Saint-Laurent, Gaspésie, etc.), puisque ces parlers partagent de nombreuses caractéristiques en raison de leurs origines souvent communes (pour simplifier : français régional, surtout poitevin-saintongeais, vocabulaire maritime du XVIIIe siècle, langue parisienne du XVIIIe siècle, etc.) et des parcours migratoires nord-américains qui les ont influencés.

Le résultat de cette hybridation très libre n'est pas parfait, bien entendu, et il ne plaira certainement pas à tout le monde, mais il m'a semblé être la solution la plus appropriée dans ces circonstances.

Quelques exemples :

Maintenant : *là tout suite.*

Quand affirmatif : *là que.*

Si : *si que.*

Est-ce que, comment : *c'est-y que, comment que.*

Il faut : *y faut.*

Nous, vous : *nous autres, vous autres.*

Il, ils : *y* (parfois suivi de *z-* pour la grammaire ou l'euphonie).

Tu : élidé devant une voyelle.

J'ai : *j'as.*

Je vais : *je vas.*

Difficile : *dur.*

Mmh-hmm (pour oui) : reste tel quel.

Comme (parfois) : *comme que.*

Et, et puis : *et, et pis, et pis avec, et avec.*

Pas de négations.

Quelques élisions.

Pas de subjonctif ; exemple : *je suis content que t'es ici*.

De temps à autre, la particule *-là* qui sert à marquer l'insistance ; exemple : *oublie pas-là*.

Pour Kalin, Maya et Rinda, et pour toutes les Mattie du monde – celles d'hier, d'aujourd'hui et de demain

PROLOGUE

Mattie n'a jamais vraiment été à moi. J'ai possédé cette certitude aussitôt et aussi sûrement que je me suis abreuvée du lait de son sein. Elle avait beau *appartenir* à ma famille, elle avait beau occuper le centre de mon univers, son affection la plus profonde ne m'était pas destinée. Aussi, au réconfort qu'elle me procurait s'ajoutait ma peur de la perdre un jour. Ceci est notre histoire. Vous vous demanderez si elle est véridique. Je vous assure qu'elle l'est, même si mes parents préféreraient le contraire. Il n'y a pas d'histoire plus vraie que celle de mon amour pour Mattie et, je suppose, de son amour pour moi.

Chapitre 1

14 avril 1837

Mattie enveloppait le corps chaud de son fils blotti contre elle quand on frappa à la porte. Elle resta allongée sur sa paillasse, peu désireuse de mettre fin à ce moment précieux, écoutant son grand-père qui ronflait doucement. Elle regarda Samuel, pressa son nez contre le cou moelleux du nourrisson pour respirer son odeur suave, essuya tendrement son front luisant de sueur et posa un baiser sur sa tempe. Les coups se firent plus insistants. Mattie se leva et, serrant son enfant si fort que le souffle brûlant du bébé réchauffa son sein, elle traîna les pieds sur le sol en terre battue. Même si elle la savait inévitable, elle redoutait cette visite importune. Une fois la porte ouverte, sa vie aurait pour toujours un avant et un après.

Quand Mattie tira lentement vers elle le battant en bois brut, le clair de lune lui révéla la svelte silhouette d'Emily, une fillette maigrichonne aux yeux noisette et à la peau couleur de thé au lait. Mattie l'avait déjà aperçue, mais elle la connaissait à peine. La gamine ne devait pas avoir plus de douze ans.

Mattie, vingt ans, était quant à elle aussi noire que des grains de café torréfiés. Ses cheveux de jais formaient deux nattes serrées de chaque côté de son petit visage. Comme d'habitude, un linge d'un blanc douteux couvrait sa tête.

Sans la saluer, Emily marmonna :

— Viens. Là tout suite. Le petit arrive.

Sitôt son message livré, elle se remettait déjà en route vers la grande maison quand Mattie lui dit :

— Y faut que je laisse Samuel à mon papy avant.

— Dépêche. Y t'attendent.

Papy se redressa sur sa paillasse pour recevoir son arrière-petit-fils. Ses vieilles mains étaient boursouflées et déformées et ses gencives enflées n'avaient plus que quelques dents.

— C'est pour là tout suite ?

Mattie acquiesça. Elle eut du mal à retenir ses larmes en embrassant tendrement la joue ronde de Samuel.

— Je t'aime, murmura-t-elle dans la petite oreille de son fils avant de presser ses lèvres une dernière fois contre son crâne nu.

Serrant les dents, elle déposa doucement Samuel dans les bras meurtris de son grand-père.

— Oublie pas-là... faut que Rebecca l'allaite là qu'y z-a faim, lui rappela-t-elle même s'il était parfaitement au courant.

— Crains pas, dit-il, sans montrer d'impatience. Toi, fais attention.

Il caressa son bras sombre.

Elle plongea son regard dans celui de Papy, espérant qu'il comprendrait tout ce qu'elle ne lui disait pas. Elle voulait s'assurer que son fils serait bien traité, qu'il saurait qu'elle n'avait pas voulu le quitter, qu'il la reconnaîtrait à son retour. Mais Mattie se tut. Elle ne cria pas, ne protesta pas, ne supplia pas de se voir accorder un peu plus de temps. Elle tourna le dos à sa maison en silence, refoula ses larmes et abandonna son fils. Elle n'avait pas le choix. Elle devait être courageuse, accepter cette séparation et espérer revenir le plus vite possible auprès de Samuel.

Mais quand ce retour aurait-il lieu ? Elle ne pouvait dire si ce serait une question de mois ni même d'années.

Mattie frissonna, prenant pour guide le pâle reflet de la lampe à huile d'Emily. Pour se rendre à la grande maison, elles suivirent un sentier que Mattie avait appris à craindre et qu'elle n'empruntait que rarement.

— C'est depuis quand qu'elle a des douleurs ? demanda Mattie en passant devant la petite cuisine en brique à proximité de la maison.

— Toute la journée quasi. Elle s'a mise à crier après le déjeuner.

— Elle a perdu ses eaux ?

— Sais pas, répondit l'enfant quand elles eurent atteint l'arrière de la grande maison.

Elles franchirent une porte peinte et empruntèrent l'escalier de service vermoulu pour monter à l'étage. Mattie n'y était jamais entrée et, jusqu'à quelques jours auparavant, elle n'avait jamais cru devoir le faire. La demeure des maîtres était fermée à ceux qui travaillaient aux champs. Elle ignorait pourquoi elle avait été choisie plutôt que sa sœur Rebecca pour être la nourrice de ce nouveau bébé. Elle ne discutait pas avec les Blancs. Elle se contentait de leur obéir.

Mattie suivit nerveusement Emily. Elles foulèrent le tapis coloré et moelleux d'un interminable couloir. Emily s'arrêta à la dernière des portes vernies qu'il comptait, celle de gauche.

— Y t'attendent, dit-elle à Mattie en pointant son doigt.

Emily ouvrit la bouche dans un bâillement, tourna les talons et fit demi-tour.

Restée seule, le cœur de Mattie battait à tout rompre. Soudain, la porte s'ouvrit à la volée. Mattie eut juste le temps d'éviter le personnage qui sortait en courant. Un relent d'air tiède mêlé de transpiration s'échappa de la chambre. Mattie hésita sur le seuil, tenta de percer la pénombre.

Une Blanche menue, dont la peau rappelait la couleur de la crème, était couchée dans un grand lit. Les yeux fermés au monde, elle gémissait bruyamment. Ses cheveux sombres et humides collaient à son visage bouffi et en sueur. Elle hurla de douleur, le visage convulsé. Elle serra si fort les yeux qu'on n'en vit plus les cils, et se mordit furieusement les lèvres.

— Te voilà, dit une des deux femmes qui s'affairaient autour du lit.

La grosse Blanche, aux petits yeux bleus et aux cheveux gris ramenés en un chignon sévère, indiqua un fauteuil dans un coin de la chambre.

— Va t'asseoir et ne fais rien qui dérangerait ta maîtresse. Nous n'avons pas encore besoin de toi. Des complications…

Elle n'acheva pas sa phrase.

Mattie entra le plus silencieusement possible et se fit toute petite pour ne pas attirer l'attention de l'homme rougeaud debout au pied du lit. Elle se glissa dans le fauteuil en velours rouge et, sans s'en rendre compte, caressa le tapis soyeux du bout de ses orteils. Elle regarda aussitôt autour d'elle, s'imprégnant de tout. Mme Ann, la maîtresse du domaine, était allongée sur le grand lit à colonnes qui occupait presque toute la place. À côté, un meuble de toilette avec un plateau en marbre, sa cuvette remplie de linges chiffonnés. L'homme donna des instructions aux femmes de chaque côté du lit.

— Quand je serai prêt à sortir le bébé, tenez-la fermement. Si elle bouge, ils pourraient mourir tous les deux.

Le médecin tira de son sac un forceps sale qu'il essuya d'un coup de chiffon taché de sang, puis se pencha au-dessus du lit.

— Maintenant ! ordonna-t-il.

Les femmes pressèrent de leurs mains pâles les épaules et les bras de Mme Ann pour la pousser contre le matelas. Quand le médecin inséra le forceps dans le vagin de la parturiente, Mattie, compatissante, grimaça et retint son souffle.

— Aaahhh… ! cria Mme Ann.

Le docteur eut beau tirer, le bébé ne bougea pas.

Il changea de position, prit appui sur ses jambes écartées et insista dans sa manœuvre. Ses mains glissèrent, laissant l'instrument plongé dans le ventre de la femme. Maugréant à voix basse, il essuya ses paumes humides sur son pantalon et agrippa encore plus fermement le forceps. Il le tira vers lui lentement, non sans difficulté ; l'instrument obéit enfin à ses gros doigts.

Étroitement coincé dans le triangle des branches, un scalp violacé affleura entre les cuisses blanches de la maîtresse du domaine. Le médecin poussa un grognement. Sa main gauche glissa une fois de plus.

— Quel petit cabochard ! s'exclama-t-il.

Il tira vers lui le forceps au moment précis où se contractait l'utérus de la femme. La tête du bébé émergea et Mattie put distinguer le bout de ses oreilles. La contraction finie, le médecin tira une autre fois, en vain. Aussitôt après, il profita d'une autre contraction et le reste de la tête, les épaules, le torse et les membres suivirent. Une chose violette et immobile s'affaissa sur le drap.

Le médecin regarda la forme flasque du bébé. Mattie dut se retenir pour ne pas s'en emparer, le retourner et lui frotter vigoureusement le dos. Impuissante, elle attendit que le docteur fasse quelque chose.

Vas-y, petit, pensa-t-elle pour stimuler la créature qui allait bientôt gâcher sa vie. *Respire.*

Le médecin clampa puis coupa le cordon ombilical du nouveau-né toujours immobile. Il eut un sursaut, bascula la tête, ouvrit grand sa bouche bleuie et poussa un cri rauque. Mattie l'acclama en silence. *T'as réussi !*

— Heureusement que j'étais là, déclara le médecin. Elle doit à la médecine moderne d'avoir pu respirer.

— C'est donc une fille, dit la mère.

— Oui, confirma le médecin d'un air désinvolte.

La jeune femme étira le cou et tendit les bras. Le médecin enveloppa négligemment le nourrisson dans une couverture pour le remettre à sa mère.

— Pas maintenant, dit la grosse femme au chignon. Vous êtes encore trop faible pour la prendre dans vos bras.

S'adressant au médecin, elle ajouta :

— Donnez-la à la nourrice.

La mère se cala contre les oreillers sans protester. Le médecin apporta le petit paquet humide à Mattie avec un haussement d'épaules.

— Tu as du lait ?

— Oui, m'sieur, répondit Mattie, les yeux baissés sur le parquet en chêne. J'ai un petit qu'est né y a quelques mois.

— Alors fais ce que tu es venue faire.

Le docteur retourna au chevet de sa patiente, recueillit le placenta et recousit la jeune accouchée.

Mattie regarda le bébé rose qui n'avait pas encore de nom. Les forceps avaient laissé des traces bleues et violettes autour de ses oreilles meurtries. Il se léchait déjà les lèvres et hochait la tête en quête de nourriture. Soulevant sa chemise, Mattie découvrit un sein généreux au long téton, le souleva d'une main et chatouilla de sa pointe les lèvres minces du bébé jusqu'à ce qu'il ouvre la bouche toute grande. Mattie l'attira aussitôt à son sein qu'il téta vigoureusement. Elle ressentit bientôt un tiraillement familier quand son lait se mit à couler et s'adossa contre le fauteuil moelleux en serrant le nourrisson contre son cœur. Les yeux penchés sur cette vie nouvelle, Mattie songea à Samuel qui dormait sur une paillasse dure, si loin d'elle. Son corps se languissait de lui. Elle aurait voulu l'avoir dans ses bras, plutôt que cette inconnue. Elle se demanda s'il dormait profondément aux côtés de Papy ou s'il était éveillé et réclamait sa tétée matinale. Il ne comprendrait pas pourquoi leur relation avait pris fin, et cette pensée lui brisa le cœur.

Avant même que le nourrisson ait fini de boire, la grosse Blanche au chignon serré interrompit sa tétée.

— Tu appelleras le bébé *mademoiselle Elizabeth.* Je suis Mme Gray, la gouvernante. Suis-moi.

Mattie écarta doucement l'enfant de son sein, rajusta sa tenue et la suivit. Se servant de son petit doigt comme d'une tétine, elle apaisa le nourrisson tout gluant dans ses bras.

Mme Gray les précéda dans le couloir sombre jusqu'à une chambre à l'arrière. Sur la droite, il y avait un canapé vert et deux fauteuils beiges autour d'une cheminée et, devant une haute fenêtre, un petit lit et un fauteuil à bascule. La gouvernante ne s'arrêta pas, mais ouvrit une porte qui donnait sur une pièce exiguë dépourvue de fenêtre. Un lit bas recouvert d'une courtepointe en patchwork décoloré dominait la pièce, le peu d'espace restant étant réservé à une petite armoire. Une autre porte s'ouvrait sur le mur du fond.

Debout sur le seuil entre les deux chambres, Mme Gray tint à Mattie ce discours :

— La grande chambre est celle de Mlle Elizabeth. Toi, tu dormiras ici. La porte du fond donne sur le couloir et l'escalier des domestiques. Tu n'emprunteras l'escalier du devant que lorsque tu accompagneras Mlle Elizabeth. Quand elle ne sera pas avec toi, tu prendras l'escalier de service. Tes vêtements consistent en deux robes et deux chemises de nuit. Elles sont ici, dans cette armoire.

Mme Gray la lui montra du doigt. Mattie s'efforçait de retenir tout ce qu'elle lui disait.

— Tu déposeras la robe et la chemise de nuit portées la semaine précédente chaque lundi matin dans la chute. Tu auras droit à une seule lessive par semaine. Tu n'auras plus besoin de cette guenille qui recouvre ta tête. Nous allons la jeter. Emily, la bonne à tout faire, t'apportera tes trois repas par jour. Si tu as des questions, demande à Emily. Elle connaît très bien les habitudes de la maison. Elle te dira quand sortir Mlle Elizabeth de sa chambre.

Mme Gray plongea son regard dans celui de Mattie.

— Le rôle d'esclave domestique est un rare privilège. J'ose croire que tu sauras ne pas en abuser ?

— Oui, m'dame.

— Il y a de l'eau tiède dans la cuvette à côté de la commode de Mlle Elizabeth, dit Mme Gray en revenant dans la chambre du nouveau-né. Baigne l'enfant avant que l'eau ne refroidisse.

Mme Gray partie, Mattie regarda le bébé blotti dans ses bras.

— C'est juste nous deux, là tout suite, fillette. Je sais pas ce que je vais faire de toi. Je suppose qu'on va y voir ensemble. D'abord, on va faire le tour de ta chambre. Après, on va te laver.

Mattie arpenta la pièce avec l'enfant et passa en revue son nouvel environnement. De longs panneaux de tissu vert sombre étaient suspendus à des tringles à quelques centimètres du plafond. Après s'en être approchée pour en caresser la soie douce au toucher, Mattie écarta les tentures qui masquaient deux hautes fenêtres. Elle avait déjà vu du verre, elle en connaissait le nom, mais elle n'en avait jamais touché. Elle fit glisser ses doigts de haut en bas sur la surface lisse et froide, puis regarda dehors vers le quartier des esclaves. Il faisait encore nuit, mais elle parvint à distinguer chaque petite construction.

De cette distance, le quartier était méconnaissable et Mattie se demanda à qui appartenait chacune des cabanes. Quand elle trouva la sienne, la cinquième, avec ses bancs de troncs d'arbres à l'arrière, son cœur bondit dans sa poitrine. Elle chercha Samuel et Papy mais ils n'y étaient pas. Elle persista, espérant les apercevoir, les larmes aux yeux, la gorge serrée. Il n'y avait personne, mais elle poursuivit son guet.

Les vagissements de Mlle Elizabeth la tirèrent de sa rêverie. Elle donna son petit doigt au bébé et recommença à parcourir la chambre des yeux. À gauche de la fenêtre, un lit en riche bois de cerisier était recouvert d'une courtepointe neuve à motifs d'oies sauvages si soigneusement assemblés qu'elles semblaient sur le point de s'envoler par la fenêtre. Mattie s'assit au bord du matelas, s'émerveilla de son confort et de la douceur de la courtepointe.

— T'as un beau lit, fille, même que si t'y vas pas dormir avant longtemps.

Le bébé dormirait auprès d'elle dans l'antichambre pendant plusieurs mois.

Dans le coin, à droite de la fenêtre, un fauteuil à bascule luisant d'encaustique attendait. Tout près, à côté d'une cuvette remplie d'eau tiède, une commode sur laquelle était posé un coussin en piqué. Elle y déposa le nouveau-né. Ayant ouvert l'un après l'autre les tiroirs, Mattie y trouva des robes finement cousues, des chaussettes, des langes et des bonnets soigneusement roulés en boule, comme des œufs qui attendraient d'éclore. Elle regarda le bébé et dit, en hochant la tête :

— T'as plus de nippes que tous les esclaves aux clos mis ensemble.

Elle choisit quelques vêtements de coton doux qu'elle étala sur le lit. Elle déroula la couverture qui enveloppait le bébé flasque et déposa la petite fille dans la cuvette d'eau tiède. Mlle Elizabeth poussa des cris de protestation pendant que Mattie la débarrassait du vernix et du sang séché, derniers vestiges de l'accouchement.

— Chut, chut. Ça va bien-là. C'est pas grave, dit Mattie pour rassurer l'enfant. C'est fini-là. Le pire a passé.

Après avoir langé le bébé, Mattie enfila sur sa tête duvetée une robe blanche bien repassée en prenant soin d'éviter les meurtrissures qu'avaient laissées les forceps, puis elle glissa ses bras délicats dans les manches bouffantes de la robe et l'emmaillota dans une couverture. Mlle Elizabeth se détendit et la regarda fixement.

— Tu vois-là ? C'est fini, murmura Mattie. T'es toute propre.

Elle la détailla, fit glisser son doigt sur la peau rougie du visage et sur les sourcils soyeux à peine visibles. Ses yeux étaient d'un curieux bleu terne. Contrairement à Samuel, cette petite créature semblait venir d'un autre monde. Sans doute ne serait-elle jamais jolie.

L'endroit éveillait la curiosité de Mattie en dépit de sa fatigue et de sa tristesse.

— On va voir le reste, là tout suite. Ça, c'est quoi ?

Elle s'approcha de la cheminée et s'assit sur le canapé en velours vert, en testa les ressorts, puis, portant son attention sur les deux fauteuils tour à tour, elle décréta qu'ils étaient inconfortables.

Elle laissa Mlle Elizabeth douillettement emmitouflée sur le canapé et s'agenouilla par terre pour examiner les carreaux aux motifs élaborés du pourtour de la cheminée. Leur surface était froide et lisse comme celle des fenêtres, mais dans de belles nuances de vert et d'or. Elle en suivit du doigt le dessin coloré puis, une fois redressée, elle sursauta à la vue de quelque chose qui bougeait devant elle.

— Bonjour ! s'écria-t-elle.

Pas de réponse. Elle s'approcha pour mieux voir. Une femme vint à sa rencontre. Surprise, Mattie recula d'un bond. L'image recula aussi. Mattie toucha doucement la surface froide et lisse. Elle regarda la scène de très près, se tourna vers la chambre, puis derechef vers le miroir. La chambre se déployait à la fois devant et derrière elle, comme reflétée dans l'eau. Mattie inclina la tête d'un côté puis de l'autre, ouvrit la bouche, tira la langue et observa son propre reflet.

Elle découvrit ses yeux ronds, qu'elle n'avait encore jamais vus. Quand elle était enfant, on lui disait qu'elle avait les yeux de sa mère. C'était vrai. Ils étaient grands, chaleureux, presque noirs comme ceux de sa maman. Elle allongea la main pour toucher son visage, vit ses doigts explorer ses joues, ses lèvres, son nez. Mattie chercha dans ses traits ceux de son fils, Samuel. Le nez, conclut-elle. Samuel et elle avaient le même nez. Peut-être aussi les oreilles.

— T'es pas à plaindre, ici, fille, dit-elle à voix haute avec un hochement de tête quand elle alla reprendre le bébé couché sur le canapé.

Mattie fit le tour de la chambre en suivant le mouvement sinueux des fleurs du papier peint jusqu'à revenir au fauteuil à bascule qu'elle approcha de la fenêtre. Elle s'y assit avec Mlle Elizabeth et laissa son regard errer sur le quartier des esclaves. Le soleil se levait. Bientôt tous iraient travailler aux champs.

Mattie jetait de temps en temps un coup d'œil à la porte pour s'assurer que personne ne l'espionnait. Elle se berçait en regardant dehors, comme s'il lui suffisait de le souhaiter pour se retrouver auprès des siens.

Papy sortit enfin, Samuel dans les bras. Il tourna le dos à la grande maison et se rendit chez Rebecca pour la tétée matinale du bébé. S'approchant de la fenêtre, Mattie chercha un signe de détresse sur le visage de son fils. Elle était trop loin pour bien le voir, mais comprit qu'il ne pleurait pas. Samuel, sa petite tête visible par-dessus l'épaule de Papy, se balançait au rythme des pas de son arrière-grand-père. Mattie n'en détacha pas les yeux jusqu'à les voir s'estomper et disparaître tout à fait, comme une feuille emportée par le courant d'une rivière.

Submergée par la nostalgie et la peine, Mattie ne put supporter plus longtemps la vue de son univers et, délaissant la grande fenêtre, elle retourna vers son lit dans la petite pièce attenante. Elle y entra avec le bébé et referma la porte derrière eux. Après avoir couché l'enfant sur la courtepointe en patchwork, elle s'y allongea à son tour, enfouit son front dans ses bras repliés et pleura. Un torrent de larmes baigna ses joues et l'oreiller de plumes. Elle se languissait tant de son fils qu'elle en suffoquait presque.

Quand elle se fut un peu calmée, elle redressa la tête et regarda le nouveau-né inconnu qui dormait à côté d'elle. Les paupières pâles et diaphanes de Mlle Elizabeth laissaient transparaître de fines veinules bleues. Fragile et dépendante, elle n'avait aucune conscience du monde qui l'entourait. Mattie frôla ses petits yeux, son nez, ses lèvres ; sa main parcourut le doux menton de la petite, son cou délicat et vulnérable.

Une vague de haine la submergea. Elle plaqua sa main sur la bouche minuscule et les narines du bébé et pressa. Son cœur s'emballa derrière ses côtes. Dans quelques secondes, tout serait fini. Mais le bébé s'agita, ouvrit la bouche et un cri strident s'échappa soudain du petit corps.

Mattie retira aussitôt sa main.

— Y m'ont enfermée ici, mais je suis pas désespérée, siffla-t-elle pour se rassurer et rassurer Dieu, mais pas l'enfant qui n'était conscient de rien. Je vas pas te faire de mal, mam'zelle.

Mattie se laissa tomber sur le lit, épuisée. Elle avait envie de dormir et de s'échapper dans ses rêves, mais trop d'images se bousculaient dans sa tête. Elle vit Samuel dans les bras de Rebecca, qui hurlait en arquant le dos de rage. Elle se demanda si Rebecca saurait l'emmailloter correctement, les bras repliés, s'il pleurait trop. Elle substitua à cette vision celle d'un Samuel repu, agrippé au sein de Rebecca. Cette vision ne la réconforta pas davantage.

Mattie se leva et rentra seule dans la grande chambre. Elle pressa l'oreille contre la vitre en espérant entendre ainsi la voix de son fils. Rien. Que le rugissement du sang dans ses veines.

— Rebecca sait voir aux bébés, chuchota-t-elle. Elle sait quoi faire. Elle aime beaucoup Samuel. Rebecca et Papy vont prendre soin de lui.

Elle pria à voix haute :

— Bon Dieu, c'est moi-là, ta Mattie. Je sais, c'est le matin. D'habitude, je te parle juste le soir, mais là tout suite, y me faut d'autre aide. Veille sur mon Samuel. Fais qu'y est heureux que Rebecca l'allaite, mais pas si heureux qu'y finira par m'oublier. Aide-moi à bien traiter la fille qu'y m'ont donnée ici. Bon Dieu, fais qu'elle a pas besoin de moi trop longtemps, fais que je retrouve vite ma famille. Merci de m'écouter plus que d'habitude. Amen.

Mattie alla se recoucher, tournant le dos au bébé qu'elle avait laissé seul quelques minutes plus tôt. Puis elle fredonna tout bas pour elle-même une berceuse familière en espérant que ses paroles réconfortantes finiraient par l'endormir.

Quand les cris de Mlle Elizabeth, affamée, la réveillèrent quelques heures plus tard, elle était lovée autour d'elle comme une chatte autour de ses chatons. Se souvenant de l'endroit où elle se trouvait et des raisons qui l'y avaient conduite, elle en eut le cœur brisé. Mais elle fit son devoir et répondit aux besoins de l'enfant.

Chapitre 2

Deux jours plus tard, la gouvernante fit irruption dans la grande chambre au moment précis où Mattie s'installait dans le fauteuil à bascule pour la tétée de Mlle Elizabeth. Mattie se leva d'un bond, comme un soldat au garde-à-vous.

— Ta maîtresse est suffisamment remise pour voir sa fille, déclara Mme Gray. Tu l'emmèneras aux appartements de madame à deux heures.

— Oui, m'dame. 'Scusez-moi-là, m'dame. *Deux heures*, je sais pas comment savoir.

La gouvernante secoua la tête en soupirant. Elle se renfrogna.

— C'est pourtant simple, décréta-t-elle en levant les yeux au ciel. N'as-tu pas remarqué le carillon de l'horloge du séjour ?

— Oui, m'dame. J'entends quelque chose des fois

— Il sonne un air bref toutes les quinze minutes. Et à l'heure, autant de coups que d'heures. Sais-tu compter ?

Mattie fit signe que oui en s'efforçant de dissimuler son malaise et répondit :

— Oui, m'dame. Jusqu'à dix.

— Eh bien, il te faudra apprendre à compter au-delà de dix ou, du moins, comprendre les subdivisions de l'heure. Tu devras accomplir les tâches qui te seront confiées à des heures précises que tu identifieras à l'horloge, expliqua Mme Gray.

Mattie fit de son mieux pour assimiler les directives compliquées de Mme Gray. Elle qui réglait d'habitude son travail sur la course du soleil comprit qu'elle aurait à compter chacun des carillons. Le nombre de coups sonnés lui dirait l'heure qu'il est. Et l'heure qu'il est lui dirait où elle devait être et ce qu'elle devait faire.

— Ainsi, enchaîna la gouvernante, quand l'horloge sonne deux coups, il est deux heures. À deux heures, tu dois te rendre à la chambre où Mlle Elizabeth est née. C'est au bout du couloir, la troisième porte à gauche. Ne t'assieds pas à moins d'y avoir été invitée. N'oublie pas de dire *madame* à chaque fois que Mme Wainwright t'adressera la parole.

— Oui, m'dame.

— Et ne l'épuise pas, insista Mme Gray. Elle se remet encore de l'épreuve de l'accouchement.

— Non, m'dame.

Mattie allaita l'enfant en tendant l'oreille. L'horloge exécuta de petites musiques, mais rien qui puisse se compter. Pendant un changement de langes, le carillon joua un autre air bref, mais toujours rien qui se dénombre. La nourrice eut peur de rater le rendez-vous chez Mme Ann, mais encore plus d'arriver trop tôt. Elle berça Mlle Elizabeth et patienta encore en souhaitant que tout soit enfin clair. Elle entendit bientôt le même petit air suivi cette fois d'un coup très net. Puis d'un autre. Ensuite, rien. *Un, deux*, songea

Mattie. Mme Gray avait dit d'y aller quand l'horloge sonnerait deux coups. Le bébé dans les bras, elle alla à la porte et l'ouvrit. Le couloir était désert. Elle sortit de la chambre en espérant ne pas se tromper.

Dans une mer de tissus et de coussins, Ann attendait impatiemment sa fille. Les tentures ouvertes laissaient entrer la chaleur du soleil qui illuminait la pièce. Sur la table de chevet, un bouquet de fleurs multicolores. Le dessus de marbre était marqué de volutes noires et blanches qui s'enchevêtraient dans les tourbillons de leur danse, se rapprochant, se confondant parfois, se distançant ailleurs.

Ann berçait en souriant un petit coussin comme s'il se fût agi d'un nourrisson et répétait mentalement des mots de bienvenue : *Bonjour. Je suis ta mère. Et toi, ma fille, Elizabeth.* Elle était à la fois heureuse et anxieuse de faire la connaissance de son enfant. Elle n'avait jamais tenu un bébé dans ses bras, elle était peu sûre d'elle-même, elle était si jeune. Quand elle entendit frapper, elle posa vite le petit coussin et lissa les draps du plat de la main.

— Tu peux entrer, fit Ann.

Puis, le regard avide rivé au bout de chou dans les bras de sa nourrice, elle ajouta :

— Bonjour, Mattie.

— Bonjour, m'dame, répondit respectueusement Mattie depuis le seuil.

Chaque fois qu'on l'appelait *madame*, Ann avait l'impression de tricher. Neuf mois après son mariage, elle n'était toujours pas habituée à son état ni à sa nouvelle vie sur cette plantation de Tidewater, à plusieurs heures de route de la demeure familiale.

Maintenant qu'elle avait mis un enfant au monde, elle ignorait ce qu'on attendait d'elle. Son mari et sa belle-mère étaient ravis qu'elle ait conçu durant sa lune de miel, mais déçus qu'elle ait accouché d'une fille. Ils s'attendaient à ce qu'elle remédie au plus tôt à cette situation. Elle désirait être une bonne mère, mais elle n'avait aucune idée de ce que cela signifiait. Jusqu'à présent, on lui avait dit de se reposer et de confier son bébé aux bons soins de la nourrice. Rien d'autre.

Elle était *Mme Jonathan Wainwright* et, théoriquement, la maîtresse du domaine, mais elle ne participait pas à la gestion de la plantation. Mme Gray s'occupait du traintrain quotidien et sa belle-mère ne renonçait pas volontiers à ses fonctions d'hôtesse de Fair Oaks. Puisque Ann avait dû s'isoler presque tout de suite après sa lune de miel, les occasions de recevoir ou d'être reçue avaient été rares. Cela expliquait qu'elle n'avait pas encore noué les relations indispensables à son intégration dans la société locale.

D'un signe de la main, Ann invita Mattie à s'approcher. Elle examina sa fille dans les bras de la nourrice.

— Elle n'est pas très belle, n'est-ce pas ? déclara Ann, l'air de rien.

— Elle est petite encore, m'dame, répondit Mattie.

— Je suppose, oui. Je n'avais encore jamais vu de si petit bébé. Est-ce que tout va bien ?

— Oui, m'dame. Elle est forte. C'est un bon bébé.

— Donne-la-moi, ordonna Ann en ouvrant grand les bras.

Mattie lui remit l'enfant. La jeune mère supporta sa tête d'une main, mais ne sut comment tenir le reste du petit corps emmailloté. Le nouveau-né se mit à glisser sur le côté et elle le rattrapa avec un sursaut. C'était beaucoup plus difficile que de tenir un coussin.

— Faut la serrer plus, m'dame, suggéra Mattie.

Ann pressa l'enfant contre elle. Beaucoup mieux. Elle se détendit un peu.

— Elle ne pèse rien. Je l'imaginais plus lourde. Les bébés sont-ils toujours aussi rouges ?

— Sais pas, m'dame. J'avais pas vu de bébé blanc avant mam'zelle Elizabeth.

— Tu t'y connais ?

— Oui, m'dame. J'ai été à des accouchements. Je prends soin des bébés des autres. Petite, je les gardais quand les parents étaient aux clos de tabac.

Craignant soudain d'avoir parlé trop longtemps, elle se tut.

— Mme Gray a été bien inspirée de te choisir, dit Ann en examinant Mattie.

Ses mains noires étaient couvertes d'égratignures. De toute évidence, elle avait travaillé aux champs.

— Mère disait toujours que le lait des femmes qui travaillaient aux champs était le meilleur.

— Merci, m'dame, répondit Mattie.

— Tu as un fils, n'est-ce pas ?

— Oui, m'dame. De trois mois.

— Un fils. Quelle chance tu as.

À court de questions et de réponses, les jeunes femmes laissèrent s'installer entre elles un silence gênant. Ann détestait être seule avec les domestiques. Elle préférait les ignorer, ce qui n'était guère facile dans la situation présente. Toutes deux regardèrent l'enfant qu'Ann tenait à grand-peine. Au bout de quelques minutes, Elizabeth commença à se tortiller et sa mère la berça doucement contre sa poitrine.

Le bébé tourna la tête vers elle, ouvrit grand la bouche et plaqua son visage sur son sein. Ann sursauta et le repoussa brusquement.

— Qu'est-ce qui lui prend ?

— Elle veut téter, m'dame. Elle a faim.

Ann ressentit un chatouillement. Un peu de liquide s'échappa de son mamelon. Cette sensation la révulsa. Elle souhaita que ses seins cessent de se remplir de lait.

— Eh bien, je ne peux rien pour elle, déclara Ann en rendant sa fille à Mattie. Reprends-la et donne-lui ce qu'il lui faut.

La nourrice reprit l'enfant, mais resta debout au chevet de la mère. Son visage trahissait son incertitude. Le bébé se tourna vers la poitrine de Mattie et cette dernière glissa son petit doigt entre ses lèvres avides. Ann regarda la femme qui ondulait en cadence pour réconforter l'enfant sans lui donner le sein. Au bout d'un long silence, Ann dit :

— Assieds-toi dans ce fauteuil. Je veux te regarder faire.

— Oui, m'dame.

Mattie donna le sein à Elizabeth dans le même fauteuil où elle l'avait bercée et nourrie pour la première fois. Ce moment de grande intimité fascina Ann en même temps qu'il l'horrifia. Elle ne se croyait pas capable d'étreindre ainsi un bébé contre son sein nu. Elle en aurait été trop gênée. Pourtant, sa fille et sa nourrice semblaient si calmes, toutes les deux. Ann regarda quelque temps le bébé qui tétait, puis elle dit :

— C'est tout à fait indécent. Va-t'en dès que tu auras fini. J'en ai assez vu.

Chapitre 3

Tous les résidents de Fair Oaks observaient le jour du Seigneur, mais les esclaves domestiques n'étaient pas exemptées de travail ; elles nourrissaient et dorlotaient quand même leurs propriétaires. Après une lecture de la Bible au séjour, elles préparaient le repas du dimanche pendant que la famille Wainwright assistait au culte avec ses coreligionnaires épiscopaliens à Charles City. Les esclaves qui travaillaient aux champs bénéficiaient quant à eux d'un jour de repos, du coucher du soleil le samedi au lever du soleil le lundi, hormis pendant les récoltes.

Un dimanche après-midi, alors que Mlle Elizabeth avait tout juste trois mois, Mme Gray et la maigrichonne Emily interrompirent le calme de la nursery. Depuis le seuil, la gouvernante interpella Mattie d'une voix cassante :

— Mlle Elizabeth est assez grande pour se passer de toi pendant quelques heures. Puisque tu as la chance de vivre non loin des tiens, tu pourras leur rendre visite le dimanche après-midi à compter d'aujourd'hui. Tu indiqueras à Emily comment prendre soin d'Elizabeth en ton absence.

— Oui, m'dame ; merci, m'dame, répondit Mattie en s'efforçant de cacher sa joie.

— Tu rentreras à temps pour le dîner. Sauf si nous avions besoin de toi plus tôt, observa Mme Gray avant de partir.

— Oui, m'dame.

Le cœur de Mattie s'emballa. Elle avait si hâte de toucher, de caresser Samuel ; le besoin de le serrer contre elle, de lui donner le sein, d'être sa mère pendant un court instant la dévorait. Chaque jour, elle avait guetté sa famille à la fenêtre pendant des heures. Ces derniers mois, elle avait brièvement aperçu les allées et venues de son fils une ou deux fois. Elle avait vu s'arrondir ses joues, et son cuir chevelu se couvrir d'un duvet noir. Elle avait cherché des indices qui lui auraient révélé sa personnalité – sa façon de bouger la tête, par exemple, ou de regarder autour de lui. De son côté, il ne l'avait jamais vue. Il ne pourrait même pas la reconnaître. Il était déjà deux fois plus vieux que le jour de son départ.

Mattie était impatiente de se précipiter dans son quartier, mais subvint d'abord aux besoins de Mlle Elizabeth. Elle s'installa dans le fauteuil à bascule et déboutonna sa robe. L'enfant arqua le dos, agita les bras et gazouilla d'impatience en voyant les gestes de sa nourrice. Puis, quand elle se fut blottie contre son sein, ses yeux d'un bleu profond plongèrent dans ceux couleur caramel de Mattie, et ses petits doigts roses tapotèrent et effleurèrent sa peau sombre. Elle sourit et un peu de lait coula de ses commissures. Mattie taquina l'enfant et la chatouilla.

— T'es bête-là. Faut choisir : ou ben tu tètes, ou ben tu souris.

S'adressant à Emily, Mattie lui donna ses instructions.

— Elle aime pas ça, être mouillée. Tu lui mets une couche sèche tout suite. Là qu'elle pleure, des fois mon petit doigt la calme. Promène-la dans tes bras dans la chambre. Elle aime ça. Et avec, voir dehors. Et avec, se voir dans la glace.

— Je sais quoi faire, rétorqua Emily, visiblement irritée. Elle est pas pire que les autres.

— T'as raison, fit Mattie. C'est un bon bébé.

— C'est un bébé. Un bébé, c'est rien qu'un bébé. Y sont tous pareils-là.

Quand Mlle Elizabeth fut rassasiée, Mattie la souleva dans ses bras et l'appuya contre son épaule pour lui masser doucement le dos. Sa longue expérience lui avait appris à ne pas hâter les choses. Plus on veut que le nourrisson se dépêche, plus il prend son temps. Malgré son désir brûlant d'aller retrouver Samuel, elle berça l'enfant en chantant à voix basse :

Dors, ma petite
Dors, mon bébé
Maman est partie, papa reste ici
Bébé est tout seul

Mlle Elizabeth fit un petit rot.

Dors, ma petite
Dors, mon bébé
Tout le monde est aux clos de coton, de maïs
Bébé est tout seul

Mlle Elizabeth devint lourde, se blottit contre le corps de Mattie.

Bois, ma petite
Bois, doux bébé
Petit bébé de lait, de sucre, de miel
C'est l'heure de la tétée

Mattie cala Mlle Elizabeth dans le creux de son bras, la serra contre elle en la berçant.

Pleure pas, petite
Pleure pas, bébé
Ta maman a mis ses chaussures rouges
Allée ailleurs faire un autre bébé

Les yeux de la petite devinrent vitreux. Elle ferma doucement les paupières, les rouvrit, les referma et les rouvrit, les referma encore.

Dors, ma petite
Dors, mon bébé
Toi et moi et le diable ça fait trois
On est tout seuls, tout seuls

Mattie chantait toujours à voix douce, berçant l'enfant, sachant que Mlle Elizabeth dormirait profondément.

Dors, ma petite
Dors, mon bébé
Viens dormir sur la pierre d'albâtre
Pour toute l'éternité

Mlle Elizabeth posa sa tête soyeuse sur le bras tiède de Mattie. Sa bouche luisait de salive et de lait, et ses bras étaient mollement relevés au-dessus de sa tête. La nourrice épongea délicatement les commissures de ses lèvres puis alla déposer son petit fardeau sur le lit qu'elles partageaient dans l'antichambre. Mlle Elizabeth protesta en renversant la tête. Penchée sur elle, Mattie posa sa main sur son dos pour qu'elle se rendorme et attendit patiemment que le bruit de sa respiration se fasse régulier. Puis, après une dernière caresse, elle sortit et alla retrouver sa famille.

En remontant jusqu'aux trisaïeuls, les ancêtres de Mattie avaient tous vécu à Fair Oaks depuis sa fondation en 1690. Implantée sur la rive nord de la rivière James, la plantation avait fait partie des tentatives d'expansion vers l'ouest de la Virginia Company. Comme il était d'usage, la compagnie octroyait des terrains aux colons en proportion du nombre d'engagés venus développer leurs terres. Puisque le commandant Theodore Pryne avait les moyens de défrayer le transport de trente travailleurs européens et africains sous contrat, il reçut soixante hectares de terres cultivables. En échange, ces serviteurs venus d'Europe et d'Afrique acceptèrent de travailler de sept à quinze ans pour rembourser leur dette. Après cette servitude temporaire, ils étaient censés recouvrer leur indépendance, se voir accorder deux hectares de terrain chacun et un boisseau de semences, et être libres de prendre leur destinée en main dans le Nouveau Monde.

La noblesse terrienne comprit vite que les plantations ne seraient pas profitables s'il lui fallait rémunérer la main-d'œuvre. C'est ainsi que les ancêtres africains de Mattie ne furent pas libérés et ne reçurent pas le nécessaire qui leur aurait permis de cultiver leurs propres terres. Ils furent réduits en esclavage aussitôt après que l'Assemblée générale de Virginie eut édicté en 1705 des lois désignées sous le nom de *Code noir*, qui clarifiaient une bonne fois pour toutes « l'état et qualité » des Africains de la colonie. Il y était écrit : « Tous les serviteurs importés au pays […] qui n'étaient pas de religion chrétienne dans leur pays natal […] seront des esclaves. Tous les esclaves noirs, mulâtres et indiens de cette colonie […] seront considérés comme des biens matériels. » En outre, ces « état et qualité » de l'esclave se transmettaient non par le père, mais par la mère. Autrement dit, si cette dernière était esclave, vous l'étiez aussi. Ces nouvelles dispositions sociales assurèrent aux planteurs de Virginie un approvisionnement constant de main-d'œuvre.

Selon une légende familiale, l'arrière-arrière-grand-père paternel de Mattie aurait été libre si l'Assemblée générale de Virginie avait attendu deux mois pour légiférer, puisque sa servitude temporaire devait prendre fin en cette année 1705. Au bout du compte, aucun des ancêtres de Mattie ne put s'affranchir de l'état contre nature qu'est l'esclavage, mais tous s'identifièrent avec plus ou moins d'envie et de rage aux Africains libres du comté de Charles City, en Virginie.

Mattie dévala le sentier boueux qui menait à la cabane de sa famille. Bien qu'elle y ait vécu toute sa vie à l'exception des trois derniers mois, ce retour la rendait anxieuse. Elle n'avait jamais quitté le quartier des esclaves auparavant. Y serait-elle une paria, maintenant qu'elle avait été appelée à la grande maison ? Personne de sa connaissance n'avait encore vécu là-haut. La muraille entre ces deux mondes était rarement franchie. Mattie espérait y ouvrir une brèche.

Impatiente, nerveuse, elle se retrouva devant la porte en bois brut et inspira profondément avant de l'ouvrir et de dire « Y a quelqu'un ? ». Personne ne lui répondit. Ses yeux s'habituèrent rapidement à l'obscurité. La cabane était déserte. Elle en fut déçue et soupira, puis elle courut chez Rebecca dans l'espoir d'y trouver son fils et son papy.

Rebecca était une femme de caractère, impressionnante, très dynamique. Avec son mari, Lawrence, elle assurait fièrement la propreté de leur demeure et de leurs trois enfants. Toujours disposée à donner son avis – qu'on le lui ait ou non demandé –, elle avait offert d'emblée d'allaiter Samuel quand elle avait su que Mattie serait appelée à la grande maison. Reconnaissante que Rebecca ait assez de lait pour en faire aussi profiter son fils, la nourrice avait accepté.

Bien que nées de parents différents, elles étaient comme des sœurs. Rebecca avait vu le jour dans une grange à deux comtés de distance, sur les terres d'un engagé blanc récemment libéré de sa servitude et dont un des premiers gestes en tant que nouveau membre de la classe possédante avait été d'acheter Millie, la mère de Rebecca. Mais le séjour de l'esclave et de sa fille dans sa grange avait été de courte durée. Dès qu'elle avait su que son mari était le père de Rebecca, la maîtresse du domaine avait exigé que soient vendues « la putain et sa bâtarde ».

Rebecca vécut jusqu'à l'âge de huit ans dans la grande plantation de son nouveau propriétaire.

Sa jambe gauche s'étant enroulée autour de son cou à sa naissance, elle avait appris tardivement à marcher et boitait. En raison de ce handicap qui la rendait plus difficile à vendre individuellement, elle fut incluse avec neuf autres esclaves dans un groupe dont la vente servit à financer un Grand Tour. Millie n'était pas des leurs. Grâce au ciel, Rebecca fut assignée à la famille de Mattie qui l'accueillit chaleureusement et dans laquelle elle devint la grande sœur dont rêvait la fillette, alors âgée de quatre ans.

Mattie frappa à la porte en bois brut. Rebecca ouvrit et poussa un cri en la voyant, les yeux brillants de surprise et de joie, puis la serra aussitôt dans ses grands bras. Cédant à la chaude étreinte de sa sœur, la nourrice éclata en sanglots.

— Bon, bon, fille, murmura Rebecca tandis que Mattie pleurait contre sa poitrine. Laisse-toi aller. T'es chez toi-là. Tout va bien.

Mattie sécha lentement ses larmes, reprit son souffle et s'écarta de sa sœur.

— Samuel ? parvint-elle à dire malgré sa gorge serrée.

Rebecca le lui montra du doigt. Il était sur les genoux de son grand-père au fond de la pièce. Mattie le prit aussitôt dans ses bras. Elle le serra très fort contre elle et se balança d'un pied sur l'autre en respirant son odeur et en lui murmurant des petits riens à l'oreille. Ses larmes salées baignèrent le crâne presque chauve de Samuel. L'enfant se renversa en arrière pour voir la femme qui l'étreignait ainsi.

Mattie regarda attentivement son fils. Il avait beaucoup changé. Ses joues s'étaient arrondies et il avait sur la tête un fin duvet noir et crépu. Comme elle l'apercevait tous les jours de la fenêtre, la chose ne la surprit pas tellement, mais ce n'était pas la même chose de le voir ainsi tout près, sentir sa présence dans ses bras. Elle avait raté la moitié de la vie de son fils.

— J'y parle de toi. Y sait qui que t'es, dit Rebecca. Faut pas qu'y t'oublie ou qu'y pense que toi, tu l'as oublié.

Mattie se remit à pleurer. Papy s'approcha d'elle et l'embrassa sur la joue.

— Je suis content que t'es ici, dit-il. Bienvenue chez toi-là.

Samuel s'écarta de sa mère, chercha son arrière-grand-père.

— Non, non, lui dit Mattie. Je suis ici, alors tu restes avec moi.

Elle s'éloigna de Papy, plaça Samuel face à elle et le fit sauter sur ses genoux. Il se mit très vite à lui sourire, ce qui la rassura.

La nouvelle de la visite de Mattie se répandit très vite et l'on accourut la saluer, lui demander à quoi ressemblait la vie dans la grande maison, voir si ce changement avait opéré en elle quelque transformation. Les visiteurs s'attroupèrent à l'extérieur dans l'air poisseux de juillet et s'assirent sur les bancs en bois disposés en carré derrière chez Rebecca.

La petite dernière, Sarah, exhibait sa toute nouvelle aptitude. La gamine s'amusait à se déplacer à quatre pattes, un fier sourire aux lèvres, entre les personnes qui lui tendaient leurs bras ouverts. Pendant ce temps, Samuel restait assis sur les genoux de Mattie, scrutant intensément tous ceux qui l'entouraient. Quand il tendait les bras vers Papy ou Rebecca, sa mère s'efforçait de l'en distraire.

Mattie regrettait qu'Emmanuel, son homme, soit absent. C'était le moment du mois où il lui rendait visite ; mais cette fois, il n'était pas venu de la plantation Berkeley sans qu'on sache trop pourquoi. Elle s'inquiéterait pour lui jusqu'au mois suivant. Il ratait souvent une visite, ce qui déplaisait beaucoup à la jeune femme. On lui avait peut-être imposé un surcroît de travail, mais elle craignait plutôt qu'il ne soit malade ou même pire.

Papy l'interrogea sur la grande maison. Rares étaient les travailleurs des champs qui y étaient entrés. Ils ne connaissaient que l'extérieur du grand bâtiment blanc visible derrière les haies, et qui les effrayait un peu. Le rituel annuel tant redouté avait lieu devant son imposante façade à colonnes. Le jour de l'An, après les célébrations des fêtes, tous les esclaves de la grande maison et du quartier se rassemblaient sur la pelouse. Le maître du domaine et son régisseur procédaient alors à l'appel de ceux qui avaient été vendus ou loués pour l'année.

— La maison est toute blanche dedans comme que dehors, dit Mattie à Papy. Elle a un grand escalier devant qu'est pour les maîtres et un petit escalier derrière qu'est pour les esclaves. Je vois pas personne, presque jamais ; juste Emily qu'est mulâtre, Mme Ann qu'est la mère de mam'zelle Elizabeth, Mme Gray qu'est celle qui me dit toujours quoi faire, et mam'zelle Elizabeth. Un bon bébé, mam'zelle Elizabeth. Je l'aime pas tant que mon Samuel, dit-elle en le faisant sauter sur ses genoux, mais elle a de l'appétit et elle pleure pas trop trop. Là que mam'zelle Elizabeth est assez grande et que je la porte dans mon dos, je vais faire des lessives et je vais voir plus de gens.

Mattie pointa une fenêtre du doigt.

— La fenêtre qu'est la plus haute, sur le coin-là ? Ça me dit que c'est celle de la chambre de mam'zelle Elizabeth. J'y vas tout le temps pour voir dehors.

— Tu nous vois ? demanda Papy.

— Mmh-hmm. Là que t'amènes Samuel à Rebecca, ou là que tu rentres des clos.

Le grand-père hocha la tête.

— C'est bon de savoir où que t'es. Là tout suite, je vas m'arrêter et je vas te faire un signe. Juste au cas que tu y serais.

— Je vas te répondre. Même que tu me vois pas-là. Tous les matins et tous les soirs, je regarde ici chez nous. Samuel a l'air content... se risqua à dire Mattie.

— Pas au début, intervint Rebecca, mais y s'est habitué. J'y chante des chansons. Alors ça va mieux.

— Est-ce qu'y dort ? s'inquiéta Mattie.

— Une bûche, dit Papy. Y me réveille presque pas.

— La cuisinière dit que Mme Ann veut un autre bébé, dit Rebecca. C'est-y que ça serait vrai ?

— La rumeur le dit. Y z-y donnent de la viande à tous les repas pour ça. Le maître veut un garçon, comme tous les hommes.

— Ça va te tenir occupée longtemps, dit Rebecca.

— J'ai hâte que c'est fini avec mam'zelle Elizabeth et la grande maison, soupira Mattie, mais je vas faire tout ce que Mme Gray va me dire de faire. Je vas allaiter le prochain, je suppose. J'espère aussi que ça va être un garçon. Là que les maîtres auront eu assez de bébés, y vont peut-être me renvoyer ici.

— T'aimes la nourriture de riche et les belles nippes, je suppose, commenta quelqu'un.

— La nourriture est bonne, et avec, les nippes sont belles, répondit-elle un peu irritée, mais je donnerais gros pour que je reste ici avec Samuel.

En entendant son nom, l'enfant s'agita et tendit les bras vers Rebecca. Mattie se leva pour le distraire et le fit sauter dans les airs, mais il persista à réclamer celle qui l'élevait. Mattie en fut toute retournée.

— C'est peut-être qu'y z-a faim ? demanda-t-elle à sa sœur.

Mattie aurait voulu lui donner la tétée tandis qu'elle était ici, mais elle craignait qu'il ne la repousse. Samuel se contorsionna pour aller retrouver Rebecca. Il se mit à pleurer.

— Y z-a faim, dit Rebecca avec un signe de tête affirmatif. Donne-z-y ton sein. T'as rien à faire d'autre, ajouta-t-elle doucement. Emmène-le chez toi-là. Y me verra pas, et pis y sentira pas mon odeur.

Mattie s'éloigna avec Samuel qui s'agitait encore. Elle s'assit sur une paillasse dure, défit quelques boutons de sa robe et en écarta le tissu. Elle coucha son fils dans son giron, l'entoura de son bras et le rapprocha de son sein gauche. Il arqua le dos, rejeta la tête en arrière et plissa le visage comme s'il allait pleurer.

— C'est correct, toi ? demanda Mattie d'une voix douce. J'ai du bon lait, moi aussi. Tu l'aimais, mon lait, dans le temps.

Samuel cessa de protester quand elle lui parla. Elle caressa sa nuque et se pencha pour l'embrasser sur le front.

— On est pas trop pressés-là.

Elle le regarda dans les yeux et le berça en chantant.

Dors, mon petit
Dors, mon bébé
Maman est partie, papa reste ici
Bébé est tout seul

L'enfant finit par se détendre. Mattie approcha gentiment sa tête de son sein. Il écarta un peu les lèvres. Elle fit gicler un peu de lait dans sa bouche. Il ne le rejeta pas. Mattie inséra délicatement son mamelon entre les lèvres du garçon qui se raidit mais ne recula pas. Elle pressa son sein pour en extraire un peu plus de lait. Samuel lécha le téton. Elle recommença ; il lécha encore. Ils restèrent ainsi, figés dans leur pose, sein contre bouche. L'enfant ne le refusait pas mais ne l'agrippait pas non plus. Mattie retint son souffle et dit une prière muette : *Bon Dieu, donne-moi au moins ça.*

Elle inspira et expira lentement, puis elle caressa tendrement les frisures du petit. Il recula, mais elle retint sa tête de la main. Il l'y enfonça en tentant de lui échapper. Elle caressa de nouveau ses cheveux. Il tourna légèrement la tête de gauche à droite, puis il ouvrit grand la bouche, s'empara du mamelon et téta vigoureusement. Le lait de Mattie se déversa en lui.

— C'est bon, petit. C'est bon. Tu sais quoi faire.

Mattie poussa un soupir de soulagement. Ils ne lui avaient pas complètement arraché son bébé. Assise au bord de la paillasse, elle savoura ce moment avec détermination, ce précieux moment en compagnie de son fils.

Chapitre 4

Mlle Elizabeth chevauchait solidement la hanche gauche de Mattie quand elles descendirent l'escalier du devant. Elles se raidirent à l'unisson au moment d'entrer dans le grand salon. La nourrice tapota doucement les jambes de la fillette de onze mois et dit tout bas dans sa petite oreille rose :

— Aie pas peur. Aujourd'hui, Mattie reste avec toi.

Mamie Wainwright et sa bru attendaient, assises, que commence le rituel du samedi après-midi. Mme Ann, visiblement mal à l'aise, installée toute raide à une extrémité du canapé bleu dans la vaste pièce à haut plafond, était engoncée dans une robe en mousseline brune qui enserrait son ventre rond. Elle acquiesçait distraitement aux propos de mamie Wainwright tout en évitant le regard de sa belle-mère. Cette dernière occupait généreusement l'autre extrémité du canapé bleu et de grands pans de sa jupe noire drapaient les coussins du siège. Ses yeux pâles restaient fixés sur le visage de Mme Ann tandis que Mattie et Mlle Elizabeth hésitaient sur le seuil.

— Bien entendu, tu n'allaiteras pas celui-là non plus, dit-elle.

— Vous savez, répondit Mme Ann, de nombreuses femmes allaitent, maintenant. Les Ford n'engagent plus de nourrice.

— Je me moque de la mode. C'est indécent pour une femme de ton rang d'allaiter son bébé. S'il meurt, tu n'en serais que plus dévastée. Je sais d'expérience qu'il vaut mieux ne pas trop aimer ses enfants. Trop aimer ses enfants est cause de souffrance.

Sans doute mamie Wainwright pensait-elle cela parce qu'elle en avait perdu deux. La fièvre avait emporté Mlle Rose longtemps avant la naissance de Mattie. Il paraît qu'ensuite mamie Wainwright n'avait plus jamais été la même. Elle était définitivement devenue égoïste et irascible. Le deuil peut avoir ce genre de conséquences. Au décès de M. Alistair, à peine trois ans plus tôt, cela avait été pire encore. Il était devenu le maître du domaine après la mort du vieux monsieur, mais cela n'avait pas duré longtemps. Il s'était cassé le cou en tombant de cheval. La colère et le deuil de la grande maison, Mattie les avait ressentis jusque dans le quartier. M. Wainwright était alors revenu de Richmond pour assumer le rôle qui lui incombait désormais. S'il importait peu aux esclaves de savoir qui était le maître, c'était le contraire pour mamie Wainwright.

— Elizabeth doit maintenant être sevrée au lait de chèvre, déclara mamie Wainwright. Il ne faut pas qu'elle s'attache. Ce n'est bon pour personne. Dès que mon petit-fils sera né, Mattie lui donnera le sein.

Mme Ann acquiesça. Le cœur de la nourrice ne fit qu'un tour. Sevrer cette enfant ? Maintenant qu'elle l'aimait et qu'elle s'était habituée à sa nouvelle vie, on l'obligerait à se séparer d'elle ?

Mamie Wainwright regarda Mattie et lui dit :

— Va porter l'enfant à sa mère.

En franchissant la pièce, Mattie sentit Mlle Elizabeth glisser sa main sous le tissu de sa robe. Ses doigts dodus et roses se frayèrent un chemin sur sa clavicule jusqu'au collier de coquillages. La gamine enfouit sa tête dans le creux du cou de sa nourrice, dissimulant son visage aux deux femmes assises. Mattie caressa son dos en se retenant de déposer un baiser sur ses cheveux et de lui murmurer à l'oreille des mots de réconfort. Quand elles furent devant le canapé et que Mattie voulut l'écarter d'elle, l'enfant serra plus fort le collier, sa lèvre inférieure se mit à trembloter et elle s'agrippa avec force.

Mattie repoussa quand même Mlle Elizabeth et voulut confier l'enfant à sa mère. Mais Mme Ann ne lui ouvrit pas les bras. Elle secoua la tête. La nourrice en éprouva du soulagement mais ne le montra pas.

— Garde-la sur tes genoux pour aujourd'hui, ordonna Mme Ann d'une voix où perçait la résignation. Je suis trop grosse pour la tenir confortablement.

— Tu gâtes cette enfant, dit mamie Wainwright avec un mépris qu'elle n'essaya même pas de cacher. Il faut qu'elle apprenne que ce n'est pas elle qui commande.

— Elle le saura bien assez tôt, répliqua Mme Ann. Je suis trop lasse pour supporter ses pleurs aujourd'hui.

Tout en veillant à ne pas croiser le regard des deux femmes, Mattie s'assit dans le fauteuil voisin du canapé, le plus près possible de Mme Ann. Mlle Elizabeth gardait son visage enfoui dans le creux de son cou tout en jetant de temps à autre un coup d'œil à sa maman. Mattie l'encouragea à se retourner. Quand Mme Ann chatouilla sa jambe, Mlle Elizabeth lui sourit timidement. La nourrice plaça alors la fillette face à sa mère.

— *Patty-cake, patty-cake*[1]... commença Mme Ann.

Elle chanta la comptine en aidant son enfant à frapper dans ses menottes. Elle les guida ainsi jusqu'à la fin de la chanson, puis mère et fille se sourirent. Elizabeth se tourna vers Mattie pour voir si le jeu lui avait plu. La nourrice hocha la tête d'un air rassurant. Elle souffrait de voir que Mlle Elizabeth n'était pas très attachée à sa mère. Elle faisait de son mieux pour qu'elle se trouve bien en compagnie de Mme Ann et espérait qu'elle en vienne un jour à l'aimer, mais elles se voyaient trop rarement.

Mamie Wainwright interrompit leur jeu.

— Dès que mon petit-fils sera né, tu l'allaiteras. Nous avons acheté une nouvelle nourrice pour Elizabeth.

— Oui, m'dame, répondit Mattie. Moi, je peux allaiter les deux, savez. C'est pas dur.

— Non. Dans cette maison, chaque enfant a sa nourrice attitrée.

— Ce ne sera pas avant plusieurs semaines, lança Mme Ann. Et ce pourrait aussi ne pas être un garçon.

— Oui, m'dame.

— Bien sûr que ce sera un garçon, affirma mamie Wainwright.

Mattie s'efforça de paraître calme jusqu'à la fin de la visite mais elle était profondément troublée. Même si elle savait déjà qu'on lui confierait le nouveau bébé, elle ne s'était pas doutée qu'on lui enlèverait Mlle Elizabeth. Elle aurait bien voulu n'aimer que

1. Comptine enfantine accompagnée d'un jeu de mains, équivalent de notre *Trois petits chats*.

Samuel, mais cette tendre petite Blanche avait conquis son cœur.

Et voilà qu'on la lui arracherait aussi.

Les semaines suivantes ressemblèrent à celles d'avant la naissance de Mlle Elizabeth, quand Mattie attendait de se séparer de Samuel. Chaque matin, elle se demandait si cette journée serait sa dernière avec l'enfant ; chaque soir, elle remerciait Dieu de lui en avoir fait cadeau et lui demandait un jour de plus.

Ce dur moment serait moins pénible pour Mlle Elizabeth et pour elle-même si Mattie les y préparait en allaitant moins souvent la fillette désormais âgée d'un an, mais elle ne lui refusait pas son sein. Quand elles s'installaient pour la tétée, Mattie avait le cœur lourd, sachant qu'elle enlaçait peut-être Mlle Elizabeth pour la dernière fois.

Un dimanche soir, Mattie se posta à la fenêtre en espérant apercevoir Samuel. Elle s'y tenait chaque jour depuis sa visite au quartier. En ce bel après-midi de mai, le garçon avait couiné de plaisir quand elle l'avait pourchassé. De temps à autre, il s'était arrêté net pour permettre à sa mère de le rattraper, de le soulever dans ses bras et de virevolter avec lui. Après quelques tours, l'enfant, qui ne savait pas encore bien parler, avait demandé : « 'Core, 'core », et le jeu avait repris de plus belle.

Mlle Elizabeth était assise aux pieds de Mattie dans la nursery. Elle se leva en s'agrippant à la longue jupe de la nourrice, fière de sa nouvelle réussite. Mattie lança une balle à quelque distance. L'enfant rampa à quatre pattes, la rapporta dans sa bouche et la laissa tomber devant elle, ce qui fit rire Mattie. Elle allait relancer la balle d'un coup de pied quand la porte s'ouvrit. Mlle Elizabeth tendit les bras et, soulevant l'enfant, la nourrice l'assit sur sa hanche.

— Bonsoir, m'dame.

— Le travail a commencé, annonça Mme Gray. Tu n'as pas à te présenter à la chambre de naissance. Quand l'enfant sera né, Emily te l'emmènera et conduira Mlle Elizabeth à sa nouvelle chambre.

— Oui, m'dame. Merci, m'dame.

Mlle Elizabeth et Mattie furent seules ensemble pour la dernière fois. Mattie se laissa tomber dans le fauteuil à bascule, l'enfant sur ses genoux. Sa voix tremblait quand elle dit à la petite :

— Là tout suite, tu vas aller vivre avec Charlotte. Moi, je vais vivre avec ton petit frère ou ta petite sœur. Charlotte est venue pour prendre soin de toi. Elle va bien s'occuper de toi.

Sa voix se brisa.

— Ça va bien aller.

Mattie voulut étreindre Mlle Elizabeth, mais la petite, dynamique, refusa net, s'écarta en la repoussant et glissa à terre. Elle rampa jusqu'à la balle près de la fenêtre, s'assit et la fit rouler vers sa nourrice. Le jouet fila tout droit. Souriant tristement, Mattie s'accroupit et rattrapa la balle qui était allée se nicher derrière le fauteuil à bascule. Se retournant, elle vit que Mlle Elizabeth l'observait, les sourcils arqués et la tête penchée de côté, l'air d'attendre une réponse à sa question.

— Ba' ?

— C'est bon-là, dit Mattie en clignant des yeux pour sécher ses larmes. On fait comme que tu veux.

Elle fit rouler la balle vers la petite. Mlle Elizabeth l'attrapa et la rapporta à sa nourrice.

La soirée fut longue et tourmentée. Mattie garda l'oreille tendue en direction du couloir, mais aucun indice, aucun renseignement ne lui parvint avant l'heure du coucher. Elle s'allongea sur le lit et se blottit contre l'enfant dans sa petite antichambre, comme tous les soirs depuis sa naissance.

Quelques heures plus tard, un bruit la réveilla. Dans un demi-sommeil, elle se tourna pour attirer Mlle Elizabeth à elle, mais quelque chose avait changé. Elle se redressa. La fillette n'était plus là. À sa place, un nouveau-né.

La rage la consuma. On lui avait refusé de l'embrasser une dernière fois. Ses yeux se mouillèrent de larmes brûlantes. Elle refusa de toucher, de regarder le nourrisson, puisqu'il ne servait à rien de s'attacher. Le bébé pleurait, il voulait sa tétée, mais Mattie l'ignora jusqu'à ce qu'elle n'en puisse plus.

Mlle Elizabeth se réveilla dans un lit inconnu dans une chambre inconnue. Son cœur se mit à battre contre ses côtes quand elle regarda autour d'elle. Où était sa Mattie ?

— Ma'ie, Ma'ie ! cria-t-elle.

Mais Mattie ne vint pas. Elle cria plus fort, plus désespérément, mais Mattie ne vint toujours pas. Une femme qu'elle ne connaissait pas entra dans la chambre.

La pas-Mattie la prit dans ses bras et arpenta la pièce. La pas-Mattie lui donna à manger. La pas-Mattie la secoua. Mlle Elizabeth continua de réclamer sa Mattie. Elle cria jusqu'à ce qu'elle s'endorme.

À son réveil, sa nourrice n'était toujours pas là.

— Ma'ie ? demanda-t-elle d'une petite voix anxieuse.

La femme à ses côtés lui répondit quelque chose que Mlle Elizabeth ne comprit pas. Elle se réconforta du mieux possible en suçant son pouce et elle se balança d'avant en arrière, elle guetta la porte, elle attendit sa Mattie.

Elle mangeait parfois, elle dormait parfois ; mais, surtout, elle attendait le retour de sa Mattie.

Puis elle eut très chaud. La chaleur vint et demeura. Mlle Elizabeth eut trop chaud pour manger, trop chaud pour bouger, trop chaud pour se désaltérer. Des voix se firent entendre, puis se turent. Des mains la palpèrent. Beaucoup de pas-Mattie insistèrent pour qu'elle boive quelque chose. Mais Mlle Elizabeth était très fatiguée et ne voulait rien faire d'autre que dormir. Elle rêva. Elle rêva de sa balle rouge et d'un pied nu à la peau noire. Elle rêva d'yeux couleur caramel et d'un fauteuil à bascule. Elle rêva de lait sucré et de coquillages auxquels s'accrocher.

Mattie entendit les pleurs de Mlle Elizabeth au bout du couloir. Elle arpenta nerveusement la chambre, le nouveau bébé dans ses bras, tandis que la fillette criait son nom : « Ma'ie, Ma'ie ! » Elle dut user de tout son sang-froid pour rester dans la nursery à mesure que la panique gagnait Mlle Elizabeth. Les appels de l'enfant étaient de plus en plus désespérés.

Pendant des heures, Mattie allaita et berça le bébé, fit les cent pas et pleura en entendant les sanglots inconsolables de Mlle Elizabeth. Deux jours après la naissance de M. Jack, les cris de la fillette s'espacèrent et sa voix devint rauque. Deux autres jours plus tard, les cris cessèrent complètement. Ce silence fut plus insupportable encore que les pleurs qui l'avaient précédé : Mattie ne savait maintenant plus rien de Mlle Elizabeth.

— Lisbeth va bien-là ? demanda-t-elle à Emily quand la servante lui apporta son repas.

— Y faut pas l'appeler comme ça devant eux autres. Mam'zelle Elizabeth mange pas, mais elle pleure plus. J'ai jamais entendu un bébé hurler si longtemps. Comme que si Charlotte lui enfonçait des aiguilles dans le ventre.

— Qu'est-ce qu'elle fait, là tout suite ?

— J'ai apporté leurs assiettes, elle a pas cherché à se sauver comme avant. Elle a restée dans son lit. Elle s'accoutume.

— Est-ce qu'elle dort ?

— C'est pas à moi de la surveiller, pas à moi de te le dire. Elle est plus ta mam'zelle Elizabeth.

Mattie savait qu'il valait mieux ne rien demander à Mme Ann, ni M. Wainwright ni à mamie Wainwright quand elles venaient rendre visite à Jack. Mais elle osa quand même s'en ouvrir à la gouvernante. Mme Gray rejeta d'emblée l'offre timide de Mattie de veiller en même temps sur « m'sieur Jack » et « mam'zelle Elizabeth ».

— Cette enfant doit apprendre qu'elle ne peut pas toujours obtenir tout ce qu'elle désire, répliqua-t-elle sèchement. Inutile de céder à ses caprices.

Le docteur Jameson vint à Fair Oaks pour la deuxième fois cette semaine-là. En plus d'examiner le nouveau-né et l'accouchée, il visita Elizabeth. Ann et Mme Gray rôdèrent dans les alentours pendant qu'il auscultait l'apathique enfant. Tenaillée par une forte fièvre depuis trois jours, elle était immobile sous les couvertures. Il écouta attentivement la respiration laborieuse, remarqua les yeux creux, pinça la peau du dos de la main. Le pli mit quelques secondes à s'aplanir.

— Elle est déshydratée, annonça le docteur Jameson à Ann et Mme Gray. Il faut qu'elle boive, sinon la fièvre aura raison d'elle. Il n'y a pas d'autre remède.

Il s'arrêta sur le seuil.

— C'est extrêmement sérieux. Vous devez faire l'impossible pour hydrater cette enfant ou elle mourra. Je suis navré de ma brusquerie, mais la situation est très grave. Je connais la sortie.

Stupéfaite, Ann ne put détacher son regard de l'endroit où s'était tenu le médecin. Puis elle déclara :

— Charlotte, va tout de suite demander à la cuisinière de préparer de l'eau avec du sel et du sucre. N'hésite pas à lui expliquer l'urgence de la situation. Elle doit interrompre ses tâches sur-le-champ et faire ce que je lui demande.

Ann attendit au chevet de l'enfant le retour de la domestique. Mme Gray resta debout derrière elle. Charlotte apporta le remède et alla s'asseoir dans un coin. D'une main tremblante, la jeune mère porta une cuillerée du liquide aux lèvres brûlantes de sa fille.

— Ouvrez sa bouche ! ordonna-t-elle à la gouvernante.

— Ce serait sans doute plus facile si nous la faisions s'asseoir ? suggéra l'autre.

— Oui, bien sûr, répondit Ann, confuse.

Les hormones et la fatigue de l'accouchement, l'inquiétude que lui causait l'état d'Elizabeth l'empêchaient de penser. En retirant sa main, elle renversa un peu du liquide.

Mme Gray empoigna Elizabeth par les aisselles pour la soulever, la cala contre les oreillers et recula. L'enfant glissa lentement de côté et sa tête retomba sur le lit. Ann la regarda fixement.

— Sur mes genoux, peut-être, dit-elle. Mettez-la sur mes genoux.

Mme Gray souleva l'enfant somnolente et l'assit avec rudesse sur les cuisses maigres d'Ann qui eut du mal à l'empêcher de tomber. Elle ballotta son petit corps flasque comme un sac de pommes de terre, puis s'efforça une deuxième fois d'obéir aux directives du médecin. Soutenant d'une main sa fille par la nuque, de l'autre elle transportait en tremblant une cuillère du bol d'eau à sa bouche. Des gouttes tombaient sur la robe de nuit du bébé, sur son cou, sur son menton. Quand elle parvenait à approcher la cuillère de ses lèvres, elle était presque vide. Bien déterminée à sauver sa fille, Ann persistait dans son va-et-vient en s'arrêtant de temps en temps pour essuyer le menton trempé d'Elizabeth.

— Est-ce qu'elle boit ? Je ne peux le dire !

— Hum… interrompit mamie Wainwright de la porte d'où elle avait regardé Ann tenter maladroitement d'hydrater sa fille.

Puis la vieille femme déclara :

— Je vois mal où cela peut nous mener. La fièvre passera ou elle ne passera pas. C'est entre les mains de Dieu. Tu ferais mieux de prier pour elle.

La main d'Ann se figea aux paroles de sa belle-mère. Comme un oiseau terrorisé qui ne sait plus où aller, elle se cramponna encore plus à la cuillère. Elle ferma les yeux, se recueillit et inspira profondément avant de poursuivre sa tâche. Mamie Wainwright marmonna quelque chose qui ressemblait à « Ridicule » et sortit.

La tasse était encore à moitié pleine quand Elizabeth se mit à ronfler. Ann dut renoncer. Elle rangea la concoction et coucha sa fille dans son lit. L'enfant avait avalé un peu d'eau, mais ce n'était pas suffisant.

Incapable de faire plus mais contente de se distraire un peu de son anxiété, Ann récita mentalement le Notre-Père encore et encore, jusqu'à ce que l'épuisement la gagne, qu'elle pose sa tête sur l'oreiller et qu'elle s'endorme aux côtés de sa fille.

Des heures plus tard, Ann s'éveilla dans l'obscurité au son d'une respiration laborieuse. Elle ramena aussitôt les couvertures sur le petit corps brûlant d'Elizabeth et, désarmée, ne sachant que faire, elle regarda la poitrine de l'enfant se soulever et se creuser par à-coups. Elle se tapota nerveusement les lèvres, se leva, se rassit, songea à demander qu'on lui rapporte de l'eau sucrée, rejeta cette idée. Peut-être des serviettes fraîches pour éponger le petit corps fiévreux ? Elle repoussa aussi cette solution. Et, soudain, une autre possibilité lui vint à l'esprit.

Elle scruta la chambre pour s'assurer qu'elle y était absolument seule et tourna la clef dans la serrure jusqu'à entendre le clic du pêne. Puis elle posa sur ses genoux l'enfant aussi molle qu'une poupée de chiffon. Le cœur battant, elle déboutonna son corsage. Elizabeth s'affaissa et se cogna la tête contre le siège de la chaise. Ann la recoucha dans le lit, puis elle dénuda sa poitrine en glissant sa chemise par-dessus sa tête comme on enlève la peau d'un raisin.

Elle regarda une fois de plus autour d'elle avant de reprendre sa fille sur ses genoux et d'approcher son sein du visage de l'enfant. Une goutte de liquide blanc resta suspendue un instant au mamelon, puis tomba sur la paupière d'Elizabeth. L'enfant ouvrit lentement des yeux vitreux. Elle regarda le mamelon rose et le visage rempli d'espoir de sa mère penché sur elle. Ann retint son souffle en espérant que sa fille saurait quoi faire du sein offert. Elle s'inclina un peu plus : une autre goutte de lait tomba sur la joue d'Elizabeth et glissa jusqu'à ses lèvres. La petite fille goûta le liquide du bout de la langue. Une vague d'espoir submergea Ann. Elle attendit nerveusement. Elizabeth plongea ses yeux dans les siens, puis sur le mamelon offert, les referma et détourna la tête.

Ann s'adossa brusquement à la chaise en soupirant, tous ses pores respirant la honte et l'humiliation. Elle se trouva stupide d'avoir même essayé. Elle regarda sa fille enfiévrée et réfléchit. Elle épongea la sueur de son front et la coucha dans son lit. Ravalant ses larmes, défaite, elle enfila sa chemise et reboutonna son corsage. Il n'était pas question qu'elle laisse mourir sa fille. Indifférente à Mme Gray et à Charlotte qui, tout ce temps, étaient restées de l'autre côté de la porte verrouillée, elle alla chercher Mattie.

Quand elle la trouva, elle lui parla avec insistance.

— Elizabeth est brûlante de fièvre depuis trois jours. Elle n'a rien bu. Viens tout de suite, supplia-t-elle, désespérée. Essaie de l'allaiter. Il faut qu'elle boive quelque chose, sans quoi…

La suite se perdit dans le silence.

Mattie suivit Ann dans le long couloir. Mme Gray gardait la porte comme une sentinelle.

— Je ne crois pas que ce soit sage, déclara la gouvernante. Elle ne s'habituera pas à sa nouvelle situation si nous lui amenons Mattie à chaque fois qu'elle pleure.

— Cela m'est égal qu'elle s'habitue ou non, décréta Ann. Le docteur a clairement dit qu'elle devait boire quelque chose. Laissez passer Mattie. Laissez-la passer !

Mme Gray s'écarta. Une odeur amère et métallique flottait dans la chambre. Sous le drap mince, on voyait la petite silhouette d'Elizabeth. Mattie se précipita à son chevet, toucha son front brûlant et écarta une mèche de cheveux humides de son visage. Ann l'entendit à peine murmurer à son oreille.

— Mattie est ici. C'est moi, belle. Tu vas guérir-là.

Mattie s'étendit doucement près de la fille d'Ann. Elle l'attira dans le creux de son bras, d'une main lui caressa le dos, de l'autre le visage en chuchotant inlassablement :

— Je suis avec toi-là. Tout va bien aller.

L'enfant ouvrit lentement les yeux et tendit une main vers le visage de Mattie. Un faible sourire se dessina sur ses lèvres. Elle referma les yeux et enfouit son visage dans la poitrine de la nourrice. Un « Ma'ie » rauque s'échappa de ses lèvres gercées.

Mattie sourit à l'enfant malade et l'embrassa tendrement.

— C'est bon. C'est moi. Je vais essayer de te faire boire, mon bébé.

À la fois triste et soulagée, Ann interrompit leurs retrouvailles.

— Je vais vous laisser seules.

Puis, s'adressant à Mme Gray, elle dit sur un ton qui n'admettait pas de réplique :

— Elizabeth retournera avec Mattie. Veillez à ce qu'on transporte ses affaires et qu'on trouve immédiatement une nouvelle nourrice pour Jack.

— Oui, madame ; comme vous voudrez, répondit Mme Gray en remettant manifestement le jugement d'Ann en question.

Chapitre 5

Mai 1839

Mattie se blottit contre son mari. Elle aimait le contact du corps d'Emmanuel contre le sien. Elle caressait son torse de la main, se glissait en cuillère contre son dos, et y posait la joue. Elle embrassait son corps en respirant son odeur musquée. Seuls dans la cabane de Samuel et Papy, ils profitaient de ces deux magnifiques journées, un privilège qu'Emmanuel avait obtenu de son régisseur et auquel avait consenti Mme Gray. Mattie soupçonnait le maître de vouloir ainsi lui faire concevoir un autre enfant esclave, mais elle n'en avait pas l'intention. Elle n'était pas en période fertile, et si elle l'avait été, elle aurait pris des précautions. Elle avait beau vouloir d'autres enfants, il n'était pas question d'en mettre au monde pour qu'on les lui arrache.

Mattie avait un peu plus de seize ans et Emmanuel, dix-neuf, quand ils s'étaient rencontrés à une fête organisée dans une vieille grange qui sentait le moisi. C'était durant la seule semaine annuelle de repos des esclaves aux champs, la période des célébrations entre

Noël et le jour de l'An. Assise sur une botte de foin, elle regardait autour d'elle, écoutait la musique, plaisantait avec Rebecca et tapait dans ses mains au rythme des tambours pendant que les autres chantaient :

Juba ci et Juba là
Juba a chassé le chat
Juba ci et Juba là
Juba a tué le chat

Elle sursauta quand un bel inconnu d'une autre plantation s'approcha d'elle. Il avait les yeux sombres, une peau lisse couleur café et le corps musclé par les années de travail physique.

— Je m'assois ? demanda-t-il.

Mattic acquiesça et se présenta.

— T'es aux clos de tabac ? fit-il.

— Mmh-hmm. Toi aussi ?

— Non, répondit-il avec fierté. À l'atelier… métal, bois… Je fabrique ce qu'y me demandent. Des fois, je vois aux chevaux.

— C'est-y dur ? s'enquit Mattie, impressionnée.

— Moins dur que le tabac. Mais j'ai des brûlures. La forge.

Il lui montra ses bras.

— Si que j'avais apporté ma pommade d'herbe à la laque, je te soignerais.

— Je vas venir en chercher chez toi-là. Comment que t'as appris à faire la pommade ?

— Grand-maman Washington. Elle me dit quoi qu'elle sait des plantes, et avec, des herbes. Elle nous soigne, et avec, elle est sage-femme. Je vais prendre sa place là qu'elle va partir.

— C'est-y dur ?

— Moins dur que le tabac.

Mattie lui décocha un sourire et il le lui rendit.

Ils dansèrent, rirent et parlèrent toute la nuit sans presque s'intéresser aux autres. La fête finie, il leur fut difficile de se séparer. Mattie reçut son premier baiser. Emmanuel promit qu'ils se reverraient. Mattie espéra qu'il disait vrai.

Quelques semaines plus tard, il vint à Fair Oaks chercher la pommade d'herbe à la laque. Il revint le mois suivant, le mois d'après et l'autre mois encore.

Un jour, Emmanuel parla à Mattie de son rêve le plus cher.

— Je vas me sauver une bonne fois-là. Faut que tu saches, au cas qu'on serait ensemble.

Mattie n'avait jamais songé à abandonner sa famille pour fuir dans la nature, mais elle ne dit rien. Beaucoup d'hommes disaient rêver de s'enfuir, mais rares étaient ceux qui s'y risquaient. Elle se contenta de l'écouter parler de liberté.

— Mon papa s'a sauvé, dit-il.

— C'est-y qu'y est libre ?

— Non, fit Emmanuel en hochant la tête. Y s'a sauvé deux fois. La première fois, tout petit, à douze ans, pas plus. Un jour, aux clos, y s'a trouvé tout seul. Y laisse tomber le sac de tabac et y se met à courir. Y s'avait presque rendu au comté voisin là qu'y l'ont rattrapé. Le régisseur l'a ramené. Y z'y ont coupé un bout d'oreille. Le lendemain, y l'ont renvoyé aux clos.

— Ç'a fait mal ? demanda Mattie.

— Y disait que ça vaut la peine de perdre un bout d'oreille pour goûter à la liberté. La fois d'après, y z-était plus vieux, mais pas assez. Y z-avait tout planifié, mais le bon Dieu veut pas. Un orage tombe. La rivière déborde. Y se rend jusqu'à la Pamunkey, à deux comtés de chez lui, mais pas plus. Entrer dans la rivière, ça veut dire se noyer. Alors y s'assoit au bord de l'eau pour attendre. Les chiens l'ont trouvé en premier. Y s'a des cicatrices qui le prouvent. Pour qu'y puisse travailler mais qu'y puisse pas courir, y z'y ont coupé les orteils. Y m'a dit quoi faire pour être libre : « Attends d'être un homme ; après, va-t'en en mai ou juin. » C'est pas froid mais c'est pas encore le gros temps des orages.

— T'as bien réfléchi, commenta Mattie.

— Mmh-hmm. Un jour, je vas être libre.

Quelques mois plus tard, Mattie et Emmanuel firent le saut du balai[1] et se promirent l'un à l'autre devant Dieu et les membres de leurs familles respectives. Pendant plus de quatre ans, Emmanuel parcourut à pied les cinq kilomètres qui le séparaient de Fair Oaks pour rendre visite à Mattie. La plupart du temps, il venait y passer la nuit du samedi au dimanche, mais le maître lui accordait aussi son vendredi à l'occasion.

Emmanuel se tourna face à Mattie.

— Je me dis que c'est peut-être au printemps que je vas me sauver.

— On était d'accord, soupira Mattie. Samuel est trop petit.

1. Les esclaves ne pouvant pas se marier légalement perpétuèrent aux États-Unis une vieille tradition africaine : sauter main dans la main par-dessus un balai était un symbole de l'engagement du couple. Cette coutume est encore vivante chez certains Afro-Américains. (*N.d.T.*)

— Je me dis que je peux partir en premier, pis que vous me rejoignez l'an prochain ou l'autre après, là que Samuel est assez grand.

— T'es fou ! s'écria la jeune femme. Je vas pas me sauver dans les bois avec un gamin de son âge ! Y va faire trop de bruit, y va être trop agité. Tu pars, alors c'est fini. C'est chez moi, ici. C'est pas parfait, mais on est vivants et on est ensemble des fois. Si tu t'en vas le bon Dieu sait où, là que c'est qu'on va se revoir ? Jamais, peut-être.

— L'Ohio, c'est pas si loin, insista Emmanuel. Je vas y arriver. Je le sais.

— L'Ohio, y va encore être là dans quelques années, là que Samuel va être assez grand pour faire le voyage. Patiente. En attendant, c'est pas trop mal ici.

Chaque hiver, il faisait des projets pour le printemps suivant. Chaque fois, elle laissait entendre qu'il était trop tôt. Mattie priait pour que cela restât des paroles en l'air. Emmanuel semblait de plus en plus déterminé. Elle espérait que leur amour et leur fils l'inciteraient à rester ; mais à chaque printemps, elle lui disait secrètement adieu quand ils se séparaient, persuadée qu'un jour il ne reviendrait pas.

Mattie pressa son corps contre celui d'Emmanuel.

— Pense plus à l'Ohio, dit-elle, enjôleuse. T'es en Virginie, là tout suite, avec moi, tout seul avec moi, dans mon lit. C'est-y que ça t'inspire ?

Elle se blottit davantage contre lui, approcha sa bouche de la sienne jusqu'à sentir son haleine. Emmanuel sourit, la regarda dans les yeux malgré la pénombre et caressa son dos de sa grande main. Il embrassa tendrement ses lèvres pulpeuses. Elle les entrouvrit et le bout de sa langue chercha celle d'Emmanuel.

— C'est-y que la petite va encore nous interrompre ? demanda-t-il en la repoussant.

— Son nom, c'est Lisbeth, répondit Mattie. Non, je pense pas. Elle était bien là que je suis partie. Je pense pas qu'y vont m'appeler parce qu'elle est malade.

— Bon. Je veux pas être émoustillé pour après que tu me laisses en plan, dit-il pour la taquiner.

— Viens ici. Je vas t'émoustiller.

Elle le remit sur le dos d'une poussée, grimpa sur son ventre et le chevaucha. Elle reçut sa langue dans un baiser profond. Elle se colla à lui jusqu'à ce qu'il en oublie de fuir la Virginie.

Après l'amour, Emmanuel embrassa Mattie, lui tourna le dos et s'endormit. Elle l'entoura de son bras et se blottit contre lui, son corps encore tout frémissant de plaisir. Les hommes bons étaient rares. Elle avait de la chance.

Il lui suffirait d'être certaine de pouvoir le garder pour être pleinement heureuse.

Après le repas du dimanche, Ann et Elizabeth se trouvaient au salon, un livre de comptines ouvert devant elles. Jonathan lisait près du feu. De temps en temps, il marmonnait tout bas, n'approuvant manifestement pas l'opinion de tel ou tel journaliste. Mamie Wainwright feignait de s'intéresser à sa broderie.

— Mat-tie veni' ? demanda la gamine de deux ans d'une voix inquiète.

— Ne pleurniche pas, Elizabeth, lui reprocha Ann.

— Lisbeth vouloi' Mat-tie, se lamenta l'enfant.

— *Elizabeth veut Mattie*, corrigea Ann. Eh bien, attends. Tu n'as pas d'autre choix. Elle sera là quand elle sera là. Écoute cette comptine et patiente.

Elizabeth regarda fixement la porte, comme pour la forcer à s'ouvrir. Sa mère lut la comptine suivante.

Promenons-nous dans les bois
Pendant que le loup n'y est pas
Si le loup y était
Il nous manger...

— Écoute un peu ça, l'interrompit Jonathan. C'est une honte. « Comme hommes, comme chrétiens, comme citoyens, nous avons des devoirs à remplir envers l'esclave, aussi bien qu'envers tout autre membre de la société. Sur ce point, nous ne sommes pas libres. La loi éternelle nous oblige à nous ranger du côté de celui qu'on outrage ; et cette loi est surtout obligatoire quand nous défendons à la victime de lever le bras pour se défendre[1]. » Je ne peux pas croire qu'il ait l'audace de parler au nom de tous les chrétiens alors qu'il dit clairement qu'il est unitarien.

— Qu'es-tu donc en train de lire ? demanda mamie Wainwright.

— Le pamphlet du révérend William Ellery Channing, *De l'esclavage*.

— Je me demande bien pourquoi tu t'intéresses à de telles sottises, rétorqua mamie Wainwright. Elles ne servent qu'à confondre les esprits.

---

1. Channing (William Ellery), *De l'esclavage*, précédé d'une préface et d'une étude sur l'esclavage aux États-Unis par M. Édouard Laboulaye. Paris : Au bureau du dictionnaire des arts et manufactures, Librairie Lacroix-Comon, 1855, 358 pages, p. 6. *(N.d.A.)*

— Il est de mon devoir de m'informer en tant que chef de famille, mère. Je ne devrais pas avoir à vous le rappeler.

— Certaines opinions sont dépourvues d'intérêt.

— Les abolitionnistes nous servent ce même argument pour attaquer notre mode de vie. Ils veulent nous enlever tout ce que nous avons créé.

— Ridicule ! déclara mamie Wainwright. Au moment de la fondation de ce pays, il a été entendu que nous aurions le droit de garder des esclaves. C'était une des conditions de la formation de l'Union et cela ne changera pas en dépit de la rhétorique des colonies du Nord.

Le mari d'Ann ne fit pas attention à sa mère.

— Écoutez ce que dit Channing au sujet du gouvernement : « Il doit considérer chacun de ses administrés comme une part vitale de l'association, comme ayant droit à ses soins, à toutes les mesures qu'il prend pour assurer la liberté et le bonheur communs[1]. » Il laisse entendre la volonté de Jefferson de voir la Constitution conférer des droits civils aux Africains. C'est du plus haut ridicule. Nos ancêtres ont été très clairs : un esclave ne représente que les trois cinquièmes d'un homme blanc. Il n'a pas les mêmes droits qu'un chrétien.

Ann était lasse de ces discussions. Son mari lisait de temps à autre les arguments des colonies du Nord et les leur communiquait, mais si elle partageait sa frustration, elle ne jugeait pas utile de s'intéresser à ces questions. Elle chercha plutôt à amuser sa fille pour qu'elle se tienne tranquille.

---

1. *Ibid.*, p. 35. *(N.d.A.)*

— Seule une personne qui n'a jamais vécu avec un nègre peut à ce point s'illusionner sur ses aptitudes, poursuivit Jonathan. Sans l'esclavage, ces pauvres barbares mourraient de faim. La pauvreté n'existe pas dans le Sud. Channing ne peut certes pas en dire autant de son Massachusetts bien-aimé. Il ne comprend pas que nous donnions aux nègres de quoi vivre jusqu'à la fin de leurs jours.

Des coups à la porte mirent fin à cette tirade.

— Tu peux entrer, dit mamie Wainwright.

— Mat-tie ! s'écria Elizabeth en courant vers sa nourrice les bras ouverts, un grand sourire aux lèvres. Mat-tie revenue !

La nourrice s'accroupit sur le seuil et ouvrit les bras pour enlacer l'enfant dont elle avait la charge. Ann regarda sa fille se ruer sur l'autre femme. Elle imaginait difficilement la joie qu'elles partageaient, si présente dans les yeux d'Elizabeth. Cette joie était un mystère pour elle, mais Ann prenait plaisir à l'observer. Sa belle-mère la jugeait quant à elle fort déplaisante.

— Elizabeth ! gronda mamie Wainwright. Reviens ici tout de suite !

La fillette stoppa net sa course vers la porte. Dos courbé et tête basse, elle fit lentement demi-tour pour aller se rasseoir dans le canapé.

— Demande à ta mère la permission de t'en aller, lui ordonna sa grand-mère.

— Puis-je ? s'enquit Elizabeth à mi-voix et les yeux baissés.

Ann sourit.

— Oui, ma chérie, bonne nuit ; tu peux t'en aller, la rassura-t-elle avant de tapoter ses jambes potelées et d'embrasser ses cheveux.

Elizabeth descendit à grand-peine du canapé et franchit en toute hâte la distance qui la séparait de sa nourrice. Quand celle-ci la prit dans ses bras, l'enfant la serra très fort. Elle caressa les joues de Mattie de ses menottes, enfouit son nez dans son visage et s'écria :

— Manqué ! Lisbeth manqué Mat-tie !

— Toi aussi, mam'zelle Elizabeth, t'as manqué à Mattie.

Puis, se tournant vers ses propriétaires, Mattie ajouta :

— Bonne nuit, maître. Bonne nuit, m'dames.

— Elles sont beaucoup trop attachées, décréta mamie Wainwright quand la porte fut refermée.

— Cela ne fait de mal à personne, dit Ann, surprise de tenir tête à sa belle-mère. Elles devront se séparer bien assez tôt. Il ne sert à rien de précipiter les choses. Je trouve cette amitié assez charmante, à vrai dire.

— Es-tu de mon avis ? demanda mamie Wainwright à son fils. Sont-elles trop attachées ?

— Cela ne regarde qu'Ann, répondit-il.

Ann fut reconnaissante à Jonathan de ne pas se rallier à sa mère contre elle. À force de temps et de patience, elle avait enfin acquis un peu d'autorité sous son propre toit.

Mattie monta péniblement l'escalier, car Lisbeth s'agrippait à sa jambe. Après avoir failli trébucher sur elle, elle décida de la porter dans ses bras. La petite fille bougeait la tête d'avant en arrière en plantant des baisers sur la joue de Mattie au rythme de ses pas. Une fois arrivées à la chambre, Lisbeth enfouit son visage dans le cou de sa nourrice quand elle aperçut Emily qui rangeait des vêtements.

— Comment c'est-y que ç'a été ? s'enquit Mattie.

— Pas trop mal. Elle a resté longtemps à voir dehors. Elle a couiné comme une petite souris là qu'elle t'a vue. Elle a demandé que je vas te chercher, mais j'as dit qu'elle était coincée avec moi. Elle va être fatiguée là tantôt. Elle a pas dormi quasi cet après-midi.

Mattie conduisit Lisbeth près de la fenêtre après sa toilette du soir. Elles y restèrent jusqu'au coucher du soleil. Puis Papy et Samuel sortirent leur souhaiter la bonne nuit d'un signe de la main. Mattie envoya un baiser invisible à son fils et Lisbeth fit de même. Mattie rit et embrassa la fillette sur la tempe.

— Bonne nuit, Samuel. Bonne nuit, Papy, dit Mattie.

— Bonuit, dit Lisbeth avec un signe de la main.

— C'est bon, fille. On va dire ta prière, là tout suite.

Dans l'antichambre, Mattie s'agenouilla à côté du lit.

— Mets-toi debout-là, à côté de moi, dit-elle à Lisbeth. Comme ça, fille. C'est quoi qui t'a rendue heureuse aujourd'hui ? Pour quoi que tu veux dire merci au bon Dieu ?

— Mat-tie revenue ! s'écria Lisbeth.

— C'est bon, dit Mattie en riant. On va dire *Merci, bon Dieu, que t'as ramené Mattie.* C'est-y qu'y a quelqu'un de spécial que tu voudrais que le bon Dieu protège ?

— Mat-tie !

— C'est bon. Mattie. Qui encore ?

— Bébé Jack.

— Mmh-hmm.

— Mè'.

— C'est bon, dit Mattie pour l'encourager.

— Pè'.

— Mmh-hmm.

— Mamie.

— Bon. Alors on dit : *S'y te plaît, bon Dieu, protège bébé Jack, mère, père et mamie. Et chaque nuit, là que je sommeille, penche-toi sur mon petit lit. Amen.*

— A-mé, répéta Lisbeth.

Avant de se relever, Mattie dit sa propre prière.

— Merci, bon Dieu, de m'avoir donné ces heures avec ma famille. Protège Samuel et Emmanuel et Rebecca et Papy et mam'zelle Lisbeth. Merci. Amen.

— A-mé, dit de nouveau Lisbeth.

Chapitre 6

Mars 1841

Lisbeth s'efforçait d'être sage. C'était une grande fille, désormais : elle approchait des quatre ans. Elle devait rester assise bien tranquille et ne pas trop parler. Pour ne pas salir sa jolie robe bleue, elle faisait semblant de manger ce que contenait la grande assiette de porcelaine blanche devant elle. Mattie n'assistait pas au dîner ce soir-là. Lisbeth avait sollicité sa présence, mais sa mère avait répondu :

— Tu es une grande fille, maintenant. Il n'est pas nécessaire que Mattie soit toujours avec toi. C'est moi qui t'aiderai pendant le repas.

Lisbeth en fut surprise. Mère ne l'aidait pas souvent.

Le plateau de la grande table rectangulaire lui arrivait juste sous le menton. Elle aimait se mirer dans son bois sombre et luisant : chaque fois qu'elle hochait la tête ou remuait la bouche, son reflet changeait de forme. Mais elle devait être discrète, sans quoi mamie lui ordonnait : « Elizabeth, assieds-toi ! », même si c'était déjà le cas. Père occupait le grand fauteuil au bout de la table et mère se tenait raide sur une chaise à côté de Lisbeth. La petite fille connaissait quelques-uns des autres adultes, mais pas tous. Personne ne lui adressait la parole, sauf pour lui dire : « Bonjour, Bonsoir » ou « Regardez-moi cette grande fille ! » Elle essayait parfois de suivre leur conversation, mais elle ne comprenait pas tout.

Quand elle se lassa d'observer son reflet, elle se tortilla pour examiner les chaussures des convives. Elle en étudia les coutures, les boucles et les boutons qui ornaient des pieds de différentes tailles. Les adultes semblaient être impeccablement assis, mais il en allait autrement sous la table. Ils tendaient les jambes, remuaient les pieds. Hélas, mamie Wainwright s'aperçut du manège de Lisbeth.

— Tiens-toi droite ! lui ordonna-t-elle.

Lisbeth s'exécuta. Mais elle balança ses jambes d'avant en arrière. De plus en plus haut. Elle resta toute raide pour que mamie Wainwright ne lui reproche pas de gigoter. Sans qu'elle le veuille, son pied frappa légèrement le dessous de la table. Regardant droit devant, Lisbeth espéra que personne ne s'en soit aperçu. Ce qui était le cas. L'eau dans son verre avait à peine frémi. Elle recommença. Tout juste assez fort pour faire danser le liquide. Parfait. Alors elle remit ça mais avec trop d'énergie. En heurtant le bol de pommes de terre, le verre s'y vida à moitié, retomba, puis renversa sur la nappe le reste de son contenu.

— Un peu de tenue, Elizabeth ! cria père de sa grosse voix en la fusillant du regard.

Mamie regarda Lisbeth durement, le visage tout crispé de colère.

Lisbeth eut peur et se mit à pleurer en appelant : « Mattie ! Mattie ! »

— Non, Elizabeth, insista père. Nous n'appellerons pas Mattie. Tu restes à table et tu dînes.

Mère tapota la petite main blanche de Lisbeth en lui parlant.

— Ça suffit maintenant. Tais-toi. C'est fini. Sèche tes larmes.

Mère s'efforçait d'être aimable, mais elle ne parvenait pas à la consoler. Lisbeth voulait Mattie. Assise sur sa chaise, elle baissa les yeux sur ses cuisses, en se retenant de pleurer. Elle avait l'estomac noué et ne pouvait rien avaler, mais père s'en fichait. Tout ce qu'il voulait, c'était la voir rester tranquille jusqu'à ce que les adultes aient terminé leur repas et se lèvent de table.

Ce soir-là, au lit, couchée aux côtés de Mattie après la prière, Lisbeth raconta sa soirée à la nourrice.

— J'ai renversé de l'eau et père s'est fâché. Je t'ai appelée. J'ai fait : « Mattie ! Mattie ! Mattie ! » Mais mère et père m'ont obligée à rester. C'était horrible.

— Lisbeth, fille, si que je te manque, chante notre berceuse dans ta tête. Ça fera comme si que j'étais avec toi, même si que je suis loin.

Mattie entonna leur berceuse de sa belle voix riche, et celle limpide et aiguë de Lisbeth se joignit à la sienne. Blottie au chaud contre sa nourrice, Lisbeth allongea la main vers son collier de coquillages. Elle chanta, effleura, fredonna et s'assoupit enfin au troisième couplet :

Bois, ma petite
Bois, doux bébé
Petit bébé de lait, de sucre, de miel
C'est l'heure de la tétée

Chapitre 7

Dans la chaleur torride et accablante du mois d'août, Mattie et Lisbeth choisirent l'ombre du grand saule pour y faire la sieste de l'après-midi. Le vieil arbre entre la grande maison et le quartier était un de leurs endroits préférés. Lisbeth aimait l'univers intime qu'offrait sa voûte immense et verte, Mattie appréciait d'être ainsi plus près de son fils. Elles s'installaient toujours du côté du quartier pour que Mattie puisse entrevoir le grand garçon dégingandé qui apportait à boire aux travailleurs dans les champs derrière les cabanes. À cinq ans, Samuel avait perdu ses rondeurs de bébé et distribuait énergiquement ses provisions d'eau d'un bout à l'autre des rangs de tabac.

Couchée près de Mattie sur une vieille courtepointe en patchwork, Lisbeth en suivait les motifs du doigt.

— Mattie, qui a fait ce couvre-lit, d'après toi ? demanda-t-elle en soulevant la tête.

— Sais pas. Une esclave qu'a vécu ici y a longtemps. C'est plus vieux que toi ou que moi, ça. Plus vieux que ta mamie.

— Est-ce qu'elle est morte ?

— Qui ?

— L'esclave.
— C'est sûr, dit en riant Mattie que la question de la petite amusait.
Affichant un air perplexe, Lisbeth réfléchit un peu, puis demanda :
— Crois-tu que les esclaves vont au même ciel que les gens ?
Choquée et offensée, Mattie inspira profondément avant de répondre.
— Les esclaves, c'est des gens aussi, comme vous autres. J'as jamais entendu parler de plusieurs ciels. Y en a juste un.
— Qui fait le travail ?
— On travaille pas au ciel, déclara Mattie.
— Et si tu ne vas pas au ciel, qu'arrivera-t-il ?
— Pour moi, le bon Dieu y z-aime tout le monde, le bon Dieu, y pardonne à tout le monde. Tout le monde va au ciel.
Lisbeth semblait avoir des tas d'autres questions à poser. Elle réfléchit un peu à la réponse de Mattie avant de demander :
— Est-ce que ta maman te manque, Mattie ?
— Tous les jours. Mais là-haut, elle veille sur moi.
— Est-ce qu'elle veille aussi sur moi ? fit Lisbeth, la voix remplie d'espoir.
Mattie réfléchit une minute et hocha lentement la tête.
— C'est sûr, Lisbeth. Elle veille sur tous ceux que j'aime.
— Tu la reverras quand tu iras au ciel, répondit Lisbeth avec assurance. Et je pourrai la connaître. Est-ce qu'elle s'est toujours occupée de toi ?
— Oui. Après, y l'ont vendue.

— As-tu pleuré quand elle est partie ? s'enquit Lisbeth. Tu avais quel âge ?

— Huit ans juste. J'as pleuré tous les soirs dans mon lit. Papy ou Rebecca étaient là, mais c'était pas pareil.

— Tu ne les laisseras pas te vendre, n'est-ce pas ? implora Lisbeth en s'accrochant à la jupe de Mattie. Je vais beaucoup pleurer s'ils te vendent.

— Je vas pas pouvoir rien faire-là. Ton père, y décide. Je vas pas te faire une promesse que je vas pas tenir.

Lisbeth eut les larmes aux yeux.

— Je demanderai à mère de te donner à moi, quand je serai grande, déclara Lisbeth avec fermeté. Comme ça, tu resteras toujours avec moi. Personne ne pourra te vendre.

À la fois flattée et humiliée, Mattie ne réagit pas aux propos de Lisbeth. Elle resta étendue en silence, espérant que l'enfant finisse par s'endormir. Lisbeth posa sa tête sur la courtepointe et ferma les yeux tandis que Mattie lui caressait doucement le dos. Toujours agrippée aux jupes de l'esclave, Lisbeth en palpa le tissu entre le pouce et l'index.

— Comment était ta maman ? demanda la petite.

— Elle avait une jolie voix. Elle chantait tout le temps. Sa berceuse préférée, c'était celle que t'aimes aussi, *Dors, mon bébé*. Elle aimait le jaune. Chaque printemps, on faisait la chasse aux crocus jaunes.

— Les crocus ?

— La première fleur du printemps. Elle est petite. Elle fleurit pas longtemps longtemps. Mais c'est elle qui dit que le printemps est arrivé.

Lisbeth se redressa.

— Oh, Mattie, on ira ? On fera la chasse aux crocus ? J'adore les chasses.

— Oui, fille, dit Mattie en souriant. Au printemps, on va cueillir des crocus.

— Mattie, ta maman avait-elle un nom ? demanda Lisbeth.

— C'est sûr ! dit Mattie, l'air faussement offensé. Tout le monde a un nom. Elle, c'était Naomi, comme que la Naomi de la Bible. C'est assez-là. Couche-toi. Dors. Je vas te raconter ma maman une autre fois.

Mattie chanta et Lisbeth s'assoupit. Quand la respiration de l'enfant devint régulière et profonde, Mattie se redressa, s'approcha du rideau de branches et l'écarta. Tout en attendant d'entrevoir son fils, elle se remémora le dernier moment avec sa mère.

À la plantation, le 1er janvier était le jour des comptes. À une merveilleuse semaine de repos et de visites succédait le moment le plus redouté de l'année pour les esclaves aux champs. Après le déjeuner de doliques à œil noir, censés porter chance tout au long des mois à venir, le maître et le régisseur rassemblaient leur cheptel humain et annonçaient les ventes et les locations. Il ne servait à rien de supplier et de protester. Si vous étiez sur la liste, vous partiez le lendemain. Être loué à un planteur voisin était un moindre mal. Une plantation à proximité pouvait signifier des visites presque chaque dimanche ; si elle était un peu plus éloignée, cela voulait dire une visite par an au grand congé de Noël. Mais être vendu à un trafiquant d'esclaves de Géorgie ou de Louisiane était terrible. Cela impliquait de ne plus revoir sa famille et sans doute une mort prématurée – ce dont on n'avait aucune certitude, car il était rare qu'à Fair Oaks, on ait des nouvelles de ceux qui avaient été vendus dans le Sud.

Le jour de l'An 1825, les esclaves anxieux s'étaient réunis sur la pelouse devant la grande maison. L'estomac plein de ces doliques porte-bonheur, ils attendaient l'appel de maître Wainwright. Mattie se tenait bien droite, enveloppée par les bras costauds de sa mère. À presque huit ans, Mattie était assez vieille pour être louée ou vendue. Elle sentit la tension qui s'empara de sa mère quand le régisseur, d'une voix grave ne trahissant aucune émotion, se mit à lire.

— Benjamin, Olivia et Miriam seront loués à Berkeley. Le jeune James, Daniel et Frances seront loués à Willowbrook. Louisa, Sugar et Willametta, louées à White Pines.

Naomi, la mère de Mattie, étreignit sa fille plus fort quand ce fut le tour des esclaves vendus.

— Willamena vendue à Westover. Benny vendu à Cumberland. Naomi vendue à Hopewell.

— Non ! s'écria Mattie.

Mais sa mère plaqua aussitôt ses doigts sur la bouche de la fillette. Brutalement réprimée, sa protestation ne parvint pas aux oreilles du maître.

Mattie sentit une poigne brutale sur son épaule. La litanie des noms se poursuivait, mais Mattie ne les entendait plus. Sa mère était sur la liste, pas elle. Elle ignorait où était Hopewell, si les visites seraient hebdomadaires ou annuelles. Elle savait seulement que sa mère l'abandonnait.

Tout l'après-midi, toute la soirée, l'air fut imprégné d'une tristesse funèbre. Le lendemain matin, avant le lever du soleil, la mère de Mattie emballa ses quelques affaires. Elle défit son collier et, d'un coup de dent, en détacha un coquillage. Elle mit ensuite le collier au cou de Mattie et conserva le coquillage solitaire.

— Prends-en soin jusque là que je reviens. C'est le collier de ma maman. Elle l'a reçu de sa maman, sa maman l'a reçu de sa maman à elle. Je prends un coquillage pour moi. Le reste va t'unir à moi et t'unir aux autres avant nous deux. On est fortes, Mattie. T'es pareille que nous. Toi aussi, t'es forte.

Mattie hocha la tête, la gorge trop nouée pour pouvoir dire un seul mot.

Elles rejoignirent, à l'extérieur, les autres familles sur le point d'être séparées. Mattie se serra contre sa mère. Naomi souleva le petit menton de sa fille et la regarda droit dans les yeux, murmurant farouchement :

— Maman t'aime. Maman va toujours t'aimer. Garde-moi dans ton cœur. Je vas revenir au grand congé.

Elle se dégagea de l'étreinte de Mattie et monta dans le chariot.

Flanquée de Papy et de Rebecca, Mattie vit sa mère s'éloigner et rapetisser au loin. Elle criait intérieurement : « *Maman, pars pas ! Emmène-moi !* », mais aux yeux de tous, elle avait l'air solide et calme, comme un arbre fermement enraciné.

Sans doute aurait-elle protesté davantage si elle avait su que sa mère ne reviendrait pas. Naomi mourut d'une infection peu après son départ et fut enterrée sans cérémonie. Quand la nouvelle parvint à sa famille trois mois après son décès, une simple croix de bois fut plantée en son honneur dans le cimetière noir de Fair Oaks. Au milieu de celles des trisaïeuls de Mattie, de son arrière-grand-maman, de sa grand-maman, de son papy et de son père, sa tombe vide surplombait la rivière James.

Assise à l'ombre du grand saule, tout en caressant distraitement les cheveux de Lisbeth, Mattie jura de s'enfuir avec Samuel si le régisseur décidait de la vendre, elle ou son fils.

Ce soir-là, la famille Wainwright était réunie au séjour et père, comme à son habitude, plongé dans sa lecture. De temps à autre, il lisait un passage à voix haute à mère qui brodait une taie d'oreiller. Lisbeth jouait avec une poupée de porcelaine dans le canapé ; elle espérait que la taie soit pour son lit, car elle en aimait les couleurs. Quand mère en aurait presque terminé, elle lui demanderait de la lui donner.

— À quoi ressemblait votre maman ?

— Quelle drôle de question, Elizabeth, répondit mère, surprise.

— De quoi avait-elle l'air ? insista l'enfant.

— En fait, tu lui ressembles. Tes yeux me rappellent beaucoup les siens. Mais je n'en ai pas de souvenir précis.

— Pourquoi ? fit Lisbeth, inquiète.

— J'étais très jeune quand elle est morte. Je devais avoir huit ou neuf ans. Je n'ai pratiquement aucun souvenir d'elle.

La curiosité de la fillette ne fléchit pas.

— Quelle était sa chanson préférée ?

— Mon Dieu ! dit mère dans un rire. Je n'en ai aucune idée.

— Est-ce qu'elle chantait pour vous ?

— Non, fit mère en hochant la tête.

— Avait-elle une fleur préférée ?

— Une fleur préférée ?

Mère réfléchit.

— Non, je ne pense pas. Ou si elle en avait une, je ne l'ai pas su.

— Quelle était sa couleur préférée ?

Un sourire se dessina sur les lèvres de mère.

— Bleu. Un bleu profond. Elle disait que cette teinte faisait ressortir ses yeux.

Satisfaite de cette bribe d'information, Lisbeth passa aussitôt à un autre sujet.

— Mère, Samuel pourrait-il venir vivre ici ? Mattie serait plus heureuse s'il était avec nous. Je la partagerais volontiers avec lui.

Mère éclata de rire.

— Tu es très gentille, Elizabeth. C'est bien de te préoccuper de Mattie. Elle a beaucoup de chance de t'avoir près d'elle. Mais je t'assure qu'il est préférable que Samuel reste au quartier pendant que Mattie s'occupe de toi ici.

— Mais… commença Lisbeth.

— Ne discute pas, Elizabeth, enchaîna mère. Il y a des choses que tu ne comprends pas. Tu dois me faire confiance. Samuel ne serait pas du tout à son aise. Il n'y a rien ici qui puisse l'occuper. Ils peuvent très bien se rendre visite toutes les semaines. La plupart des travailleurs voient leur famille moins souvent.

Mère avait été très claire. Il ne servait à rien d'insister. Lisbeth ne comprenait pas son raisonnement, mais le sujet était clos. Dans l'intérêt de tous, Mattie resterait ici, avec elle, et Samuel demeurerait au quartier.

Chapitre 8

Printemps 1843

— Est-ce que je peux venir aussi ? supplia Lisbeth.

— Pourquoi que tu veux venir avec moi ? fit Mattie.

— Je ne veux pas rester avec Emily. Et puis, j'ai envie de voir tout le monde. Il y a longtemps que je ne t'ai pas accompagnée.

Elle allait souvent au quartier le dimanche matin, quand elle était petite. Mais depuis qu'elle était assez grande pour assister à l'office, elle n'en avait eu que rarement l'occasion. Alitée depuis plusieurs jours à cause d'un mauvais rhume, elle n'avait pas accompagné les Wainwright à l'église car mère avait décrété qu'il n'était pas prudent de rester assise des heures dans une bâtisse humide et froide. Dès que la voiture familiale s'était éloignée, Lisbeth avait supplié Mattie de la laisser l'accompagner. Mattie céda. Lisbeth ne se tenait plus de joie.

Lors de leur trajet vers les cabanes, Mattie lui fit ses recommandations.

— On va voir Samuel et Papy. Et avec, on va voir Rebecca et sa famille : Laurence, Sarah, Henry et Frank. C'est-y que tu te souviens de Sarah ? Elle est un peu plus vieille que toi.

— Je me souviens de tout le monde, dit Lisbeth. Tu n'as pas à me les rappeler.

Lisbeth les connaissait de vue pour les avoir aperçus de sa fenêtre. Chaque jour, elle les voyait aller aux champs puis en revenir. Elle les regardait préparer les repas dehors, faire la lessive et s'amuser. Elle imaginait leurs conversations. Et le dimanche soir, Mattie lui racontait des anecdotes à leur sujet.

En arrivant au quartier, Lisbeth se sentit soudain nerveuse et peu sûre d'elle. L'endroit lui était familier, mais de loin. Elle n'y était pas venue depuis trop longtemps pour s'y sentir à l'aise. À quelques pas de la cabane de Papy et Samuel, Lisbeth enfouit son visage dans les plis de la longue jupe de Mattie. Les murmures des gens dehors sur les bancs flottèrent jusqu'à elles. Mattie sourit quand elle reconnut la voix de son fils. Le visage de Samuel s'illumina quand il vit sa mère contourner la cabane.

— T'as perdu deux dents d'en haut ! s'écria Mattie en prenant dans sa main le menton de Samuel pour examiner sa bouche édentée. C'est-y que tu les as lancées sur le toit ? C'est-y que t'as fait un vœu ?

— Mmh-hmm. Y s'est réalisé. Regarde !

Le doigt de Samuel indiquait quelque chose. Un homme lui souriait.

— Emmanuel !

Ils se précipitèrent l'un vers l'autre, Lisbeth ne lâchant pas Mattie.

— T'es ici ? C'est juste la semaine prochaine que c'est ton jour de visite.

— Fallait emmener des chevaux. Alors j'ai dit : « Je vas y voir. »

— C'est si bon que t'es là.

Rayonnante, Mattie regardait son homme.

Lisbeth s'accrochait aux jupes de Mattie, tandis que les deux adultes s'enlaçaient. Quand Mattie se dégagea de l'étreinte d'Emmanuel, elle trébucha sur Lisbeth.

— Pour l'amour du bon Dieu ! s'écria Mattie. Lisbeth ! Viens dire bonjour à ma famille. Samuel et Rebecca, et Papy et Sarah et les autres. T'as pas oublié. Lui, c'est mon mari, Emmanuel. Je te l'ai raconté. Mais ça fait longtemps que tu l'as pas vu.

Lisbeth regarda fixement l'homme. La surprise de cette rencontre la laissa bouche bée.

— T'as avalé ta langue-là ? la taquina Emmanuel.

— Non, répondit Lisbeth. La voici.

Spontanément, elle lui tira la langue et, s'en repentant aussitôt, elle écarquilla les yeux et plaqua sa main sur sa bouche dans l'hilarité générale. Quand elle comprit que personne ne lui en voulait, elle rit aussi.

Assise sur un des bancs adossés à la cabane, flanquée de Lisbeth et de Samuel, Mattie s'adressa à celui-ci :

— Quatre, cinq, deux, sept, neuf, deux, et pis huit.

— Non, corrigea Lisbeth. Vendredi, c'était six.

— C'est vrai ! s'écria Samuel.

Il se retourna vivement et vrilla Lisbeth du regard en plissant les yeux.

— C'est-y que tu te mets à la fenêtre pour voir dehors, toi aussi ? demanda-t-il. Avec ma maman ?

— Oui, répondit Lisbeth, vaguement mal à l'aise. Chaque matin on compte ensemble les doigts que tu lui montres. Tu ne me vois pas ?

— Non, grogna Samuel.

— Y peuvent pas voir dedans, Lisbeth, lui expliqua Mattie.

Lisbeth se retourna vers leur fenêtre pour s'en assurer. Le soleil se reflétait sur la vitre.

Samuel regarda durement Lisbeth, puis sa mère, sauta du banc où il était assis et s'enfuit en courant. Mattie s'élança derrière lui.

Laissée seule, Lisbeth regarda Mattie amadouer Samuel, embrasser ses cheveux, le chatouiller sous les aisselles et l'enlacer. Samuel lui échappa ; Mattie lui courut après. Il se laissa rattraper puis se déroba encore une fois à l'attention de sa mère.

Les récits des dimanches avec Samuel, Emmanuel et les autres berçaient depuis toujours la vie de Lisbeth. Depuis sa plus tendre enfance, elle avait épié leurs allées et venues deux fois par jour. Au réveil, puis juste avant le dîner, elle se tenait à la fenêtre avec Mattie, comptait les doigts que brandissait Samuel et observait son univers. Ces gens lui étaient familiers. Mais aujourd'hui, Lisbeth perçut aussi autre chose. En voyant Mattie au milieu d'eux, elle comprit à quel point ils étaient sa famille. Mattie était à sa place ici. Elle y était chez elle.

L'estomac de Lisbeth se noua. Elle eut soudain envie d'être ailleurs, envie d'observer cet endroit seulement de loin, de la fenêtre de sa chambre, avec Mattie à ses côtés.

Sarah, la fille de Rebecca, vint d'un bond s'asseoir à côté de Lisbeth.

— Mam'zelle Lisbeth, tatie Mattie veut que je t'apprenne quelque chose.

— Ce n'est pas la peine, dit Lisbeth en ravalant ses larmes. Merci quand même.

— Y faut, qu'elle dit.

— Y faut que t'apprennes quelque chose, Lisbeth ! cria Mattie de loin. Sarah va te le montrer.

— D'accord, dit Lisbeth, à moitié convaincue.

— Mets tes mains devant tes épaules. Ouvre les doigts. Comme ça-là.

Lisbeth suivit les indications de Sarah et imita le geste de la fillette. Sarah scanda alors un rythme compliqué en tapant dans les mains, sur ses cuisses ou sur les paumes de Lisbeth. Pendant que voletaient ses mains, elle chanta :

Little Sally Walker, sitting in a saucer,
Rise, Sally rise, wipe your weeping eyes,
Put your hands on your hips and let your backbone slip,
Shake it to the east, shake it the west,
Shake it to the one that you love the best[1].

— Tu es rapide ! s'exclama Lisbeth quand Sarah eut fini.

— Tout le monde me le dit, se vanta Sarah. La plus rapide des cueilleurs de tabac de mon âge.

— Je ne pourrai jamais jouer à ce jeu à cette vitesse.

— Tu peux ! Je vas te montrer lentement.

Les mains rudes de Sarah tapèrent dans les mains lisses de Lisbeth. Sarah répéta plusieurs fois la séquence, lentement, et chanta la comptine jusqu'à

1. Variante afro-américaine de la comptine enfantine *Little Sally Walker*, habituellement accompagnée d'un jeu entre plusieurs enfants formant une ronde, avec un enfant au milieu.

ce que Lisbeth y arrive à son tour. Après quelques minutes, Lisbeth osa taper des mains en rythme, quitte à se tromper souvent. Les filles éclataient de rire à chaque fois que Lisbeth bousculait la séquence et atterrissait sur la joue de Sarah plutôt que sur ses mains ou ses propres genoux.

— Tu vas réussir, disait Sarah pour l'encourager.

— Pas aussi bien que toi.

— Entraîne-toi, ça va aller mieux.

— Je n'ai personne avec qui jouer à ce jeu.

— Tatie Mattie est une championne. Joue avec elle.

Lisbeth montra Mattie du menton.

— Mattie connaît ce jeu ? dit-elle en la regardant, sourcils froncés.

— Oh, oui. Tatie Mattie sait beaucoup de jeux à taper des mains. Elle m'en a appris qu'étaient très compliqués.

Lisbeth regarda au loin sa nourrice s'amuser avec Samuel et Emmanuel. Finalement, que savait-elle d'elle ? Presque rien. Mattie renversait la tête et riait à gorge déployée parce que son fils et son mari la chatouillaient. Lisbeth sentit éclater puis se reformer sa vision du monde. Elle prit conscience d'une douloureuse réalité : Mattie aimait sa vie ici, loin de Lisbeth.

Sarah regarda la scène. Elle attendit patiemment, debout devant elle, que la « mam'zelle Lisbeth » de la plantation soit disposée à recommencer le jeu.

Mattie et Samuel vinrent enfin retrouver Lisbeth.

— Lisbeth, Samuel a une surprise pour toi, dit Mattie.

Samuel entraîna Mattie en direction de la rivière.

— Qu'est-ce que c'est ? demanda Lisbeth derrière eux sur le sentier étroit.

Mattie haussa les épaules.

— Y faut voir de vos yeux, dit Samuel. Je l'ai montré aux autres.

Au bout de quelques mètres, il s'arrêta et indiqua une touffe d'herbe. Lisbeth ne comprenait pas. Elle n'y voyait rien de spécial. Puis, la brise s'en mêla.

— Un crocus ! s'écria-t-elle. Un crocus jaune !

— Où ? demanda Mattie.

— Là, dans l'herbe, dit Samuel.

Mattie s'agenouilla, écarta les brins d'herbe de la main. Les minuscules pétales jaunes d'un crocus pas tout à fait éclos apparurent.

— Regarde le joli jaune, dit Mattie. C'est beau. Merci pour ce signe du printemps, Samuel.

— Doliques ! s'écrièrent Samuel et Lisbeth à l'unisson.

— La coutume de ma maman, acquiesça Mattie en riant. On va manger des doliques pour fêter.

La famille Ford, la plus ancienne famille blanche de la vallée, dînait à la grande maison ce soir-là. Elle n'était pas riche selon les normes de Tidewater, mais en tant que famille fondatrice, elle jouissait d'un statut particulier. Ses six membres – la mère, le père, trois garçons et une fille – partageaient des traits communs : teint pâle et joues roses, yeux bleu clair et cheveux blond cendré. Les garçons, âgés de dix, huit et sept ans, étaient très dissipés. Mary, la benjamine âgée de six ans, était au contraire une enfant très sage.

Lisbeth regardait son amie assise en face d'elle, à côté de Jack. Vêtue d'une robe rose très comme il faut, à col en dentelle, Mary mangeait posément, ne levant que rarement les yeux de son assiette. Lisbeth ne la trouva pas distrayante le moins du monde. Assise entre les jeunes Albert et Robert, Lisbeth eut envie de recommencer son jeu d'eau et mit ses talents à l'épreuve avec les verres de ses voisins. Elle étendit lentement son pied droit et effleura le dessous du plateau de la table. L'eau frémit dans le verre d'Albert. Il ne remarqua pas son geste espiègle. Changeant de pied, elle se promit d'être très discrète, car Robert ne manquerait pas de la dénoncer pour faire diversion. Elle orienta soigneusement sa jambe gauche avant de la lever. Ses orteils touchaient presque le bois de la table quand Robert lui donna un coup de genou par inadvertance, si bien que Lisbeth heurta le plateau de son pied. Les verres de Robert et Jack se renversèrent en éclaboussant mamie Wainwright, qui poussa un cri. Tous les regards se tournèrent dans sa direction.

Furieuse, mamie Wainwright se leva d'un bond. Lisbeth crut qu'elle la réprimanderait, mais elle ne la regarda même pas et menaça Jack d'une grande cuillère à soupe. Il se recroquevilla. Mamie Wainwright lui donna un coup de cuillère sur la tête en s'écriant :

— Petit étourdi ! Tu ne mérites pas de t'asseoir à cette table. Tu ferais bien d'apprendre les bonnes manières, sans quoi tu ne seras jamais un homme du monde. J'exige des excuses immédiates.

Tremblant de tous ses membres, Jack demanda pardon à sa grand-mère en couinant. Père intervint à son tour :

— Excuse-toi aussi auprès de nos invités puisque tu as perturbé notre repas.

— Je suis navré, dit Jack, sans la moindre trace de remords dans les yeux.

Lèvres pincées, bouillonnant de colère d'avoir été injustement accusé, il fixait la table.

— Ce n'est pas grave, répondit M. Ford. Avec trois garçons, ce genre d'accident survient dix fois par semaine chez nous. Si chaque verre renversé me rapportait cinq cents, je serais aussi riche que Cunningham.

— Nous ne tolérons pas ce genre de comportement ici, déclara mamie Wainwright. Veuillez m'excuser. Je vais mettre des vêtements secs.

Lisbeth regrettait beaucoup que Jack ait été montré du doigt, mais elle était contente de s'en tirer à si bon compte. Elle se tut afin de ne pas envenimer la situation.

Après le dîner, les deux familles se réunirent au salon. Assise près de Mary à un bout du canapé, Lisbeth lui parla à l'oreille.

— C'est moi qui ai fait tomber les verres, pas Jack. À cause d'un coup de genou que Robert m'a donné.

— Pauvre Jack, dit Mary. Il a été puni sans avoir rien fait.

— Je voulais dire la vérité, mais j'ai eu peur d'être punie, moi aussi.

— Le coup de cuillère a dû lui faire mal ! Moi, j'aurais pleuré.

— Moi aussi, reconnut Lisbeth. Mais Jack ne pleure pas quand on le frappe. Alors ça augmente la colère de mamie Wainwright et elle le frappe de plus belle. Il vaut mieux ne pas la contrarier. Je veux te montrer quelque chose, maintenant. Mets tes mains comme ça.

Mary fit ce qu'elle lui demandait et Lisbeth lui montra le jeu de Sarah. Elle murmura les paroles de la comptine tout en tapant des mains en rythme. Enfermées dans leur bulle, les deux amies sursautèrent quand père les interrompit.

— Que diable faites-vous là ? demanda-t-il.

— J'apprends à Mary un jeu que Sarah m'a enseigné aujourd'hui, répondit doucement Lisbeth.

— Qui est Sarah ?

— La nièce de Mattie. Elle l'appelle *tatie Mattie*. C'est rigolo : *tatie Mattie*.

Père regarda mère.

— Crois-tu que ce soit sage de la laisser jouer au quartier ?

— Je jouais bien avec les négrillons quand j'étais petite, et cela ne m'a fait aucun tort. À vrai dire, je pense qu'il est bon qu'elle les fréquente et qu'elle se familiarise avec leurs coutumes.

— J'abonde en ce sens, interjeta M. Ford. Nos enfants doivent connaître les nègres pour pouvoir agir en maîtres et en maîtresses responsables.

Lisbeth attendit l'approbation de père. Quand il lui fit un signe de tête, elle retourna jouer avec son amie.

Alors qu'elle était couchée, Lisbeth se refaisait le film de sa journée. Non loin, Mattie fredonnait une chanson.

— Mattie, as-tu demandé à la cuisinière de préparer des doliques demain ?

— Mmh-hmm. Elle a dit oui. Des doliques et du pain de maïs pour un pique-nique sous le saule.

— Est-ce que Samuel pourra venir aussi ?

— C'est gentil. Mais demain, Samuel, y travaille.

— Il pourrait venir nous rejoindre en cachette, insista Lisbeth. Personne ne peut nous voir sous le saule. Et qui le dénoncerait ?

— C'est trop tôt demain. Après.

Satisfaite de cette réponse, Lisbeth formula une autre question.

— Quand je perdrai une dent, est-ce que je pourrai la lancer sur le toit en faisant un vœu, moi aussi ?

— Pourquoi pas ?

— Est-ce que Samuel et Papy me laisseraient me servir du toit de leur cabane ? Le mien est trop haut.

— Je vas leur demander. Y vont dire oui, je penserais.

— Est-ce que mon vœu se réalisera si ce n'est pas le toit de ma maison ? s'inquiéta Lisbeth.

— Les vœux, je connais pas ça tellement. Mais pourquoi pas ? Tais-toi, là tout suite. Fais dodo.

Mattie se berça dans le fauteuil à bascule à côté de l'enfant immobile. Quelque temps après, Mattie brisa le silence.

— Lisbeth, là qu'on va demander à Samuel pour qu'y est avec nous autres sous le saule, c'est-y que tu veux lui apprendre quoi que toi tu sais ? Les livres et les nombres ? Oui ?

— Oui, répondit Lisbeth d'une voix rêveuse, en acceptant en toute innocence de trahir ses parents.

CHAPITRE 9

Printemps 1845

Mattie aimait beaucoup le mardi et le jeudi après-midi. Tout allait pour le mieux dans le meilleur des mondes quand, assise entre Lisbeth et Samuel sous le saule, elle les écoutait articuler des lettres et des mots. L'anxiété qu'elle avait ressentie la première fois que Samuel les y avait rejointes s'était évaporée au fil des années : leur secret était resté intact. Le feuillage du saule formait une tente entre la maison et le quartier et les mettait à l'abri des regards. Quand le temps le permettait, Lisbeth pouvait y faire ses siestes, puis y étudier ses leçons. Aucun Blanc ne se doutait que Samuel les y rejoignait deux fois par semaine. Les longs rameaux souples de l'arbre balayaient presque le sol et les dissimulaient à quiconque se trouvait au quartier ou dans les champs, tandis que le gros tronc de l'arbre les cachait de la grande maison. Il n'avait pas été facile de faire échapper Samuel à la surveillance du régisseur. Mais en deux ans, il n'avait presque jamais raté sa leçon.

En son absence, Rebecca, Lawrence et quelques autres prenaient discrètement sa relève pour la plantation ou la cueillette. Le régisseur ne faisait guère attention aux allées et venues d'un gamin, du moment que le travail se faisait. Samuel rapportait son bagage de connaissances aux cabanes du quartier. Il enseignait à son tour, à Sarah et aux autres enfants, le mystère des lettres en les dessinant par terre. Ce savoir pourrait devenir leur passeport pour la liberté. Des prédicateurs itinérants leur avaient parlé en catimini du « chemin de fer clandestin ». On ne savait pas qui tenterait sa chance, mais savoir lire pouvait être un atout.

Une fois qu'il maîtrisa les manuels de lecture de Lisbeth, Samuel entreprit de lire la Bible. Mattie aimait entendre son fils prononcer les paroles du Seigneur. Par un chaud après-midi de la fin de l'été, Samuel à sa gauche et Lisbeth à sa droite, la Bible ouverte sur ses genoux, Mattie ferma les yeux dans l'ombre fraîche de l'arbre et écouta le babil des enfants de huit ans tandis que sa tête reposait contre la douce écorce du tronc. Samuel lisait sans difficulté la plupart du temps et ne requérait l'aide de Lisbeth que pour les mots vraiment très difficiles. De temps à autre, ils décortiquaient à deux un mot qui ne faisait pas encore partie du vocabulaire de Lisbeth. Ils s'émerveillaient de trouver parfois les noms de leurs amis ou des membres de leurs familles – Rebecca, Mary, Sarah – tandis que des noms inconnus – Énoch, par exemple – les faisaient rigoler.

— Ééénooooch, dit Samuel en étirant grotesquement les syllabes, ce qui les fit rire tous trois à s'en décrocher la mâchoire.

Depuis quelque temps, les leçons incluaient l'écriture. Même Mattie apprit à écrire son nom, *M-A-T-T-I-E*, mais elle refusa que Lisbeth lui apprenne aussi les autres lettres.

— Je sais pas que c'est utile même d'écrire mon nom, encore moins le reste, mais je suis contente de voir à quoi ça ressemble. Instruis mon Samuel. C'est bon pour les jeunes qu'y savent lire et écrire. Pas pour moi.

Samuel savait écrire en lettres capitales et s'essayait aux cursives. Il copiait les formes que Lisbeth traçait dans la poussière du sol comme sur un tableau noir. Il en formait et reformait soigneusement les boucles et les traits. Les enfants taquinaient gentiment Mattie quand elle s'endormait pendant les leçons, mais elle prétendait simplement se reposer les yeux.

— Toutes tes lettres sont bien, sauf le *q*, dit Lisbeth à Samuel. Tu vois la boucle qui va de ce côté ? C'est un *g*.

Samuel essaya de nouveau.

— Comme ça ?

— Non. Dans l'autre sens, dit Lisbeth en retraçant la lettre dans la terre.

Samuel recommença.

— Tu fais encore la boucle dans le mauvais sens. C'est un *g*.

Lisbeth allongea le bras pour guider la main de Samuel.

— Et ça, c'est un *q*.

Mattie se leva d'un bond et tira Samuel par le bras.

— Arrête ! s'écria-t-elle en postillonnant de rage. Y faut pas jamais toucher à une Blanche ! Jamais ! Y vont te tuer !

Les deux enfants la dévisagèrent. Tremblante de fureur et sous l'effet de l'adrénaline, Mattie siffla au visage de Samuel :

— Va-t'en ! Retourne aux clos. C'est assez de leçons aujourd'hui-là.

Elle enfonça ses doigts dans le bras de l'enfant pour le faire pivoter et le poussa rudement dans le dos. Tête basse, Samuel se frotta le bras en s'éloignant du tronc de l'arbre.

— Mets ton chapeau ! ordonna Mattie.

Samuel retournait toujours aux champs avec son chapeau sur la tête. Ainsi si le régisseur s'apercevait de son absence, il pouvait prétendre être allé le chercher pour se protéger du soleil. Il écarta le rideau de feuillage et jeta un coup d'œil alentour avant de quitter leur refuge de fraîcheur.

— Imbécile. Imbécile, imbécile, imbécile, marmonna Mattie pour elle-même.

— Je suis désolée, Mattie, dit Lisbeth de sa petite voix. Je voulais juste lui apprendre à écrire. Je ne savais pas que c'était dangereux.

— Si que tu sais pas, une fois, ça pourrait tuer mon gars. Y faut pas qu'y touche à une Blanche. Jamais.

CHAPITRE 10

Mars 1847

Lisbeth lisait toute seule à l'ombre de son saule bien aimé. Maintenant âgée de presque dix ans, elle était livrée à elle-même la journée, lorsque Mattie vaquait à ses autres occupations. Cet après-midi, Mattie repassait les draps. Et maintenant qu'il savait lire et écrire, Samuel ne rejoignait plus Lisbeth dans leur abri de feuillage. Leurs petits secrets étaient de l'histoire ancienne, mais Lisbeth donnait encore des livres en cachette à Mattie pour Samuel.

Des voix railleuses troublèrent son repos. On s'approchait rarement de son havre de paix. Elle écouta ; le ton montait de plus en plus. Elle écarta les rameaux de verdure. Elle vit son frère et ses copains, dans la clairière, derrière le quartier. Elle fut choquée de ce qu'elle vit. Jack se pavanait devant ses amis – Edward Cunningham, Nathaniel Jackson et William Anderson – et harcelait un Noir qu'ils avaient encerclé. Ils se moquaient de lui, le menaçaient avec une corde. Lisbeth jeta son livre à terre et descendit d'un pas ferme la pente qui la séparait d'eux. Elle détestait les voir tourmenter les travailleurs des champs. Soudain, l'air lui manqua. L'objet de leurs railleries était Samuel ! La tête penchée, il ne la voyait pas. Elle s'empressa de dissimuler les sentiments de honte et de rage qui s'emparaient d'elle : il lui faudrait user de tact afin de ne pas envenimer les choses. Jack n'aimait guère recevoir des ordres de sa grande sœur.

Pour ne pas trahir l'affection qu'elle portait à Samuel, Lisbeth évita de le regarder. Elle prit une attitude indignée, masqua sa peur autant que possible et déclara, hautaine :

— Tu déranges ma lecture. Tu sais bien qu'il faut que j'étudie en paix.

— Va étudier ailleurs, rétorqua Jack sans quitter Samuel des yeux.

— Je n'y tiens pas, décréta Lisbeth. Tu sais que c'est l'endroit que je préfère. Qu'est-ce que vous faites ?

— On veut que ce nègre nous respecte.

— Père n'approuve pas que tu te mêles des nègres.

— Il se moque de celui-ci, répondit Jack en ricanant avant de se tourner vers Lisbeth et de la dévisager. Il sera vendu. Les jeunes nègres sont déjà trop nombreux par ici.

Stupéfaite, mais ne voulant rien laisser paraître, Lisbeth mentit.

— Moi aussi, je m'en moque. Je veux juste étudier en paix. Allez-vous-en.

Jack continua de fixer sa sœur qui soutint son regard. Les yeux des autres garçons passèrent de lui à elle. Elle dut se retenir d'essuyer ses mains moites sur sa robe.

Finalement, Jack renifla et détourna la tête.

— Allez, dit-il à ses amis. Il y a des grenouilles en bas, dans le ruisseau. Je parie que je peux attraper la plus grosse.

La tension retomba aussitôt. Les garçons partirent sans se retourner, jouant à être des hommes, déjà accaparés par leur nouvelle activité. Ils gambadèrent comme une meute de chiots en se bousculant le long du sentier.

Lisbeth poussa un soupir de soulagement et put enfin frotter ses paumes sur sa jupe. Elle avait réussi. Elle avait chassé son frère et sa bande de copains.

Jack parti, elle osa se tourner vers Samuel qui le foudroyait encore du regard, le visage brûlant de rage. Ses tortionnaires s'amusaient entre eux. Ils l'avaient déjà oublié.

Quand ils furent tout à fait seuls, Lisbeth, honteuse, parla doucement.

— Je suis navrée, Samuel. Je parlerai à Mattie de ce que Jack a dit. Tout se passera bien.

Samuel la toisait, éperdu de colère. La gorge de Lisbeth se noua ; elle avait envie de pleurer.

Glacial, sans un mot, il hocha la tête, tourna les talons et partit.

Lisbeth regagna le saule en comptant ses pas – un… deux… trois –, s'assit, reprit son livre d'une main tremblante et fit semblant de lire. Elle maîtrisa les battements de son cœur à force de grandes respira tions. Quand elle fut plus calme, elle courut à toutes jambes retrouver Mattie qui attendait dans sa chambre de l'habiller pour le dîner.

— Mattie ! lâcha Lisbeth à bout de souffle. Jack dit que Samuel sera vendu ! Il plaisantait peut-être, mais si c'était vrai ?

Mattie se laissa tomber dans le fauteuil à bascule. Lisbeth attendit impatiemment sa réaction, puis se décida enfin à rompre leur long silence.

— Mattie, ça ira. Ils le vendront à quelqu'un de bien.

— Tais-toi ! rétorqua Mattie, les yeux fixant le vide. Je réfléchis.

Le soir, Lisbeth et mère brodaient au salon. Mère était assise à un bout du canapé et Lisbeth dans le fauteuil à angle droit près d'elle.

— Montre-moi tes points, dit mère.

Lisbeth lui remit son ouvrage. Mère l'examina attentivement.

— C'est beaucoup mieux, Elizabeth, mais tu négliges encore un peu les transitions. Ici, par exemple, quand tu passes du nuage au ciel, le fil est trop tendu et fait rider le tissu. Et là, le fil est trop lâche. Recommence ces sections. Le reste est tout à fait acceptable.

Des coups timides interrompirent cet échange.

— Entrez, dit mère. Ah, Mattie, c'est toi.

Elle sourit.

— Va te coucher, Elizabeth, enchaîna-t-elle.

Lisbeth défit un dernier point, puis laissa tomber le cerceau et la taie d'oreiller dans le panier à couture à côté du fauteuil.

— Bonne nuit, mère.

— Embrasse-moi, lui rappela mère.

Lisbeth revint sur ses pas et posa un baiser sur la joue pâle et douce de mère avant d'aller retrouver Mattie.

Mattie parla, la voix tremblante d'émotion.

— M'dame Ann, j'as… Y faut je vous demande quelque chose, m'dame. Un grand service. J'as pris soin de votre fille longtemps longtemps. Là tout suite, c'est moi qu'as besoin de votre aide.

— Bon sang, Mattie, viens-en au fait.

— Mon gars, Samuel, y vont le vendre, m'dame. S'y vous plaît, m'dame, faites qu'y le vendent là où qu'est son père, à Berkeley. Y z-ont besoin d'hommes, là. S'y vous plaît, m'dame.

Mal à l'aise devant le désarroi de sa nourrice, Lisbeth détourna les yeux. Elle restait près de la porte, désireuse à la fois de s'enfuir et d'entendre la réponse de sa mère. Elle fit semblant de ne pas écouter, feignant d'être absorbée par le dessin des fleurs jaunes du tapis.

— Mattie, tu sais bien que je n'ai rien à voir avec les travailleurs des champs. Ils sont sous la responsabilité de M. Wainwright.

— Oui, m'dame.

— Mais je lui transmettrai ta requête. Ce n'est pas un homme déraisonnable. S'il peut en obtenir un bon prix…

Mère se hâta d'ajouter :

— Mais je ne te promets rien, c'est entendu ?

— Oui, m'dame. Merci, m'dame, fit Mattie avec un hochement de tête, avant de sortir.

Une semaine plus tard, quand la nourrice vint chercher Lisbeth au salon, sa mère lui donna sa réponse.

— Je suis navrée, Mattie, mais M. Wainwright n'a pas pu honorer ta demande. Samuel ira chez les Anderson. Leur domaine n'est qu'à cinq kilomètres d'ici. Il pourra te rendre visite le dimanche. C'est un moindre mal.

Comme elles allaient à leurs chambres, Lisbeth fixa le visage de marbre de sa nourrice et ne put en identifier l'émotion. Chaque marche de l'escalier, chaque pas dans le couloir lui pesaient.

— Je suis désolée, Mattie, déclara la jeune fille quand elles eurent refermé la porte de la chambre. Mais, ce n'est pas loin, chez les Anderson. Tu pourras voir Samuel chaque semaine, comme maintenant.

— Je vois Samuel deux fois par jour, des fois plus, de la fenêtre. C'est pas beaucoup, mais c'est assez. Tu peux rien dire pour que c'est plus facile, Lisbeth. Essaie pas-là.

Mattie et Emmanuel étaient seuls chez Papy et Samuel à l'occasion de leur rencontre mensuelle. Ils chuchotaient dans le noir et faisaient des projets maintenant qu'ils savaient que Samuel irait vivre au domaine des Anderson.

Mattie était enfin prête à risquer le tout pour le tout.

— C'est trop tôt-là, insista Emmanuel. Les pluies sont pas finies.

— Tu veux que Samuel, y reste tout seul ?

— Samuel est courageux. Intelligent. Y va se tirer d'affaire un bout de temps.

Mattie se mit à pleurer.

— Mais si…

— Je connais du monde à la plantation, j'y dirai qu'y z-y voient. Le meilleur temps, c'est six semaines après que le printemps arrive. J'ai réfléchi. Beaucoup. Tu sais ça. Faut tout planifier, brusquer rien.

Mattie acquiesça en silence.

— Y faut tout organiser avec les bonnes personnes, enchaîna Emmanuel.

— Comment qu'on sait qu'on peut avoir confiance ?

— On a pas le choix, fit Emmanuel en haussant les épaules. Y faut se fier à des inconnus. Se dire qu'y font leur devoir de chrétiens.

N'ayant rien à ajouter, Mattie posa sa tête sur la chaude poitrine d'Emmanuel pour pleurer. Il la réconforta de ses caresses, puis ils firent lentement, doucement, l'amour.

CHAPITRE 11

Quand elle donna ses instructions à Samuel, la veille de son départ, Mattie avait les yeux secs. Au dîner, Mme Gray lui avait accordé trente minutes pour faire ses adieux à son fils. Samuel s'efforçait d'avoir l'air courageux devant sa mère, mais ils étaient aussi terrifiés l'un que l'autre.

— Y vont te mettre avec des hommes, des hommes jeunes et avec, des vieux. Si qu'y en a un qu'est gentil avec toi, si qu'y te donne de sa nourriture, fais attention. Trouve un vieux pareil que Papy et lâche-le pas. Si que tu trouves pas un vieux, va pas avec personne d'autre. Avec ça, tourne le dos au mur pour dormir.

Perplexe, Samuel acquiesça.

— Patiente. Bouge pas jusque là que t'as des nouvelles, enchaîna Mattie. Ton papa dit six semaines à peu près. Si que c'est plus long, y faut pas que tu t'inquiètes. On va pas t'oublier, promis. Faut attendre le printemps.

Mattie lui remit une feuille de papier avec un dessin.

— C'est le plan que ton papa y z-a dessiné. Apprends-le. Cache-le dans ton soulier. Fais comme si qu'y fait partie de ton soulier. Là que ça va être le temps, on va se rencontrer à l'arbre qu'est ici, mais pas tout suite. Dimanche qui vient, y vont te laisser venir me voir. Va à la grande route. Garde la rivière à gauche. Comme ça, tu vas trouver ton chemin. Y faut la moitié du matin pour venir ici. Pars de bonne heure, là que le soleil se lève.

Elle aida Samuel à emballer ses affaires. Même si habituellement, il se disait trop grand pour les câlins, il laissa sa mère l'étreindre, avant qu'elle ne reparte vers la grande maison. Elle le serra très fort contre elle, se délectant tant qu'elle le put de lui et de son odeur.

— À dimanche. T'es intelligent, t'es fort. Tout va bien aller.

— Au revoir, maman, dit Samuel.

— Au revoir, Samuel, répondit Mattie. Maman t'aime. Oublie jamais ça, qu'elle t'aime.

Mattie regagna sa chambre dans la grande maison, s'assit sur le lit et pleura. Ses larmes répandirent leur sel sur ses joues, sur sa jupe poussiéreuse. Ses épaules suivaient le rythme saccadé de sa respiration. Elle se laissa tomber sur le lit et enfouit son visage dans les couvertures pour étouffer ses sanglots.

Quand elle se fut calmée, elle s'agenouilla pour prier.

— Bon Dieu, veille sur mon gars cette nuit et après, toutes les nuits. Vois-y pour moi. Fais qu'y le traitent bien, qu'y a pas froid, qu'y mange à sa faim. Fais que personne y fasse du mal. Protège-le, bon Dieu.

Elle répéta sa prière encore et encore. Elle était si concentrée qu'elle en oublia d'aller chercher Lisbeth au salon. Finalement, l'enfant monta seule à sa chambre. Mattie ne la salua pas à son arrivée, ni quand elle s'agenouilla à côté d'elle pour faire sa prière du soir.

Après une nuit d'insomnie ponctuée de mauvais rêves, Mattie se leva avant l'aube et s'approcha silencieusement de la fenêtre à côté du lit de Lisbeth. Scrutant le noir, elle se tint toute droite et attendit de voir son fils une dernière fois. Avant même que le soleil ne pointe à l'horizon, un chariot approcha. Samuel, suivi de Papy, sortit de la cabane et y grimpa. Il leva les yeux vers sa mère sans la voir. Il devinait sa présence.

Mattie posa une main sur sa bouche pour étouffer son cri, tandis que, de l'autre, elle lui faisait signe, à travers la vitre humide. Ses bras tombèrent ensuite le long de son corps, et elle regarda, impuissante, son fils s'éloigner jusqu'à disparaître au loin.

Figée, les yeux rivés sur la route déserte, Mattie sentit une petite main se glisser dans la sienne. Elle entendit la voix claire de Lisbeth résonner dans ce matin d'horreur.

— Ne t'en fais pas, Mattie. Je ne te quitterai pas, moi. Je serai toujours là pour toi.

Mattie ne pouvait aider son fils autrement qu'en priant pour lui. Elle formulait parfois ses invocations à voix haute, mais la plupart du temps dans le silence de son cœur. Distraite, désespérée, elle peinait à s'occuper convenablement de Lisbeth. La fillette s'efforçait en vain de remonter le moral de sa nourrice, glissait dans sa poche des gâteries auxquelles Mattie ne touchait pas.

La visite du dimanche de Samuel ne put apaiser ses inquiétudes. En moins d'une semaine, il avait beaucoup maigri et l'anxiété se lisait sur son visage. Il parla peu de son séjour chez les Anderson, mais, manifestement, cela ne se passait pas bien.

— Je veux pas retourner là-bas, supplia-t-il, le dimanche soir. Me force pas à y aller. Cache-moi ici !

Mattie tenta de le rassurer.

— Samuel, ça va tout empirer. Patiente juste quelques semaines. Après, on va être tous nous autres ensemble.

Dix jours après le départ de Samuel, par un lumineux après-midi de mars, juste avant le déjeuner, Lisbeth entra dans la chambre en sautillant.

— Mattie, viens voir ! J'ai trouvé le premier crocus ! annonça la fillette, des étoiles dans les yeux. C'est le printemps. J'ai demandé à la cuisinière de nous préparer un pique-nique de pain de maïs et de doliques ! Il sera bientôt prêt.

— Lisbeth, t'essaies de me remonter le moral-là, je le sais. Mais t'y arriveras pas juste avec une fleur.

Le ton de sa voix monta d'un cran.

— Ni avec tes petits restes de dessert. J'ai peur pour mon Samuel. Y a rien qui peut me faire du bien, à part le revoir.

Lisbeth s'assombrit. Mattie reprit son discours, plus gentiment cette fois.

— Va-t'en, va-t'en. Va pique-niquer sans moi.

Lisbeth regarda Mattie sans comprendre.

— Mais, Mattie… commença-t-elle.

Puis elle se tut et sortit en courant. Mattie eut envie de la rattraper, mais n'en eut pas la force.

Quand Emily vint plus tard lui dire qu'on l'attendait au salon, elle n'en fut pas surprise. Lisbeth ne s'était sûrement pas plainte, mais quelqu'un avait dû remarquer qu'elle était bouleversée.

Mattie frappa doucement à la porte du salon en s'efforçant de paraître calme malgré son désarroi. Elle n'était jamais à l'aise en présence de Mme Ann, même si leurs entretiens étaient en général brefs et sans détour.

Voyant que M. Wainwright et Mme Ann l'attendaient ensemble, elle craignit le pire. Elle garda les yeux baissés en essuyant ses paumes rugueuses sur sa jupe.

— Nous avons des nouvelles des Anderson, Mattie, dit Mme Ann. Samuel a disparu. Ils veulent savoir si tu es au courant.

Cette nouvelle la frappa en plein cœur. Son sang ne fit qu'un tour. Elle n'entendit plus ce qu'on lui disait. Elle fut prise d'une violente nausée. C'était trop tôt ! Ils ne devaient pas s'enfuir avant plusieurs semaines !

— Mon bébé… laissa-t-elle échapper.

Elle crut défaillir, lutta pour ne pas s'affaisser tout en cherchant à comprendre ce que Mme Ann lui disait.

M. Wainwright finit par intervenir de sa voix puissante.

— Réponds, Mattie. Sais-tu où est Samuel ? Est-ce que quelqu'un le cache ? Il est trop jeune pour avoir fait beaucoup de chemin tout seul. Apparemment, il serait parti depuis déjà plusieurs jours.

— Je sais pas où qu'y est. Demandez au bon Dieu.

— Mattie, gronda Mme Ann, ta colère est déplacée. Je suis sûre que les Anderson l'ont bien traité. Ce sont de braves gens. Il a été trop impatient. Il faut se donner le temps de s'habituer à une nouvelle vie.

Mattie ne répondit pas.

— Ils souhaitent te parler en personne, déclara M. Wainwright. Je te conduirai chez eux demain matin. Bonne nuit.

Le lendemain matin, à l'aube, Lisbeth observait sa nourrice enfiler une robe propre sur une combinaison d'un blanc immaculé. Mattie boutonnait soigneusement et rapidement son corsage.

— Combien de temps resteras-tu ? demanda Lisbeth, tandis que Mattie ajustait son collier.

— Sais pas.

— Mais tu seras de retour à temps pour dîner avec moi ? implora Lisbeth.

— Sais pas.

— Mattie, j'ai peur pour toi.

— Y a rien pire que mon Samuel qu'a disparu.

Des images de fouets, d'humiliation et de souffrance se bousculaient dans sa tête. Elle se coiffa en silence, sous le regard de l'enfant.

— Une mèche t'a échappé, signala Lisbeth tandis que Mattie ramassait ses cheveux en un chignon.

Elle glissa la mèche rebelle entre les doigts de Mattie.

— Merci, fille.

Mattie en profita pour lui serrer brièvement la main. Puis elle se tourna vers l'enfant. Prenant son menton dans sa paume, elle lui inclina la tête jusqu'à ce qu'elle puisse la regarder droit dans les yeux. Elle resta ainsi sans mot dire, secoua un peu la tête de la gamine, puis soupira et serra l'enfant contre elle. Lisbeth s'agrippa au corps chaud de la femme jusqu'à ce que celle-ci l'écarte un peu d'elle, et prononce quelques mots réconfortants :

— Tout va aller-là.

Elle frotta du pouce la douce joue de Lisbeth, embrassa ses cheveux et se sépara d'elle.

— Va-t'en, là tout suite, lui ordonna-t-elle.

Mattie emprunta le couloir qui menait à l'escalier de service. Quand Lisbeth voulut la suivre, Mattie avait disparu de son champ de vision. Elle l'entendit descendre l'escalier. Pour se calmer, elle compta – un… deux… trois, et ainsi de suite jusqu'à treize, jusqu'à ne plus entendre du tout le bruit des pas.

Elle alla à la fenêtre pour observer la suite des événements. Deux chevaux étaient attelés et prêts à partir. Père parut et s'assit, grand et imposant, sur le siège du cocher. Si père lui-même s'en acquittait, cela devait être sérieux. Juchée à l'arrière, Mattie semblait mal à l'aise et s'agrippait solidement aux montants.

La voiture se mit en mouvement dans une secousse. Lisbeth fit un signe de la main, même si elle savait que Mattie ne la voyait pas. Son cœur se serra. Elle eut envie de courir pour les rattraper, pour enlacer sa nourrice une dernière fois et dire à père de bien veiller sur elle. Mais elle se contenta de les regarder s'éloigner.

Elle se rendit au salon pour sa leçon, mais eut du mal à se concentrer sur la Bible et les tables arithmétiques. D'habitude, son cours terminé, elle déjeunait avec Mattie. Aujourd'hui, elle partagea le repas de mère et de Jack. Mère fit comme si déjeuner en compagnie de ses enfants était la chose la plus naturelle au monde, mais Lisbeth refusa de jouer le jeu. Elle répondit aux questions de mère par monosyllabes et ne détacha pas ses yeux de la fenêtre dans l'espoir de voir revenir Mattie. Quant à Jack, il relata volontiers le moindre détail de ses activités du matin, indifférent à la tension ambiante.

Alors qu'elle s'efforçait d'avaler une insipide soupe d'orge perlé, Lisbeth entendit des roues sur le gravier et jeta un coup d'œil au-dehors sans parvenir à distinguer la route. Mère les entendit aussi, mais elle se tut.

À l'agitation dans l'entrée, Lisbeth sut que père était revenu. Mais le bruit de ses pas qui s'éloignaient vers son bureau anéantit tout espoir d'avoir des nouvelles. Dès la fin du repas, Lisbeth courut à sa chambre retrouver Mattie.

Mais celle-ci n'était nulle part. Lisbeth aurait voulu partir à sa recherche, mais elle s'en abstint. Elle était sans doute à la cuisine ou en train de faire la lessive. En attendant, Lisbeth irait avec mère à ses leçons chez les Cunningham. Et à son retour, Mattie serait présente pour l'habiller pour le dîner.

Mattie était terrifiée lors de son départ pour la plantation des Anderson, mais elle ne le montra pas. M. Wainwright se contenta de lui dire :

— Dis-leur ce que tu sais. Ce sera plus facile pour toi… et pour le garçon.

Dès leur arrivée à la grande plantation, le régisseur, un Blanc aux cheveux noirs, emmena Mattie. M. Wainwright ne les accompagna pas. Mattie suivit le régisseur jusqu'à une cabane à l'écart du quartier.

— Je m'occuperai de toi plus tard, maugréa l'homme en lui indiquant un banc devant la cabane isolée.

Mattie resta assise plusieurs heures sans boire ni manger pendant que le soleil montait haut dans le ciel.

Elle transpirait autant de peur que de chaleur, et la sueur coulait dans son dos. Elle récita ses prières à mi-voix : *Bon Dieu, c'est moi, ta Mattie. S'y te plaît, protège mon gars, fais qu'y lui arrive rien. Et, bon Dieu, si c'est pas trop te demander-là, donne-moi la force d'arriver au bout d'aujourd'hui.*

Vers midi, Mattie vit la voiture de M. Wainwright s'éloigner. Une onde brûlante de peur la submergea et lui coupa le souffle. Elle agrippa le banc où elle était assise. Il l'avait laissée seule.

Mlle Taylor enseignait depuis toujours l'art de vivre aux jeunes filles des familles de planteurs de la rivière James. Elle avait formé la plupart des dames de moins de quarante ans. Sous sa tutelle, dès l'âge de neuf ans, les filles apprenaient les règles de l'étiquette, la façon de se tenir à table, l'élocution et la danse. Mlle Taylor les transformait en jeunes filles à marier dignes des partis les plus avantageux.

Les leçons de Lisbeth avaient lieu deux fois par semaine à tour de rôle chez les parents de chacune des élèves. Les mères assistaient ainsi à toutes les leçons, visitaient les autres plantations et se recevaient tour à tour. Elles pouvaient ainsi comparer les qualités mondaines de leurs filles respectives.

Les leçons de ce mois-là se déroulaient à White Pines, le plus grand domaine de Tidewater à l'est de Richmond. Tout comme les Wainwright, les Cunningham étaient une des plus vieilles familles de la région et vraisemblablement la plus riche. Leur fille Emma, âgée de dix ans comme Lisbeth, devait faire ses débuts la même année qu'elle. Mais c'était Edward, le frère d'Emma, quatorze ans, qui intéressait surtout les familles des débutantes car, étant l'aîné de la famille, il hériterait du domaine familial.

Pour commencer la leçon qui portait sur la tenue à adopter à table et l'utilisation des couverts, Mlle Taylor fit servir un plat. Puisque les élèves devaient maîtriser les différents services, chaque leçon en comportait un. Les filles s'entendaient évidemment pour dire que le dessert était leur préféré, contrairement au potage qui leur attirait trop souvent des réprimandes.

Après la tenue à table, on aborda la tenue tout court.

— Dans leurs conversations avec des jeunes hommes, les jeunes filles peuvent parler du temps qu'il fait, de nourriture, de vêtements et de leur famille. Les sujets à éviter sont la politique, la finance et la religion. Si un homme aborde de tels thèmes, la demoiselle le suivra dans cette voie, mais si elle est habile, elle ramènera la conversation sur un sujet plus approprié.

Les jeunes filles firent semblant de s'intéresser à ce que disait Mlle Taylor, qui enchaîna :

— Lorsque vous parlez avec une dame plus âgée, c'est elle qui guide la conversation. Mais de temps à autre, vous devrez engager vous-même le dialogue. Entre demoiselles, la mode et la température sont des sujets appropriés, tout comme le fait de s'enquérir des membres de la famille. Ne parlez pas de fréquentations, de littérature ou de politique là où un gentilhomme risquerait de vous entendre.

Toutes ces règles ! Lisbeth en avait la tête qui tournait. Elle pensait à Mattie quand Mlle Taylor leur expliqua comment s'adresser à un homme plus âgé. Au moment de mettre cette leçon en pratique, Lisbeth fut associée à Camilla Anderson qui dit, assez fort pour que tout le monde l’entende :

— Elizabeth, tu as mal compris ! Une demoiselle ne parle pas de relations personnelles avec un homme plus âgé !

Lisbeth accueillit avec soulagement la leçon de danse qui l’éloigna de Camilla.

— Rangez-vous devant vos cavaliers, leur commanda Mlle Taylor. Aujourd’hui, nous apprendrons le quadrille de Virginie. Comme d’habitude, commencez par saluer votre partenaire.

Les demoiselles firent la révérence, les « cavaliers » s’inclinèrent.

— Votre révérence était parfaite, Mlle Ford. Vous seriez toutes bien inspirées de l’imiter. Maintenant, répétez après moi : deux pas en avant, deux pas en arrière.

— Deux pas en avant, deux pas en arrière, entonnèrent les jeunes filles.

— Très bien. Je compte quatre temps et vous commencez. Un, deux, trois, quatre. Un…

Mlle Taylor exécuta les pas. À vrai dire, elle dansait très mal et n’avait aucun sens du rythme. Mais les parents n’en avaient cure, car elle excellait à préparer les jeunes filles à leurs débuts dans le monde.

Les demoiselles iraient au bal dès leur douzième anniversaire. L’âge traditionnel d’une débutante était de dix-huit ou dix-neuf ans, soit quand elles pouvaient être courtisées. Mais une fréquentation précoce des bals donnait aux parents de jeunes prétendants le temps nécessaire pour observer les jeunes filles et décider lesquelles inviter ensuite. Évidemment, dans une communauté aussi restreinte, les spéculations quant aux mariages possibles entre partis de Tidewater ou d'ailleurs allaient déjà bon train depuis longtemps.

Lisbeth était heureuse de la présence de sa bonne amie Mary Ford. Toujours aussi obligeante, Mary était très attentive aux directives de Mlle Taylor, si bien que Lisbeth n'avait qu'à l'imiter. Mary n'était jamais dissipée, mais, la leçon finie, elle cassait volontiers du sucre sur le dos de l'arrogante Camilla Anderson, ou riait avec elle des maladresses d'Edith Framington.

— Mary, ils ont emmené Mattie aujourd'hui, chuchota Lisbeth.

— Qui, *ils* ? Où ? demanda Mary.

— Père l'a conduite chez les Anderson. Nous leur avons vendu Samuel, le fils de Mattie, et il s'est enfui. Ils veulent qu'elle leur dise où il est.

— Cela explique l'attitude de Camilla envers toi aujourd'hui, dit Mary.

— Elle n'a pas besoin de raisons pour être désagréable. Je voudrais savoir ce qui arrivera à Mattie, mais je n'ose pas le demander. Mère a déjeuné avec nous aujourd'hui, mais elle n'en a rien dit.

— Quand revient-elle ?

— Je l'ignore, se lamenta Lisbeth. Personne ne me dit rien. Je suppose qu'elle sera revenue ce soir quand j'aurai besoin d'elle.

Mais ce soir-là, la maussade Emily la remplaçait. Toujours aussi efficace, Mme Gray avait veillé à ce que rien ne perturbe les habitudes de la maison. Mais personne n'apporta de réponse aux questions muettes de Lisbeth.

Il n'y en eut pas davantage au dîner ni même après, au salon. Plus tard, en regardant par la fenêtre, Lisbeth pria avec encore plus de ferveur que d'habitude.

— Mon Dieu, veillez sur Mattie ce soir et ramenez-la bien vite à la maison. Et bénissez mère, père, Jack et mamie. Amen.

À mesure que le soleil glissait derrière l'horizon, les ombres s'allongeaient sur le sol comme des taches. Mattie se reposait enfin de la chaleur accablante quand le régisseur vint la trouver.

— Entre, ordonna-t-il brusquement.

Mattie manœuvra gauchement le loquet. Le jeune régisseur ne la suivit pas à l'intérieur, mais referma la porte. Seule dans la cabane déserte et obscure, elle entendit le bruit sec du métal contre le bois quand le régisseur poussa le verrou.

L'endroit lui était à la fois familier et étranger. Comme à Fair Oaks, c'était une cabane de trois mètres sur trois, en rondins, au sol de terre battue. Mais sans fenêtres et entièrement vide. Des particules de poussière flottaient comme des étoiles dans la lumière qui filtrait des interstices. Un étroit chemin circulaire au milieu de la pièce avait sans doute été tracé par les pas des occupants précédents.

Quand les yeux de Mattie se furent habitués à l'obscurité, elle remarqua des glyphes et des dessins de couleur sombre sur les parois : bonhommes allumettes, étoiles, animaux, formes abstraites. Son regard fut plus particulièrement attiré par cinq cercles autour d'un cercle central, comme une fleur. Ce motif se répétait en arabesques sur le bois des quatre parois. L'artiste avait dû mettre des jours à le compléter. C'était très beau. Elle voulut le regarder de plus près. Lentement, douloureusement, elle comprit : il avait été dessiné avec du sang. Des images de chair lacérée et de membres coupés s'imposèrent à elle.

Mattie se laissa tomber à terre, se pelotonna, pressa ses yeux fermés sur ses genoux. Elle étouffait. Elle se balança encore et encore en demandant à Dieu la foi et le courage qui lui manquaient.

Des heures plus tard, en pleine nuit, elle fut réveillée par un coup de pied :

— Debout.

Dans l'ouverture de la porte, l'homme se découpait en silhouette sur le ciel. Mattie cherchait à reprendre ses esprits. Avant qu'elle n'ait pu se lever, il l'agrippa par le bras et la souleva brusquement de terre.

— Défais ta robe.

Un goût âcre de terreur emplit la bouche de Mattie, une sueur froide s'échappa de ses pores. Son cœur battait si fort qu'elle entendait son sang ruisseler dans ses veines. Elle ordonna à ses bras de bouger, d'obéir à l'homme, mais ils étaient paralysés le long de son corps.

— Tout de suite ! rugit-il.

Grand, imposant, le régisseur la fusillait des yeux. Elle porta ses mains tremblantes à son cou et déboutonna maladroitement son corsage. Plus elle dénudait sa chair noire, luisant dans le clair de lune, plus il la déshabillait du regard. Elle entendit son souffle rauque et vit le renflement à son pantalon.

— Ça suffit ! cria-t-il soudain quand elle eut défait un bouton au niveau de son nombril. Tourne-toi.

Lentement, elle s'exécuta. Dès qu'elle fut face au mur, l'homme agrippa le col de sa robe et la lui arracha. Il lui donna aussitôt trois coups de fouet qui lacérèrent ses épaules. Elle cria. Jamais encore elle n'avait ressenti de douleur aussi vive.

Elle se raidit en prévision des coups suivants, figée de peur dans l'obscurité. Elle n'entendit rien d'autre que son cœur affolé qui cognait contre ses côtes. La sueur dans son dos glissait sur ses blessures toutes fraîches et la brûlait. Elle inspira péniblement.

Elle tendit l'oreille pour capter le souffle de l'homme, s'efforçant de calmer les battements de son cœur, mais en vain. Elle osa tourner un peu la tête. Rien. Encore un peu. Toujours rien. Elle se retourna complètement. La cabane était déserte. Elle était seule. Un soupir de soulagement lui échappa. Fermant les yeux, elle voulut s'adosser au mur pour reprendre contenance, mais une douleur vive la fit se contracter. Elle appuya plutôt son front contre le bois et pleura.

Elle se rendit à croupetons dans un coin et se pencha vers le mur. Mille idées se bousculaient dans sa tête. Il ne lui avait pas posé une seule question. Elle toucha du doigt le sang chaud dans son dos, en recueillit quelques gouttes et examina le liquide carmin et luisant. Puis elle en frotta le bois du mur. La trace de sang était à peine visible, mais Mattie avait ajouté sa marque à celles des autres. Elle répéta le même geste plusieurs fois, colora le bois encore et encore. Pressée d'achever sa tâche avant que son sang ne cesse de couler, elle ajouta ainsi son nom au mur de la souffrance : *M-A-T-T-I-E*. Puis elle le barbouilla d'une dernière couche de sang.

Apprendre les lettres de son nom lui aurait servi à quelque chose.

— Mère, quand Mattie sera-t-elle de retour ? demanda Lisbeth le lendemain matin au petit déjeuner.

— Cela ne te concerne pas, répondit mère. Nous nous en occupons.

— Est-ce qu'elle va bien ?

— Elizabeth ! gronda mère. Je te répète que cela ne te concerne pas.

— Pourquoi père l'a-t-il emmenée chez les Anderson ?

— Ils cherchent des réponses à leurs questions.

— Est-ce qu'ils lui font du mal ?

— Je suis sûre que ton père leur aura interdit d'user de sévices graves.

— *De sévices graves* ? fit Lisbeth en ouvrant des yeux horrifiés. Que voulez-vous dire ?

— Assez de questions, maintenant, Elizabeth ! Je sais que tu es très attachée à elle, mais cela ne justifie pas que tu la protèges quand elle a tort. Nous avons été impliqués malgré nous dans une situation qu'aucun de nous n'avait souhaitée. Si elle avait su contrôler son fils, nous ne serions pas en train d'avoir cette conversation.

— Mais comment…

— Cela suffit, Elizabeth !

Confuse et blessée, Lisbeth retint ses larmes jusqu'à la fin du repas. Elle ne mentionna plus Mattie, mais resta aux aguets du moindre indice susceptible de la renseigner. Ce soir-là, au moment de passer à table, elle entendit père dire à mère :

— Anderson rechigne à la renvoyer ici tant qu'elle ne leur aura pas révélé quelque chose.

Lisbeth se dit qu'il était question de Mattie. Pourquoi M. Anderson prenait-il des décisions à son sujet ? Mais père n'ajouta rien d'autre ce soir-là.

L'anxiété lui nouait l'estomac. Elle n'avait rien avalé, et dormir était encore plus difficile. Allongée sur son lit, elle se demandait quand Mattie reviendrait et ce qu'elle pourrait bien faire ou dire pour lui venir en aide. Elle pria pour sa nourrice, espérant au moins la secourir de cette façon.

Deux jours plus tard, l'après-midi, alors qu'elle se trouvait avec sa mère au salon, Lisbeth entendit une voiture s'arrêter devant la porte de service. *Faites que ce soit elle*, pria-t-elle. Malgré l'envie qui la tenaillait, elle ne s'élança pas vers la fenêtre, mais resta sagement assise près de mère en continuant sa broderie.

— Les Cunningham viendront dîner ce soir, Elizabeth, expliqua mère. Tu seras assise à côté d'Edward. Sauras-tu lui faire la conversation ?

— Certainement, répondit Lisbeth.

— Ils ont récemment fait un voyage à Williamsburg. Tu pourras lui demander de t'en parler.

— Je le ferai, consentit Lisbeth.

— Il n'est jamais trop tôt pour faire bonne impression. Tu veilleras à accueillir chaleureusement ses parents. Après le dîner, tu demanderas à Mme Cunningham comment se porte sa mère. Elle a été malade. Cela montrera que tu es attentionnée.

Lisbeth hocha la tête. Paisible en apparence, elle était impatiente de monter dans sa chambre.

— Après le dîner, poursuivit mère, tu pourras enseigner à Emma quelques-unes de tes chansons à taper dans les mains. Et cette broderie. Cela devrait faire son effet. Tu es d'accord ?

— Oui, dit Lisbeth.

Mère tenait manifestement à impressionner cette vénérable famille. Lisbeth, quant à elle, désirait seulement savoir si Mattie était rentrée. Quand mère lui demanda enfin d'aller se changer pour le dîner, elle poussa un soupir, et se rendit à sa chambre le plus vite possible, tout en dissimulant son impatience.

Mattie était à la fenêtre. Lisbeth en ressentit un vif soulagement. Elle était de retour et paraissait en forme. Peut-être un peu fatiguée, mais rien de dramatique. Mère avait eu raison.

— Oh, Mattie ! Tu m'as tellement manqué, mais personne n'a voulu me dire ce qui t'est arrivé. Est-ce que Samuel est revenu ?

Sans attendre de réponse, Lisbeth prit Mattie dans ses bras et l'étreignit avec force. La femme tressaillit. Lisbeth recula.

— Que se passe-t-il ? Ils t'ont fait du mal ?

— Y m'ont donné le fouet. Je souffre.

Elle se déplaça avec précaution. Lisbeth la regardait, bouche bée.

— Mais pourquoi ? Comment ont-ils pu faire ça ?

Mère se glorifiait de ce qu'à Fair Oaks on ne fouettait pas les esclaves. Le fouet, disait-elle, c'était seulement pour les planteurs cruels et les esclaves indisciplinés. Elle avait promis à Lisbeth que Mattie ne serait pas maltraitée.

— Il faut dire à mère et à père ce qu'ils t'ont fait ! s'écria Lisbeth.

— Y z-ont pas fait ça sans le demander à ton père, fille, dit Mattie, anxieuse et lasse. Y faut que je t'habille pour le dîner, sinon je vas avoir d'autres ennuis.

— D'accord, Mattie.

Lisbeth savait qu'en dépit de l'indignation qu'elle ressentait, la meilleure façon d'aider Mattie était justement de lui obéir.

Le repas fut un véritable festin : côtelettes de veau et ketchup aux champignons, tourte au bifteck, soupe aux huîtres, panais, légumes verts primeur, vin et, pour le dessert, pudding aux pommes. Autour de la table, sur leur trente et un, les cinq membres de la famille Wainwright et leurs invités : M. et Mme Cunningham et leurs enfants, Edward et Emma.

Edward était assis à la gauche de Lisbeth, et Emma face à cette dernière, à côté de Jack. Lisbeth était bien disposée à engager avec Edward une conversation intéressante comme l'en avait priée sa mère, mais celle des adultes accapara son attention.

— Avez-vous pu ramener le négrillon ? demanda Mme Cunningham.

— Non, répondit père. Il se trouve que son géniteur s'est enfui de Berkeley, lui aussi. Ils sont sans doute déjà loin. Ils avaient un laissez-passer.

— Où ont-ils bien pu se le procurer ? s'écria Mme Cunningham.

— Nous l'ignorons, répondit père. Nous n'avons rien pu soutirer à Mattie. Apparemment, un abruti enseigne aux nègres à écrire !

Une vague de peur submergea Lisbeth. Son cœur s'emballa. Elle voulut prendre le verre d'eau devant elle, mais sa main tremblait trop visiblement. Elle la glissa aussitôt dans les plis de sa jupe, soucieuse que quelqu'un ait remarqué sa nervosité, mais personne ne faisait attention à elle. Elle se figura la fureur de son père s'il venait à apprendre que la responsable de la fuite d'Emmanuel et de Samuel, c'était elle.

— Quel dommage, observa mère. Nous avions fait en sorte de le vendre à une bonne famille, et voilà le résultat. M. Anderson n'achètera plus jamais un de nos moricauds.

— Tu n'es pas assez sévère avec eux, déclara mamie Wainwright. Si cela continue, nous les perdrons tous.

— Qui est allé à leur recherche ? demanda M. Cunningham.

— Ron Reymolds et Geoff Bloom. Nous leur avons dit de les ramener vivants.

Vivants ! Ce mot déchira Lisbeth. Père voulait qu'ils les ramènent *vivants*. Elle imagina l'autre possibilité. Se pouvait-il que Samuel soit mort ? Elle comprit tout à coup la détresse de Mattie. Elle écouta attentivement la conversation des adultes. Le thème des esclaves enfuis faisait partie du rituel du dîner au même titre que le bénédicité et, d'habitude, Lisbeth accordait aussi peu d'attention à l'un qu'à l'autre. Jamais, auparavant, ils n'avaient eu d'importance à ses yeux.

Mère interrompit le fil de ses pensées.

— Elizabeth, le voyage d'Edward à Williamsburg n'éveille-t-il pas ta curiosité ?

— Bien sûr, s'empressa de dire Lisbeth en se redressant.

— As-tu fait bon voyage, Edward ? lui demanda-t-elle, en interrompant sa conversation avec Jack.

— C'était bien.

— Quel était le but de ta visite ? ajouta-t-elle sur un ton enjoué.

— Ma tante habite là-bas.

Il se remit aussitôt à parler avec Jack de leur dernier affrontement au jeu du domaine du roi. D'un regard, mère fit comprendre à Lisbeth qu'elle devait poursuivre la conversation.

— As-tu gagné la partie, Edward ? demanda-t-elle.

Jack ricana.

— Oui, répondit Edward avec un regard assassin en direction de Jack.

— Mais il a triché, dit Jack.

— Je n'ai pas triché, rétorqua Edward. Je n'ai pas franchi la ligne.

— Albert dit que oui.

— Et moi je dis que non, insista Edward.

— Vous devriez sans doute soumettre la question à un arbitre, suggéra Lisbeth.

— Albert Ford était l'arbitre, informa Jack.

— Mais il avait un préjugé favorable envers son frère Robert, ajouta Edward. Il a décrété que Robert avait gagné la manche, mais il a eu tort. Mon pied n'a pas franchi la ligne. Je suis resté à l'intérieur du cercle et j'ai battu tous mes adversaires.

Jack hocha la tête. Les deux garçons se disputèrent à voix basse en excluant Lisbeth. Feignant de participer à leur échange, elle sourit et fit quelques signes de tête pour ne pas décevoir sa mère, mais fut ravie de mettre fin à cette parodie au moment de se lever de table.

Au beau milieu de la nuit, Lisbeth fit un mauvais rêve et s'éveilla en sursaut. Père lui mettait un fouet dans la main en répétant :

— C'est pour le mieux. C'est pour le mieux. Tu verras.

Effrayée et seule dans l'obscurité, le cœur battant et les larmes aux yeux, Lisbeth ne comprenait pas pourquoi ce rêve l'avait terrorisée. Elle fit alors ce qu'elle n'avait pas fait depuis des années. Elle quitta la tiédeur de ses couvertures et se rendit dans la petite antichambre où dormait sa nourrice.

— Mattie ? chuchota-t-elle en tremblant.

Ensommeillée, Mattie s'écarta un peu pour lui faire de la place et Lisbeth se blottit dans ses bras.

Désormais en sécurité, Lisbeth caressa, comme lorsqu'elle était petite, le collier de coquillages au cou de Mattie. La chaleur chassa ses démons et fit des merveilles, plongeant Lisbeth dans un doux sommeil.

Chapitre 12

À son réveil, désorientée, Lisbeth vit que sa nourrice dormait profondément à côté d'elle, couchée en chien de fusil. Lisbeth observa longuement sa silhouette immobile vêtue d'une chemise de nuit blanche, la tête enturbannée d'un foulard en coton. Elle accola son bras pâle à celui plus sombre de Mattie. Sa peau jeune et lisse contrastait avec les muscles, les vilaines cicatrices et les cals de la femme. Son regard remonta le long du bras jusqu'à l'épaule, là où la chemise, retroussée, était parsemée de taches brunes. Lisbeth frissonna de peur et de colère.

Elle se glissa doucement hors du lit en soupirant. D'habitude, Mattie la réveillait après avoir allumé le feu, monté l'eau chaude de la cuisine et préparé ses vêtements. Cette fois, Lisbeth la laissa dormir et se débrouilla toute seule.

Elle emprunta l'escalier de service, qui ne lui était pas familier, et surmonta sa peur de s'adresser à la cuisinière, une femme sévère et imposante qui l'intimidait.

La cuisinière la regarda d'un air menaçant, mais ne bougea pas.

— Mattie dort encore, expliqua Lisbeth timidement. Je suis venue à sa place.

La cuisinière hocha brièvement la tête et alla chercher un seau d'eau chaude. Après le lui avoir remis, elle tapota la main de Lisbeth.

— Pourrais-je avoir aussi un peu de pommade ?

La cuisinière acquiesça sans rien dire. Quand elle rapporta à Lisbeth le mélange d'herbe à la laque et de lard, elle avait les yeux humides.

Lisbeth remonta sur la pointe des pieds l'escalier qui craquait, mais Mattie ne dormait plus. En voyant la pommade, elle eut un sourire las et tendit la main. Lisbeth secoua la tête.

— Laisse. Je m'en occupe.

Mattie s'assit au bord du lit et ramassa sa chemise autour de sa taille. Du bout de l'index, Lisbeth enduisit de pommade les déchirures dans la chair, l'une après l'autre : il y en avait neuf, trois pour chacune des nuits où Mattie n'avait pas été là. Elle eut beau faire attention, des croûtes s'ouvrirent ici et là. Le sang rouge vif contrastait avec le sang séché et brun, le doigt pâle, la peau couleur café. Quand elle eut terminé, Lisbeth se leva pour examiner son travail, vit sa main tachée de sang et l'essuya sur le tissu de sa robe.

CHAPITRE 13

Épuisée, Mattie vaqua à ses occupations du mieux qu'elle put, mais prit quand même du retard. La cuisinière, Emily et les autres domestiques la relayèrent à la buanderie et à la cuisine pour lui éviter d'autres ennuis. Lisbeth faisait toute seule sa toilette du soir et, le matin, pour laisser Mattie dormir, elle allait souvent chercher l'eau, allumait le feu et s'habillait sans aide. Mattie était reconnaissante envers toutes et les remerciait, mais elles ne voulaient rien entendre.

Des semaines plus tard, Mattie était toujours fatiguée. Elle n'avait pas eu ses règles. Elle mit cela sur le compte du fouet. Mais le mois suivant, quand les règles ne reparurent pas et que ses seins devinrent douloureux, elle en conclut qu'elle était peut-être enceinte. Elle avait ressenti cela plusieurs années auparavant pour Samuel. Il n'était pas trop tard pour interrompre sa grossesse avec de la menthe pouliot. Mais elle pria, réfléchit et comprit qu'elle désirait cet enfant d'Emmanuel. Elle n'y renoncerait pas. Si sa grossesse se confirmait et que l'enfant vivait, elle irait avec lui retrouver Emmanuel et Samuel, au risque d'y laisser sa peau.

Mattie ne parla pas de son projet et attendit ses menstrues – qui ne vinrent pas. Dès que Mme Gray saurait qu'elle était enceinte, tout changerait très vite. Elle voulait vivre pleinement ses dernières semaines auprès de Lisbeth et bien nourrir son bébé avant d'être renvoyée aux champs. Sa silhouette se transforma et s'arrondit peu à peu, mais Mattie ne dit rien à personne. Un jour, quand la cuisinière lui tapota le ventre, elle sut que le moment était venu de révéler son secret. Ce soir-là, au moment d'aller au lit, elle regarda Lisbeth. Il lui serait très difficile de la quitter. Elle inspira profondément.

— Y faut que je te dise quelque chose. Pourquoi que je suis si fatiguée. Je vas avoir un bébé.

— Un bébé ? fit Lisbeth en riant. Mais tu es trop vieille !

— Trop vieille ? s'écria Mattie en feignant d'être insultée. Trente ans, c'est pas trop vieux pour avoir un bébé !

— Ce sera un gars ou une fille, d'après toi ? demanda Lisbeth en souriant. C'est triste que Samuel ne puisse pas le connaître. Je t'aiderai à en prendre soin.

— Ça peut pas se faire comme ça, Lisbeth, expliqua Mattie en hochant la tête. Personne va me laisser rester ici avec un bébé à moi.

— Où iras-tu ? Est-ce que tu seras vendue ? fit Lisbeth, incapable de cacher sa détresse.

— C'est sûr qu'y vont me renvoyer aux clos.

De grosses larmes baignèrent le visage de l'enfant. Elle baissa les yeux sur ses poings fermés.

— Que vais-je devenir ? Qui sera avec moi ? Qui prendra soin de moi ?

Elle regarda Mattie et redoubla de pleurs en voyant les yeux embués de sa nourrice.

— Tout va aller, Lisbeth. Tu vas venir chez moi le soir. Tu vas toujours garder mon amour dans ton cœur comme que j'ai toujours l'amour de ma maman dans le mien. Y va être ton guide. T'es intelligente, t'as bon cœur, Lisbeth. Tout va bien aller.

Le lendemain matin, Mattie annonça la nouvelle à Mme Gray. À midi, elle était de retour au quartier et Emily occupait la pièce adjacente à la chambre de Lisbeth.

Au dîner, mère remarqua les yeux rouges et bouffis de Lisbeth.

— Est-ce que tu as pleuré, Elizabeth, ma chérie ? demanda-t-elle, sincèrement inquiète.

— Non, mère, je vais bien, répondit Lisbeth poliment. Je suis seulement un peu fatiguée.

Elle avait menti pour que sa mère ne lui reproche pas d'être attachée à Mattie.

Ce soir-là, Lisbeth s'endormit en fredonnant sa berceuse préférée.

Dors, ma petite
Dors, mon bébé
Tout le monde est aux clos de coton, de maïs
Bébé est tout seul

En début de soirée les mardis et jeudis, soit entre l'heure du thé et celle du dîner, Lisbeth allait retrouver Mattie en cachette. Ces rencontres étaient un secret de polichinelle, comme tant d'autres aspects de la vie sur les plantations.

Un soir, alors que le ventre de Mattie, aussi rond qu'une pastèque mûre, semblait sur le point d'éclater, Mattie demanda une faveur à Lisbeth.

— Y faut que je trouve un nom pour mon bébé, autrement c'est le régisseur qui va le choisir. J'en ai deux-trois, mais je veux voir si qu'y sont beaux à regarder comme qu'y sont beaux à dire. Écris-les pour moi.

Du bout d'une ramille calcinée, Lisbeth traça chaque nom dans la terre : *Matthew*, *Jeremiah*, *Jordan*, *Naomi* et *Aurelia*.

— Ce sont de beaux prénoms, Mattie.

— J'aime la lettre qu'est ici, dit Mattie en pointant du doigt. Comment qu'elle s'appelle ?

— C'est un *J*. *J* pour Jeremiah ici, et là, *J* pour Jordan.

— C'est bon, décréta Mattie. Jeremiah si que c'est un gars, Jordan si que c'est une fille.

Par un soir limpide et froid de novembre 1847, après une longue journée de travail, Jordan fit son entrée dans le monde. Elle naquit dans la petite cabane de Papy et Mattie, sur la même paillasse où Mattie avait accouché de Samuel et l'avait allaité presque onze ans plus tôt. Rebecca reçut le bébé, coupa le cordon et déposa le nouveau-né dans les bras impatients de sa mère. Le cœur de Mattie s'ouvrit tout grand pour accueillir un autre enfant à aimer.

Mattie se reposait, sa fille au creux de ses bras, épuisée mais heureuse. Jordan était suspendue à son sein, spontanément experte dans l'art de téter. Quand elle s'arrêtait trop longtemps, Mattie lui chatouillait le menton pour qu'elle recommence. Son cœur se gonfla de joie quand elle vit la beauté de ce nouveau miracle. Un besoin féroce de protéger l'enfant l'envahit.

Regardant sa fille, elle lui parla doucement et clairement.

— Je vas jamais les laisser t'enlever à moi. Jamais. Je te promets que je vas jamais aller nulle part sans toi, que tu vas jamais aller nulle part sans moi. Bientôt, on va aller retrouver ton père et ton frère, mon bébé. On va être libres.

Le lendemain matin, Mme Gray annonça la nouvelle dans la salle du petit déjeuner.

— La dernière recrue du quartier est née hier soir.

— Mattie a eu son bébé ? s'écria Lisbeth. Comment l'a-t-elle appelé ? Est-ce un garçon ou une fille ?

— Je l'ignore, répondit Mme Gray en jetant à Lisbeth un regard dédaigneux.

Lisbeth reporta son attention sur l'œuf mollet dans son assiette, en masquant l'humiliation et la rage que lui causait l'attitude de Mme Gray.

En fin d'après-midi, elle s'élança, impatiente, chez Mattie avec un présent pour le nouveau-né. Devant la porte, dans le soleil couchant, elle hésita à frapper. Mattie ne désirait peut-être pas la voir ? La mère et l'enfant se reposaient sans doute et ne voulaient pas être importunés. Mais le bébé vagit et Mattie roucoula. Lisbeth frappa à petits coups timides. Rebecca ouvrit.

— Entre, ma chérie.

Lisbeth resta sur le seuil, regardant Mattie et le bébé au fond de la pièce. Rebecca rit.

— Viens. Elle va pas te mordre.

Lisbeth s'avança à petits pas sans quitter des yeux le minuscule nouveau-né. Mattie rayonnait de bonheur en regardant Lisbeth qui souriait, émerveillée, au bébé blotti dans ses bras.

— Regarde ses tout petits ongles, s'extasia Lisbeth en les pointant du doigt. Ils sont si mignons. C'est une fille, alors ? Mère ne le savait pas.

— Mmh-hmm.

— L'as-tu appelée Jordan ?

— C'est un beau nom à regarder, acquiesça Mattie.

— Bonjour, Jordan. Je m'appelle Lisbeth. Je suis heureuse de faire ta connaissance.

— Elle aussi, dit Mattie, épanouie. C'est-y que tu veux la prendre dans tes bras ?

— Je peux ? demanda Lisbeth tout sourire, en ouvrant de grands yeux.

— J'ai confiance en toi, Lisbeth. Tu vas faire attention. Mais ça va être plus facile si que t'es assise.

Lisbeth déposa le cadeau sur le lit. Elle prit doucement le bébé sur ses genoux et appuya sa tête dans le creux de son coude comme le lui indiquait Mattie. Jordan était toute chaude et si légère. Lisbeth sourit à Mattie. Elle caressa avec douceur la main du nouveau-né et, délicatement, chacun de ses tout petits ongles.

— Elle est si douce.

— Mmh-hmm.

— Regarde le cadeau que je lui ai apporté. Mère m'a donné la permission de te l'offrir. C'est ma première courtepointe en appliqués. Je l'ai faite petite, pour le bébé. Elle n'est pas parfaite, mais mère dit que je m'améliore.

Mattie déplia le dessus-de-lit.

— Merci, Lisbeth.

Elle enlaça la fillette en veillant à ne pas écraser Jordan, puis recouvrit le bébé du petit couvre-lit.

— C'est beau. Elle va être bien au chaud. Je vas le garder précieusement pour toujours. Les appliqués sont jolis. Ça, c'est-y du maïs ?

— Oui ! J'espérais que tu t'en rendes compte. Mère dit que je l'ai bâclé. C'est à cause de la berceuse, tu sais ? *Tout le monde est aux clos de coton, de maïs.* Tu vois le coton ? Ici, c'est une chaussure. Elle n'est pas de la bonne couleur parce que je n'avais pas de tissu rouge.

Mattie fredonna l'air de la berceuse et Lisbeth en chanta les paroles :

Dors, ma petite
Dors, mon bébé
Ta maman est partie, ton papa reste ici
Bébé est tout seul

Rebecca et Mattie se joignirent à elle :

Dors, ma petite
Dors, mon bébé
Tout le monde est aux clos de coton, de maïs
Bébé est tout seul

Elles se rassemblèrent autour de Jordan pour l'accueillir en musique dans leur univers. Alors qu'elle tenait cette nouvelle vie dans ses bras et unissait sa voix à celle de Mattie et de Rebecca, Lisbeth eut le sentiment d'être chez elle.

Lisbeth rendit discrètement visite à Mattie et à Jordan plusieurs fois par semaine durant tout l'hiver et même au printemps. L'après-midi, au lieu de lire sous le saule, elle descendait en bordure des champs où grand-maman Washington veillait souvent sur Jordan pendant que Mattie travaillait.

Ce jour-là, perchée sur les genoux de grand-maman Washington, Jordan sourit et tendit les bras avec impatience en voyant Lisbeth. Cette dernière lui rendit son sourire, la prit dans ses bras et s'assit par terre pour jouer avec elle. Grand-maman Washington aimait bien raconter sa vie à qui voulait l'entendre et Lisbeth était bon public, se retenant de lui faire remarquer qu'elle répétait souvent les mêmes anecdotes. Lisbeth était heureuse d'apprendre ainsi à connaître les gens de sa maison et leur passé lointain, ce passé dont personne de sa famille ne lui disait jamais rien.

— Je suis si vieille que personne sait l'année que je suis née, à part qu'ici c'était pas encore un vrai pays. J'as vu beaucoup de choses… Tout le monde m'appelle grand-maman Washington, mais c'est juste parce que je prends soin des petits. Mes enfants à moi, y z-ont pas grandi assez pour avoir des enfants à eux autres. Non. Le bon Dieu, y m'a pas fait ce cadeau-là.

La vieille femme hocha la tête. Lisbeth ne savait que répondre, mais elle aimait l'écouter et lui posait souvent des questions.

— Combien d'enfants avez-vous eus ?

— Le bon Dieu m'en a donné trois. Ma première, Marie, elle a jamais respiré, mais j'as eu la chance de la prendre dans mes bras et avec, de lui donner un beau nom. La fièvre m'a volé ma deuxième avant qu'elle a ses quatre ans. Mon William, y est devenu un homme. Mais y s'a sauvé avec son amoureuse. Y s'a noyé dans la rivière.

La vieille femme regarda Lisbeth et Jordan qui jouaient à se taper dans les mains en chantant *Patty-cake*. Puis, Jordan fit un câlin à Lisbeth et posa sa tête sur son épaule. Les moments qu'elle passait auprès de Jordan, les soins qu'elle prodiguait à la petite fille, étaient les plus beaux de sa vie.

— Moi, dit la vieille femme en hochant sa tête grise, j'avais jamais vu ça avant, une Blanche qui prend dans ses bras un bébé nègre et pis qui s'en occupe…

Chapitre 14

Avril 1849

Deux semaines avant son douzième anniversaire, alors qu'elle était au salon en compagnie de ses parents après le dîner, Lisbeth achevait un dernier exercice de couture avant de s'attaquer à son trousseau. Mère rompit le silence.

— Elizabeth, il y a du nouveau. Nous connaissons la date de ton premier bal. Les Parker organisent une soirée à Willowbrook le 1er mai.

— C'est dans un mois à peine ! lâcha Lisbeth. Que vais-je mettre ? Mère, je suis si nerveuse !

— Ne sois pas ridicule, Elizabeth, dit mère sans lever les yeux de sa broderie. Tu es parfaitement prête à faire ce que l'on attend de toi. Ton père et moi comptons sur toi pour faire très bonne impression. Pour ce qui est de ta robe, la couturière viendra demain prendre tes mensurations. Tu pourras choisir un modèle et un tissu.

— Mère, est-ce que Mattie pourra venir m'habiller ? demanda Lisbeth avec prudence.

— C'est bien que tu sois encore très attachée à Mattie, Elizabeth ; mais c'est Emily qui t'aidera à te préparer pour aller au bal. Tu as eu de la chance de garder ta nourrice aussi longtemps. Pour la plupart, nous avons dû nous séparer de la nôtre bien avant. À vrai dire, je n'avais que quatre ans quand ma nourrice a été vendue. Tu vois, Mattie est un peu comme ton couvre-lit de bébé. Elle était importante pour toi quand tu étais petite, mais maintenant que tu es une grande fille, tu n'as plus besoin d'elle. J'espère que nous n'avons pas fait fausse route en lui permettant de veiller sur toi si longtemps.

— Je comprends, mère, dit Lisbeth qui tenait à impressionner sa mère par son comportement de jeune fille de bonne famille et ne voulait pas se voir interdire ses visites à Mattie. Quelle couleur devrais-je choisir pour ma robe ?

— Bleu saphir serait mon premier choix si la couturière peut nous la proposer dans un tissu qui fait l'affaire. C'est une couleur très élégante ; elle mettra tes yeux en valeur et t'éclaircira le teint. Je vois que tu ne mets pas de chapeau quand tu sors au soleil.

— Je le mettrai dorénavant. C'est promis. Je veux être aussi belle que possible pour aller au bal.

— Pense plutôt à ton maintien, corrigea mère. La beauté suivra. Tu n'emporteras pas ta beauté dans ta tombe, mais ta prestance t'accompagnera jusqu'à la fin.

— Oui, mère, consentit Lisbeth.

Elle tenait vraiment à être belle.

Le sac de la couturière était rempli d'échantillons de tissus et de patrons de robes. Lisbeth la regarda avec empressement en tirer de petits rectangles soyeux qu'elle rangeait selon leur texture et leur couleur. Lisbeth eut envie de les toucher, mais elle n'osa pas.

Mère n'eut aucun scrupule à le faire. Elle palpa l'un après l'autre chaque échantillon et, quand elle en trouvait un à son goût, elle s'enquérait de son prix et de sa composition.

— Le coton imprimé est très en vogue chez les jeunes filles cette année, dit la couturière. Celui-ci est à vingt-quatre cents le mètre et celui-là, à vingt-huit.

— C'est joli, dit mère, mais je préférerais une matière plus élégante pour Elizabeth. Avez-vous pris la commande de Camilla Anderson ?

— Oui. Ils ont choisi ce chiffon de soie jaune pâle, expliqua la couturière.

Mère le tâta d'une main distraite.

— Combien coûte la soie ?

— Le chiffon domestique est à quatre-vingt-huit cents et le chiffon importé, à un dollar le mètre.

— Celui-ci est extrêmement fragile. Elle devra faire très attention à ne pas le déchirer. Elizabeth, crois-tu en être capable ?

— Absolument, mère, répondit Lisbeth avec enthousiasme. C'est très joli. Ma robe serait ravissante dans ce tissu.

— Le taffetas est plus résistant et, à quatre-vingt-douze cents le mètre, il est à peine plus cher que le chiffon domestique.

Lisbeth tendit la main pour le toucher.

— Oh, mère, c'est si joli !

Elle n'osa pas en dire plus, mais regarda mère s'adonner mentalement à des considérations sociales et financières. La couturière brisa le silence.

— Si vous préférez, ce lin épais mais durable n'est qu'à cinquante-cinq cents le mètre. En revanche, le choix des couleurs est limité.

— Non. Nous allons prendre le taffetas de soie. En bleu saphir, je pense. Qu'en dis-tu, Elizabeth ?

— Oh, merci, mère ! répondit Lisbeth, rayonnante. Oui, j'aime beaucoup le bleu. Je vous promets que j'en prendrai un soin jaloux.

Mère approuva d'un sourire le choix de Lisbeth.

— Montrez-moi vos patrons, maintenant, ordonna-t-elle à la couturière.

— Les Anderson ont choisi ce modèle, précisa la femme en tirant un croquis de son sac.

C'était une robe à ample jupe bouffante sur une crinoline pleine longueur. À l'ourlet, le tissu était festonné sur plusieurs rangs et retenu par de larges rubans.

— Non. Il y a trop de fanfreluches, décréta mère. Je veux quelque chose de plus raffiné. Qu'ont choisi les Cunningham pour Emma ?

— Je le saurai demain.

— C'est embêtant, murmura mère entre ses dents.

Et elle tria les patrons : des robes à crinoline et à corsage moulant, comme le voulait la dernière mode. Elle rejeta tous les modèles à manches longues et à col haut, peu appropriés pour un bal.

— Elizabeth, est-ce qu'une de celles-ci te plairait ? demanda mère en lui montrant deux croquis.

— J'aime bien les deux. Mais à mon avis, celle-ci est la plus jolie.

Lisbeth indiqua une robe dont l'ourlet consistait en une seule rangée de festons peu profonds.

— Bien, approuva mère. Ce sera donc celle-ci. Vous prendrez le chiffon bleu clair pour le jupon. Si la robe d'Emma Cunningham fait pâlir celle d'Elizabeth ou lui ressemble, faites-le-moi savoir aussitôt et nous choisirons autre chose.

— Bien sûr, madame, promit la couturière. Je vous préviendrai sur-le-champ, si c'est le cas.

Lisbeth caressa le taffetas bleu saphir du bout des doigts. Il était si doux, si lisse, si beau.

— C'est très joli ! Je suis si heureuse. Merci, mère !

— Je suis sûre que tu nous feras honneur, Elizabeth. Nous engageons de grandes dépenses pour que tu fasses bonne impression.

— N'en doutez pas, mère. Vous serez très fiers de moi.

Lisbeth fit irruption dans la cabane de Mattie, trop exaltée pour se contenir. Après s'être assise sur une chaise avec Jordan, elle déversa un flot de paroles.

— Mattie, dans trois semaines, j'irai à mon premier bal. J'ai peur. Mère a beau dire que je suis prête, je suis encore si nerveuse. Nous avons demandé à la couturière de me faire une robe bleu saphir. Elle est presque de la couleur de mes yeux. J'espère que je serai belle. Mère dit que la beauté ne compte pas autant que le maintien, mais je veux tellement être jolie.

« Mère dit que la liste des danses ne sera connue qu'une semaine avant le bal et que même alors elle pourrait changer. Je dois être prête à toute éventualité. Je vais mourir s'ils jouent un quadrille de Cumberland. Je ne le danse pas bien du tout. Mais je sais danser la valse ou le quadrille de Virginie. C'est ce que me dit Mary.

« Comment devrais-je porter mes cheveux, dis ? Je ne peux pas les remonter complètement parce que je n'ai pas encore fait mes débuts – ce sera pour mes dix-neuf ans, comme tu sais – mais je veux quand même une coiffure élégante. Devrais-je remonter le devant et ramener tous les cheveux vers l'arrière ou seulement dégager les côtés ? Qu'en penses-tu, Mattie ? Qu'est-ce qui me va le mieux ? Ceci… ou cela ?

— Ça m'est égal, Lisbeth, répondit Mattie d'un ton bourru. Les deux sont bons.

— Comment peux-tu dire ça ? s'écria Lisbeth, blessée par la dureté de Mattie. Ce bal est extrêmement important. Mère dit que le premier bal jette les bases du reste de notre vie. Il faut qu'il soit parfait. Tout mon avenir en dépend.

— Y a rien de parfait, soupira Mattie. Je crois pas qu'un bal va changer ta vie.

— C'est important. Pas pour toi ? Comment peux-tu être aussi égoïste ?

— Lisbeth, j'as veillé Jordan toute la nuit. Après, j'as travaillé aux clos de l'aube jusqu'au coucher du soleil. Jordan, elle va pas bien. Elle a la chiasse depuis cinq jours. Je vas te dire quoi qui est important pour moi. Que ma fille, elle va mieux.

Lisbeth leva les yeux au ciel.

— Dans ce cas, donne-lui de l'eau sucrée avec du sel comme tu m'en donnais à moi quand j'étais malade. Elle se remettra vite.

— Y a pas de sel-là. Y a pas de sucre. Je peux pas lui donner ce que y a pas.

Mattie fixa Lisbeth.

— Oh, fit l'enfant, soudain décontenancée.

Pour la première fois depuis son arrivée, elle regarda attentivement le bébé couché dans ses bras. Dans la faible lumière du crépuscule, elle distingua ses yeux creux et cernés. Jordan était presque immobile. Lisbeth n'avait rien remarqué. Elle en fut mortifiée.

— Mattie, pardonne-moi, poursuivit Lisbeth. La cuisinière me donnera du sucre et du sel si je lui dis que j'ai la diarrhée. Je t'en apporterai.

Fidèle à sa parole, Lisbeth mentit à la cuisinière et, se glissant en catimini par l'escalier de service, elle apporta à Mattie l'élixir dont avait désespérément besoin Jordan.

Le lendemain du bal, Lisbeth alla trouver Mattie pour lui raconter sa soirée. Mais en arrivant à la cabane, elle lui demanda :

— Comment va Jordan, Mattie ?

— Tu vois… Jordan va bien, là tout suite. T'es gentille de penser à elle.

— Et toi, Mattie ? Est-ce que tu vas bien ?

— Oui, ma chérie. Je vas très bien. Jordan m'a pas donné sa maladie. Raconte-moi ton bal.

— Oh, Mattie, ç'a été horrible, répondit Lisbeth. Comment ai-je pu être si impatiente d'aller danser ? J'ai détesté ça. Camilla Anderson n'a aucune classe, je t'assure. Elle m'a regardée méchamment dès mon arrivée à Willowbrook. Je pense qu'elle nous en veut encore parce que Samuel s'est enfui. Je ne le blâme pas une seconde de l'avoir fait. Les Anderson doivent être des gens affreux s'ils ont une fille pareille. J'ai d'abord dansé avec Matthew Johnson. Matthew a été très aimable et un vrai gentleman jusqu'à la fin de la danse. Comme c'était une valse, je ne me suis pas ridiculisée. Parler avec lui est si facile ! Le temps a passé vite.

— Tu t'as bien amusée, je dirais, commenta Mattie. Moi, avec Emmanuel, on s'a rencontrés à un bal.

— La danse avec Matthew a été le moment le plus agréable de la soirée. Je me serais beaucoup plus amusée si j'avais pu danser avec lui tout le temps. Matthew a de très beaux yeux pers. Mère dit que je ne dois pas me laisser impressionner par cela. Sa famille ne possède que quatre hectares de terres et trois esclaves. Mère dit qu'ils « ne sont pas aussi bien que nous et, pour tout dire, des abolitionnistes », mais elle a jugé bon que je danse avec lui une fois, par courtoisie. Elle se plaît à dire qu'il est « de bon ton de se montrer bienveillants avec nos inférieurs ». Je suis bien contente d'avoir le droit de danser avec lui à l'occasion. Il est un partenaire des plus agréables.

Mattie passa Jordan à Lisbeth. Elle s'assit avec la petite et la fit sauter sur ses genoux tout en poursuivant son récit.

— Ensuite, j'ai dansé avec Nathaniel Jackson. Il a très mauvaise haleine. J'ai dû tourner la tête pour ne pas respirer son odeur nauséabonde. Tu peux imaginer comme il peut être difficile de danser en s'efforçant de ne pas respirer ! Après Nathaniel, ce fut au tour de William Anderson, le frère de Camilla. Il ne sait pas danser du tout, je t'assure. Il me serrait beaucoup trop fort et il m'a écrasé les orteils plusieurs fois. J'ai fait comme si de rien n'était, en vraie demoiselle. Ce n'est pas facile de ne pas se plaindre et de continuer à sourire quand un idiot balourd t'écrabouille les pieds. Mais j'ai su me tenir comme toute jeune fille de bonne famille.

— C'est bon, Lisbeth.

Mattie s'activait dans la petite chambre. Elle triait et pliait ses effets personnels pendant le récit de Lisbeth.

— Ma dernière danse, le quadrille de Virginie – qui n'était pas censée être la dernière –, je l'ai commencée avec Robert Ford, le frère de Mary. Il est amusant. Robert est très doué pour imiter les adultes. Il a parfaitement caricaturé M. Anderson, ce qui m'a fait rire aux éclats. Je ne crois pas que cela lui ait déplu. En fait, je pense qu'il a aimé que je le trouve si drôle.

— Rire, c'est pas bon ? demanda Mattie, le visage tout empreint de surprise.

— Mère dit que je ne dois pas rire à gorge déployée en présence de jeunes hommes, répondit Lisbeth avec un haussement d'épaules.

— C'est stupide, dit Mattie avec mépris. Comment que tu peux savoir si que tu vas être heureuse avec un homme si que tu peux pas rire avec lui ?

— Qu'il me plaise importe peu à mes parents, expliqua Lisbeth. J'attendais mon prochain cavalier après avoir dansé avec Robert quand Camilla a feint de trébucher et a renversé son verre de punch et le mien sur ma belle robe bleue. Elle était si magnifique. Et, sans vouloir me vanter, elle m'allait à ravir. Mais voilà que la cruauté de Camilla l'a complètement abîmée. Mère dit qu'on la fera sans doute teindre pour que je puisse la porter encore. Je suis sûre que Camilla ne voulait pas que je danse avec Edward Cunningham. Elle avait déjà dansé avec lui, mais elle ne tenait pas à ce que moi, ou qui que ce soit d'autre, en ait aussi l'occasion. Mère dit qu'elle fera le plus beau mariage de la vallée.

« Après l'incident, Edward a été très prévenant à mon endroit, ce qui n'a pas manqué d'irriter Camilla davantage. Mais il n'a pas osé danser avec moi de peur d'abîmer son habit, si bien que nous sommes restés assis. Mais j'étais si furieuse que je n'ai pas pu trouver un seul sujet de conversation qui soit amusant ou agréable. Mattie, crois-tu que mes chances de faire le plus beau mariage des plantations de la rivière soient fichues ?

— Je sais pas grand-chose du mariage, Lisbeth. Mais je sais qu'un brave homme fait la vie plus belle. Un homme qui t'aime, qui te prend dans ses bras, un homme qui rêve tes rêves, un homme bienveillant, prévenant. Un homme bon, ça rend riche.

— Oh, Mattie, pardonne-moi. Je n'ai pas réfléchi. Emmanuel doit beaucoup te manquer. Voilà deux ans qu'il est parti. Est-ce que tu penses souvent à lui et à Samuel ?

— Tous les jours. Je prie pour eux autres tous les jours.

— As-tu eu de leurs nouvelles ? demanda Lisbeth, hésitante. Sais-tu s'ils sont en sécurité ?

— J'as pas de réponse-là, tu le sais, mam'zelle Lisbeth. Y sont entre les mains du bon Dieu ; c'est tout. Savoir plus, c'est savoir trop. Et pis, ça serait dangereux pour toi et pour moi.

Mattie se tut, regarda attentivement Lisbeth comme si elle avait voulu lui en dire davantage, puis soupira, hocha la tête et poursuivit :

— C'est assez. Raconte-moi encore ton bal. Tu t'as pas amusée, sauf avec Matthew ? Et Mary ?

— Mère ne m'a pas permis de lui parler ! Elle m'a intimé l'ordre de servir le thé et les bouchées à toutes les dames âgées entre mes danses. Puis il a fallu que tout le monde me voie danser. C'était horrible de sentir tous ces yeux sur moi. Je ne peux pas croire qu'il me faudra revivre cette expérience pendant des années.

— Dis que tu veux pas y aller, suggéra Mattie.

— Non, non ! Je ne peux pas ! insista Lisbeth. Père et mère ne me permettront pas de sauter une saison. Ils s'y préparent depuis si longtemps. Avec un peu de chance, ils me permettront de ne pas aller à tous les bals qui se donneront dans les plantations secondaires.

Mattie vint s'asseoir près de Lisbeth sur la paillasse. Elle enlaça la jeune fille, qui était désormais presque une femme.

— Lisbeth, va falloir que t'obéisses à ton cœur même si que c'est dur, même si que tes parents veulent pas.

Lisbeth ne comprenait pas ce que Mattie s'efforçait de lui dire. Mais elle se sentait bien, là, avec Jordan sur les genoux. Au moment de partir, elles s'étreignirent longtemps. Lisbeth ignorait pourquoi Mattie était si affectueuse ce soir-là, mais elle ne s'en étonna pas. Blottie entre ses bras, elle se sentit toute petite et en sécurité.

CHAPITRE 15

Cette nuit-là, Mattie resta assise au bord du lit, l'esprit en alerte, et passa en revue les moindres détails. Jordan dormait profondément à ses côtés grâce à la racine de valériane qu'elle lui avait donnée. De la viande séchée, une outre d'eau et d'autres articles indispensables avaient été emballés dans un vieux sac de jute retenu par une grosse ficelle. Des bottes volées attendaient sous le lit. Il ne lui restait plus que trois choses à faire : prier Dieu, faire ses adieux et partir. Cette nuit-là changerait sa vie pour de bon.

— Bon Dieu, veille sur nous cette nuit. Protège-nous, conduis-nous à la liberté. Là-bas, je vas aider d'autres esclaves, promis. Merci, bon Dieu. Amen.

Papy lia solidement Jordan au dos de Mattie au moyen d'un linge épais et murmura :

— Marche vite, fille. Regarde pas en arrière-là. T'es forte. Tu vas réussir. Emmanuel t'a trouvé une bonne maison dans l'Ohio. Tu vas y arriver.

Sa voix se brisa, mais il regarda Mattie dans les yeux.

— Je veux plus te revoir. Jamais. Tu vas être libre-là. Ta famille, c'est les premiers qui se sont sauvés. Je suis fier de toi.

Mattie ravala ses larmes, le prit dans ses bras, et sortit. Elle se rendit à pas de loup chez Rebecca, actionna le loquet sans frapper et ouvrit lentement la porte. Sa sœur l'attendait, assise sur une chaise.

— Tu vas tant me manquer, dit Mattie. Y faut venir un jour. Tous vous autres, y faut que vous venez.

Elle pleura.

— J'ai pas ton courage, Mattie, chuchota Rebecca. Tu vas réussir. Prends ça.

Rebecca remit à Mattie le laissez-passer : on y reconnaissait l'écriture singulière de Sarah. Mattie avait renoncé pendant six mois à une partie de sa ration pour obtenir le papier et l'encre nécessaires à la fabrication de ce passeport vers la liberté. Il disait : *La porteuse de ce document, Georgia Freedman, Africaine affranchie, est en route vers Clarksburg, Virginia, pour rendre visite à sa famille.* Mattie plia soigneusement le faux laissez-passer et le glissa dans son corsage.

— Fais une chose pour moi, dit Mattie tout bas en tirant de son corsage une cordelette noire sur laquelle était enfilé un des coquillages de son collier. Donne ça à Lisbeth. Elle va pas comprendre pourquoi que je la quitte. Y faut l'aider.

Mattie ne retint pas ses larmes. Les deux femmes s'étreignirent.

— Je vas réciter une prière pour toi tous les soirs, dit Rebecca à l'oreille de Mattie.

Quand elle s'écarta d'elle, elle la regarda intensément et dit avec fermeté :

— Promets que tu vas nous envoyer dire si que t'es bien arrivée.

— Je promets, confirma Mattie. Adieu.

— Adieu.

Mattie s'arrêta quelques secondes après avoir refermé la porte et leva les yeux vers la fenêtre de la chambre de Lisbeth.

— Adieu, fille, murmura-t-elle. T'es intelligente, t'es forte, t'as un grand cœur. Reste dans le camp des bons.

Mattie se mit en route pour aller loin de chez elle, vers sa liberté et sa famille, laissant derrière elle les ossements de plusieurs générations d'ancêtres et de ravisseurs.

Mattie se dirigea vers l'ouest, dans le sous-bois, d'un pas incertain. Deux heures plus tard, elle avait atteint le ruisseau Herring. Les pieds au sec dans ses lourdes bottes, elle pataugea dans l'eau sur près de deux kilomètres avant de remonter sur la rive ouest, mais ressentit bientôt des brûlures de cloques aux talons et aux chevilles. Ignorant sa douleur, elle se fraya un chemin sur deux kilomètres au milieu des cèdres, des peupliers de Virginie et des bouleaux. Ensuite, elle revint au ruisseau et marcha encore trois kilomètres vers le nord, puis vers l'ouest, en suivant une trajectoire sinueuse dans la forêt dense jusqu'au lever du soleil. Elle grimpa dans un platane, détacha Jordan de son dos, l'allaita, lui redonna de la racine de valériane pour l'endormir et fit une pause. L'attente était pénible, mais indispensable à son aventure. Elle chantonnait, priait en silence, laissait courir sa fantaisie. Elle imaginait Samuel dans ses bras. Elle se figurait la maison qu'Emmanuel lui avait construite. Elle s'entraînait à présenter Jordan à son père et à son frère. Elle anticipait tout, sauf sa capture, dont elle chassait l'idée sur-le-champ chaque fois qu'elle lui venait à l'esprit.

Ce jour-là, Lisbeth s'aventura aux champs pour voir Jordan, mais le bébé n'était pas avec grand-maman Washington.

— Elle est pas venue, annonça la vieille femme. Je sais pas pourquoi. Va voir chez elle. C'est-y qu'elle serait malade ?

Au bout du sentier que Lisbeth grimpa en vitesse, la cabane de Mattie était déserte. Lisbeth résista à l'envie de courir jusqu'aux champs voir si elle s'y trouvait. Elle aurait des ennuis si Lisbeth l'importunait. En attendant patiemment son retour et celui de Jordan, assise sur l'un des bancs à l'arrière, elle leva les yeux vers sa maison, s'efforça de voir à l'intérieur, mais le soleil se reflétait dans les carreaux des fenêtres. Bientôt, les travailleurs revinrent des champs. Lisbeth chercha Mattie parmi eux, ne la vit pas, mais reconnut Rebecca à sa démarche de boiteuse. Elle courut l'attendre chez elle.

Quand elle vit Lisbeth devant la porte, Rebecca secoua la tête en la dévisageant.

— Je t'attendais pas si vite, dit-elle. Entre. Y faut que je te donne quelque chose.

Les yeux de Rebecca étaient embués et on la sentait tendue. Une fois à l'intérieur, elle referma très soigneusement la porte, précaution qui parut étrange à Lisbeth.

— Pour toi. Ça vient de Mattie, murmura Rebecca d'une voix rauque à l'oreille de Lisbeth.

Elle tira de sa poche le coquillage enfilé sur une cordelette et le lui mit dans la main. Au contact de l'objet, Lisbeth sut ce qui s'était passé. Un frisson la parcourut.

— Où est Mattie ? cria-t-elle. Où est Jordan ?

— Chut ! fit Rebecca d'un air de reproche. Elles sont pas là, ma chérie. Parties rejoindre Emmanuel et Samuel.

Lisbeth cligna des yeux en s'efforçant d'assimiler les paroles de Rebecca. Une flèche lui transperça le cœur.

— Mais… où ? Pourquoi… ?

Les yeux noirs de Rebecca reflétèrent la panique et la confusion de Lisbeth.

— Mattie te fait confiance, souffla-t-elle avec force. Personne sait qu'elle a parti. Y faut pas que tu dises rien. Promis ?

— Où sont-elles allées ? Sont-elles en sécurité ? Est-ce qu'on les reverra un jour ?

Rebecca haussa les épaules.

— Le bon Dieu voit à elles, là tout suite. Mattie est forte et avec, futée. Si qu'une femme peut réussir, Mattie peut réussir. Je prie qu'on les revoie pas. Si qu'elle se fait attraper, elle va être dans le pétrin.

— Mais… mais… comment a-t-elle… ? Où sont… ?

Rebecca hocha la tête.

— Je peux pas dire plus. Y faut pas que tu dises rien à personne. Promets.

Lisbeth lui donna sa parole avant de partir en courant. Elle courut, elle courut vite et loin, puis passé les champs riverains, elle se laissa tomber à terre, secouée de sanglots. Elles étaient parties. Parties. Comment Mattie avait-elle pu l'abandonner ? Sans même un adieu !

Lisbeth serra le coquillage dans son poing, puis le lança avec rage dans l'herbe drue en en suivant des yeux la trajectoire. Aussitôt, le remords la saisit. Elle rampa jusqu'où elle avait vu tomber l'objet, écarta en pleurant les herbes tranchantes qui la blessèrent au sang. À force de les ratisser, elle en eut les doigts tout rougis et enflés.

Une heure plus tard, longtemps après avoir séché ses larmes, elle trouva le collier. Elle l'enferma en soupirant dans son poing ramené contre sa poitrine, puis se hâta de rentrer à la maison et de se changer pour dîner avant que ses parents ne remarquent son absence.

Le dîner mit Lisbeth à rude épreuve. Père et mère ne mentionnèrent aucun fugitif.

— Lisbeth, pourquoi es-tu si taciturne ce soir ? demanda mère.

— J'ai mal à la tête.

— Tu dois couver un rhume.

Lisbeth acquiesça. Cela lui évitait de dire à mère qu'elle avait pleuré tout l'après-midi.

— Tu peux monter te coucher au lieu de nous accompagner au salon, si tu préfères, proposa père.

— Merci. Ce serait en effet préférable, répondit Lisbeth, soulagée de ne pas avoir à feindre plus longtemps.

À genoux, à l'heure de la prière du soir, Lisbeth dit tout bas :

— Je vous en supplie, mon Dieu, faites que Mattie change d'idée et fasse demi-tour. Personne ne sait encore qu'elle s'est enfuie, elle n'aurait pas d'ennuis. Dites-lui que je veux qu'elle revienne. Amen. Oh, et bénissez Mattie, Jordan, mère, père, mamie et Jack. Amen.

Couchée dans son lit, la tête sur l'oreiller, Lisbeth serra le coquillage dans sa main droite en fredonnant : *Dors, ma petite, dors, mon bébé* jusqu'à ce qu'elle s'endorme.

Le lendemain matin, elle s'assit dans le fauteuil à bascule et regarda dehors en priant pour que Mattie soit revenue pendant la nuit. Quand s'ouvrit la porte de sa cabane, Lisbeth se leva pour mieux voir. Papy sortit et partit seul, plus courbé que jamais. Pas de Mattie. Pas de Jordan.

Au petit déjeuner, mère s'adressa à Lisbeth en privé.

— J'ai de mauvaises nouvelles, Lisbeth.

— De quoi s'agit-il ? demanda Lisbeth nerveusement, consciente du coquillage dans sa poche.

— Mattie a disparu. Nous craignons qu'elle ne se soit enfuie. Je me demande ce qui a pu lui passer par la tête pour aller se perdre dans les bois ou Dieu sait où alors que son bébé était en sécurité ici. Ton père est sûr qu'on les retrouvera, mais nous avons jugé bon de te prévenir. Je sais que tu lui es très attachée. Cela montre toutefois que j'ai eu raison : on ne peut jamais se fier à un esclave, même quand on croit bien le connaître.

— Oui, mère, dit Lisbeth en feignant d'être du même avis. Merci de m'avoir prévenue. Je prierai pour elles.

— Oui. Nous devons tous prier pour qu'elles reviennent.

Mattie entama un long parcours vers le nord, puis vers l'ouest. Elle marchait la nuit. Le jour, elle grimpait dans un arbre, se cachait dans les buissons, dans une grotte, ou n'importe quel endroit qui la faisait se sentir en sécurité. Au bout de cinq jours, la viande séchée et le biscuit de mer furent épuisés. Elle parvint à cueillir en forêt tout juste assez de baies de sureau, de groseilles, de papayes et de noix pour pouvoir allaiter Jordan.

Une semaine après son départ, elle emprunta un chemin au milieu des arbres. En se fiant aux étoiles, elle le suivit en direction du nord, profitant du couvert des broussailles. Arrivée à un croisement, elle s'enfonça alors plus profondément dans la forêt. Elle y cherchait une caverne marquée d'une légère croix au charbon de bois. Quand elle l'eut trouvée, elle s'y installa et attendit la suite.

CHAPITRE 16

Lisbeth vivait chaque journée dans un brouillard épais et peinait à se concentrer sur ses études. Aux leçons de danse, elle était très désagréable avec tout le monde, même avec Mary. L'absence de son point d'ancrage la désorientait. Chaque matin et chaque soir, elle regardait par la fenêtre, espérant y déceler un signe du retour de sa Mattie et de sa Jordan. Follement inquiète, elle alla trouver Rebecca.

— Rebecca, tu me le diras si tu entends parler de Mattie, n'est-ce pas ? implora-t-elle.

— Si qu'elle envoie dire qu'elle est en sécurité, ça va être dans longtemps longtemps. Si qu'y les capturent et qu'y les ramènent, on va l'apprendre en même temps, toi et moi.

Le cœur de Lisbeth frémit d'espoir.

— Crois-tu qu'elles reviendront ?

— Si que ça arrive, y vont les exhiber devant tout le monde et pis les vendre dans le Sud.

— Les vendre ?! s'écria Lisbeth.

— Mmh-hmm. Les vendre. En Alabama ou en Géorgie. Elle va pas avoir de deuxième chance, dit

Rebecca, la voix cassée. Elle va partir pour pas revenir jamais.

— Ce n'est pas vrai ! insista Lisbeth. Je demanderai à père et mère. Je ferai promettre à Mattie de ne plus jamais s'enfuir. Ils me croiront !

Sceptique, Rebecca hocha la tête, mais ne discuta pas avec la demoiselle de la plantation.

Mattie entendit un hululement avant que le soleil ne soit tout à fait levé. Elle répondit. Deux autres hululements lui firent écho. Elle hulula deux fois à son tour. Au troisième appel, elle sortit de la grotte et vit, attelé sur le chemin à une charrette vétuste remplie de foin, un vieux cheval fatigué qui n'avait que la peau et les os et des plaies visibles sous sa crinière grisâtre de saleté. Le cocher était un homme blanc d'un certain âge, pas très grand, avec de petits yeux et un visage variolé. Il ne regarda pas Mattie quand elle émergea du bois avec Jordan.

— Bonjour, je… commença Mattie.

— Je ne veux pas savoir qui vous êtes. Donnez-moi vos papiers et montez.

— Oui, m'sieur.

Il n'avait pas l'air digne de confiance, mais elle n'avait pas le choix : elle devait se fier à lui. Elle lui obéit et grimpa dans la charrette. Ils roulèrent vers l'ouest en silence.

Des heures plus tard, quand le soleil fut bas sur l'horizon, le cocher se retourna et chuchota fort. Il paraissait effrayé.

— Je vois des hommes qui approchent.

Mattie aménagea aussitôt un trou dans le fourrage, y déposa Jordan encore sous l'effet de la valériane et la recouvrit de foin pour qu'on ne la voie pas. Puis elle s'y enfonça à son tour, mais le foin ne la cachait pas complètement. Son cœur battait la chamade. Le claquement des sabots approchait de plus en plus. Puis le bruit s'éloigna et Mattie poussa un soupir de soulagement. Elle jeta un coup d'œil derrière elle. Les hommes faisaient demi-tour et venaient droit sur elle. Elle chercha à se faire toute petite à leur passage, mais ils l'avaient vue.

— Ho ! cria le cocher au cheval.

Les cavaliers lui barraient le chemin.

— Eh ben, eh ben, eh ben… qu'est-ce que je vois ? s'écria celui qui se trouvait à gauche, le plus costaud des deux, un moustachu. On dirait qu'il y a une négresse dans ton foin.

— Je ne veux pas avoir d'ennuis, répondit nerveusement le cocher en essuyant son front rougi par le soleil. J'ai ses papiers. Elle m'a donné une jolie somme. Je ne cours pas après les problèmes, j'essaie juste de gagner honnêtement un peu d'argent.

Mattie eut un haut-le-cœur. Le souffle lui manqua quand elle songea à ce que ces hommes pouvaient leur faire, à elle et à Jordan.

— Je représente la loi ici, répliqua le shérif, et j'ai le devoir de m'assurer que tout est légal. Montre-moi ces papiers.

Quand il les eut examinés avec soin, il alla vers Mattie.

— Hé, Vern, cria-t-il à son adjoint, t'as la liste des fuyards ? Voyons si elle y est.

Tirant la liste de son sac, le shérif adjoint la lui remit.

— Il y a juste deux femmes en cavale, on dirait : Mattie Wainwright et Rose Cuthbert. T'entends, Vern ? Une négresse prénommée Rose ? Ha !

S'adressant à Mattie, il cria :

— Descends de là ! Grouille-toi !

— Oui, m'sieur.

En sueur et toute tremblante, Mattie tourna le dos aux représentants du pouvoir pour mettre pied à terre. Elle en profita pour avaler une ou deux feuilles d'ipéca sauvage.

Le shérif descendit de cheval. Il s'approcha, examina Mattie de haut en bas et s'adressa à elle d'une voix traînante.

— Rose… ça te ressemble en fait de prénom, tu crois ? Non, sûrement pas ; t'es trop vieille. Mais maaam'zelle Maaattie… ça se pourrait.

De si près que ses postillons atteignirent Mattie, il enchaîna :

— Ça dit ici que cette Mattie a un morveux, mais tu l'as peut-être tué pour t'enfuir plus facilement. J'ai raison ? Dieu seul sait de quoi une négresse est capable. C'est sûr que t'as pas l'instinct maternel d'une dame, hein ?

Mattie regardait à terre sans bouger pour ne pas le provoquer.

— Qu'est-ce que t'en penses, Vern ? demanda-t-il à son compagnon en regardant de nouveau les documents que lui avait remis le cocher. Cette *Georgia Freedman*, ce ne serait pas Mattie Wainwright, d'après toi ? Voyons voir… Qu'est-ce qu'une négresse libre vient faire ici ? cracha-t-il au visage de Mattie.

— Ma maman… elle est malade, balbutia Mattie, la bouche très sèche. Je veux la voir avant qu'elle est morte. Elle a les fièvres.

— Que c'est gentil… rétorqua le shérif avec un sourire sarcastique. Elle veut voir sa maman avant qu'elle meure.

— Elle n'a pas l'air très en forme, elle non plus, interrompit Vern. Je resterais pas là, si j'étais vous.

— Elle a juste peur du nœud coulant, dit-il avec un regard méprisant.

Puis il tira la langue comme un pendu au bout d'une corde.

Soudain, une violente nausée secoua Mattie. L'ipéca faisait effet. Un jet de vomi jaillit aussitôt du fond de son estomac en dégageant une odeur nauséabonde. Dégoûtés, les hommes reculèrent d'un bond. Mattie tomba à genoux devant eux et vomit encore. Vern eut un haut-le-cœur. Mattie continua à régurgiter de la bile. Son estomac vide persista à violemment se contracter.

Vern courut sur le bas-côté et dégobilla à son tour.

— Vous êtes dégoûtants, tous les deux. T'as peut-être les fièvres, toi aussi, déclara le shérif Lucas en regardant Mattie sans la moindre compassion.

Puis il s'adressa au cocher :

— Tu ferais bien de la laisser ici. Tu ne tiens pas à avoir une négresse morte sur les bras, hein ?

— Non, monsieur.

— OK. Va-t'en. On s'en occupe.

— Oui, monsieur, répondit le cocher en signalant à son cheval de partir.

Horrifiée, Mattie regarda s'éloigner la charrette qui transportait Jordan. Tremblante et en sueur, elle se retint de crier, resta courbée en deux pendant que des larmes de frustration et de peur lui montaient aux yeux.

Vern s'approcha d'elle. La robe de Mattie était souillée de vomissure, sa peau luisait de sueur et elle tremblait, comme rongée par la fièvre.

— Qu'est-ce qu'on en fait ? demanda Vern. Aucune prime ne serait assez élevée pour que je la touche ! Pas question que je la prenne en croupe. Et si elle n'était même pas cette Mattie ?

— On ne va pas la toucher, imbécile, éructa le shérif avec dédain. On va la laisser crever ici. Si c'est une négresse affranchie, il ne faudrait pas qu'elle s'imagine pouvoir aller et venir à sa guise dans le comté de Cumberland. Si elle s'est enfuie, de toute façon, ils vont la pendre. Pas la peine de risquer d'attraper les fièvres en l'emmenant ailleurs. On file.

Ils se remirent en selle et laissèrent Mattie recroquevillée sur le chemin de terre en emportant ses papiers.

Le soleil était derrière l'horizon. Le crépuscule vira bientôt au noir profond. Mattie voulait bouger, ramper sur le chemin vers sa fille, mais elle en était incapable. Son corps s'était vidé de la moindre parcelle d'énergie. Elle resta où elle était, malade, impuissante, exténuée, trop faible même pour chasser les mouches agglutinées sur sa robe. Elle craignit de réaliser le souhait du shérif en mourant durant la nuit.

Mais elle eut le courage de prier. *Bon Dieu, j'aurais pas dû me sauver. J'aurais dû rester à la maison, mais je voulais revoir mon gars. Je veux que mon bébé y est en sécurité. S'y te plaît, bon Dieu, fais que je retrouve ma fille. Elle a besoin de moi, bon Dieu.*

Tu le sais-là. S'y te plaît, aie pitié d'elle. Aie pitié de moi.

Frissonnante, assoiffée, fiévreuse, Mattie pria, somnola et rêva de sa fille toute la nuit. Des cris. Les appels désespérés d'une enfant : « Maman, maman, maman ! » envahirent ses cauchemars. Des larmes s'évadèrent de ses paupières closes. Elle se réveilla en sursaut, s'essuya les yeux. Le rêve était encore si présent qu'elle entendit de faibles cris.

Dans la nuit profonde presque sans lune, Mattie perçut au loin un roulement de charrette.

— Bon Dieu, s'y te plaît, fais qu'y est revenu. Bon Dieu, s'y te plaît, s'y te plaît, s'y te plaît.

Mattie tendit l'oreille. Ce n'était pas une illusion. Le roulement s'amplifiait.

— Fais qu'y est revenu, mon Dieu. Fais qu'y me ramène ma Jordan.

Elle scruta la nuit noire jusqu'à ce qu'elle distingue le vieux cheval, puis le visage familier du cocher. Il était là. Le cocher arrêta son cheval après avoir légèrement dépassé Mattie pour que l'arrière de sa charrette soit à la hauteur de la femme. Il courut vers elle.

— Ça va ? Je ne voulais pas vous laisser ici, mais je n'ai pas eu le choix. C'était trop risqué.

— Mon bébé… dit Mattie d'une voix rauque et faible.

— Je l'ai laissée chez des gens, tout près. Elle pleurait trop fort quand elle s'est réveillée. Vous vous sentez d'aplomb ?

— C'est bon. Vous êtes revenu. C'est à cause des plantes vénéneuses. Je m'avais dit qu'y me laisseraient tranquille si que je vomissais partout. Je m'avais pas dit qu'y vous chasseraient.

Mattie voulut s'asseoir en prenant appui sur ses bras trop faibles, en vain. Le cocher l'aida gentiment à se lever et à grimper dans la charrette.

Ils arrivèrent à une fermette bien tenue avant le coucher du soleil. Le cocher les conduisit à l'arrière de la maison à clins blancs et s'arrêta devant la cave qui servait de cachette.

— Attendez là-dessous jusqu'à ce que quelqu'un vienne vous chercher, dit-il en indiquant la trappe qui fermait l'abri souterrain.

— Merci. Je sais même pas votre nom…

— Ça vaut mieux. C'est plus sûr. Bonne chance à vous et à votre petite fille. Dieu vous bénisse.

— Que le bon Dieu vous bénit, m'sieur.

Encore toute tremblante de faiblesse, Mattie ouvrit la trappe blanchie à la chaux et vit Jordan, debout au milieu de la cave sombre et humide.

Elle était seule. Elle avait une mine affreuse. La terreur se lisait dans ses yeux noirs et son visage était couvert de morve, de sueur et de larmes. Son petit corps était secoué de frissons.

— Maman est ici, mon bébé ! s'écria Mattie. Je suis revenue. Tout va bien-là.

Toujours sous l'effet de l'ipéca, Mattie descendit avec précaution l'escalier abrupt. Jordan se jeta aussitôt dans ses bras, le souffle court, grelottante. Cramponnée à Mattie, le visage enfoui dans sa poitrine, elle geignit d'une voix enrouée : « Maman, maman, maman ! »

Mattie la serra férocement contre elle en pleurant.

— Pardonne-moi, mon bébé. Pardonne-moi. T'as sûrement eu si peur. Pardonne-moi. J'ai pas pu faire autrement. On va être libres-là. Promis. Ça va en valoir la peine. Un jour, tout ça va en valoir la peine.

Jordan ne lâcha pas sa mère de la nuit.

Mattie et Jordan restèrent seules dans la petite cave obscure deux jours durant. Des biscuits de mer, des œufs durs et de l'eau les attendaient chaque matin sur une des marches, déposés là pendant leur sommeil. Puis, au milieu de la troisième nuit, la trappe s'ouvrit. Un homme les fit sortir et se coucher dans une charrette, puis il les recouvrit d'une bâche.

Ils parvinrent à une autre ferme au lever du soleil. Avant que ne se referme la trappe de cette autre cachette exiguë, Mattie eut le temps de distinguer les quatre personnes qui s'y trouvaient : une jeune femme décharnée, un garçonnet d'environ six ans, un grand Noir à l'oreille coupée et une très vieille femme qui n'avait plus qu'une seule pauvre dent plantée dans sa mâchoire inférieure. Mattie ne sut pas leurs noms et l'homme la fit taire avec brusquerie quand elle voulut donner le sien.

Sans un regard pour Mattie ou Jordan, la jeune femme maigre crachait par terre ses rognures d'ongles, en chantonnant des berceuses. L'homme finit par lui lancer durement : *Ferme-la !* Mais elle reprenait son fredonnement au bout de quelques minutes, il lui répétait de se taire, et ainsi de suite. Recroquevillé dans un coin, le petit garçon observait ce manège sans dire un mot.

Les cris de la vieille réveillèrent Mattie en pleine nuit.

— Y vont m'avoir ! Y vont m'avoir ! Y vont m'avoir ! criait-elle en griffant la trappe fermée.

— Ta gueule, sale vieille ! rugit l'homme avant de lui flanquer une gifle qui la fit rouler sur le sol.

Il se pencha sur celle qui se rongeait les ongles :

— Faut qu'on l'emmène, t'as dit ! J'irai pas sans elle, t'as dit ! Ben, moi, j'aurais dû tous vous laisser derrière ! Y vont nous capturer à cause d'elle. Y vont me tuer si elle se tient pas tranquille. Pourquoi qu'elle veut pas se la fermer ?

Il tournait en rond comme un jaguar en cage et grommelait.

— Y vont me tuer. On est en danger. C'est sérieux. C'est moi qu'y vont tuer. Vous autres, y vont vous couper une oreille ou vous fouetter ou vous vendre en Alabama, mais moi, y vont me tuer. Me tuer ! Et avant, y vont me couper les couilles et me les fourrer dans la gorge. J'aurais dû vous laisser là-bas.

Calée dans un coin avec Jordan qu'elle serrait contre elle, Mattie regardait la scène en silence.

De temps en temps, on leur apportait de la nourriture et de temps en temps, d'autres fuyards venaient se joindre à eux. Personne ne se parlait. La troisième nuit, les réfugiés poursuivirent leur route jusqu'à l'abri suivant. Ils n'y restèrent qu'une journée avant d'être emmenés au suivant. Des semaines durant, le groupe se déplaça presque chaque nuit, restant caché le jour dans une cave-refuge, un sous-sol ou un grenier. Le soir, Mattie suppliait le bon Dieu d'empêcher la vieille de se mettre à crier. Parfois, il exauçait sa prière.

Une nuit, alors qu'ils roulaient en charrette, le cocher réveilla ses passagers. Immédiatement sur le qui-vive, ils étaient prêts à prendre la fuite si nécessaire. Mais le cocher leur indiqua quelque chose devant eux.

— Là-devant, c'est le fleuve Ohio. Quand vous l'aurez franchi, vous serez libres.

Ils scrutèrent l'obscurité, mais distinguèrent à peine le serpent noir de l'eau dans la nuit. Quand ils atteignirent la rive, Mattie n'en crut pas ses yeux. C'était un fleuve immense. Elle n'en avait jamais vu d'aussi grand. Il était large, menaçant, prêt à les avaler.

À un signal du cocher, un homme sortit une embarcation des broussailles. Les passagers de la charrette mirent pied à terre et se répartirent en petits groupes. Mattie et Jordan furent du premier avec trois autres personnes. Mattie frissonnait, surtout de peur, en regardant la barque qui les transporterait sur la rive opposée. Elle n'était jamais montée dans une embarcation et elle ne savait pas nager. Si Jordan ou elle tombaient à l'eau, elles seraient perdues.

L'homme qui retenait la barque les pieds dans l'eau leur fit signe d'avancer. Mattie resta sur le rivage et regarda les autres patauger jusqu'à lui. Quelqu'un s'approcha d'elle, les bras tendus vers Jordan pour emmener l'enfant. Prise de panique, Mattie secoua la tête.

— N'ayez pas peur, dit l'homme. Je ne la laisserai pas tomber.

Elle lui confia sa fille malgré elle. Il transporta l'enfant jusqu'à l'embarcation pendant que Mattie entrait dans l'eau pour les suivre. Le courant voulut l'entraîner. Elle se figea, terrifiée à l'idée de perdre pied. L'homme confia Jordan à la garde de quelqu'un d'autre, revint chercher Mattie et la soutint fermement par le coude. Elle fit le chemin jusqu'à la barque à pas hésitants, essaya d'y grimper en s'agrippant au bord. La barque suivit son mouvement. Y monter se révéla encore plus difficile que marcher dans l'eau. Mattie finit par s'y hisser avec maladresse, resta à croupetons jusqu'à ce que cesse le balancement, puis elle s'assit et reprit Jordan sans mot dire. N'osant pas regarder autour d'elle, elle ferma les yeux et pria en silence : *Fais juste nous emmener de l'autre côté. Emmène-nous de l'autre côté. Bon Dieu, fais qu'on débarque de l'autre côté sans qu'y nous arrive rien. Merci, bon Dieu, de nous emmener de l'autre côté. Fais qu'y a pas de chasseurs de prime. Fais juste nous emmener de l'autre côté.*

Quand elle eut mis le pied dans l'Ohio, Mattie remercia Dieu d'avoir veillé sur elle et Jordan. Puis, recroquevillée avec ses compagnons sur la rive du fleuve de ce côté-ci de la liberté, elle regarda les autres franchir les quelque huit cents mètres qui la séparaient d'eux en priant Dieu de les protéger à leur tour.

Ils n'étaient plus que deux sur la rive virginienne du fleuve. Soudain, Mattie les vit sursauter et fuir vers la forêt. Une montée soudaine d'adrénaline lui assécha la bouche. Ses mains devinrent moites. Elle attrapa Jordan et s'apprêtait à fuir aussi quand elle remarqua un cerf de haute taille de l'autre côté du fleuve. Il n'y avait pas de chasseurs de prime. Que des nerfs à vif.

Elle se laissa retomber à terre et inspira profondément pour calmer les battements de son cœur.

— On est libres, là tout suite, ma chérie. On est libres, murmura-t-elle en offrant son sein à Jordan.

Elle avait cru que l'air de la liberté serait plus respirable, mais il était toujours aussi suffocant.

Une autre charrette vint chercher les fuyards avant le lever du soleil et prit la route du nord, mais bientôt, Mattie et Jordan s'en séparèrent pour bifurquer vers l'ouest et Oberlin, dans l'Ohio, où l'attendait leur famille. Elles avaient réussi. Après six semaines épuisantes et un trajet de plus de huit cents kilomètres, elles étaient presque arrivées à destination.

Un dernier passeur conduisit Mattie et Jordan à un petit refuge éloigné de seize kilomètres à peine de leur nouvelle maison et les y laissa seules. Leur dernière cachette ! Cette nuit-là, elles retrouveraient Samuel et Emmanuel.

L'endroit où elles attendirent n'était qu'une petite baraque. À en juger par les empreintes de pieds dans la poussière, elle avait abrité quelqu'un peu de temps auparavant, sans doute dans le même but. Mattie s'assit par terre et s'adossa au mur. Il n'y avait rien d'autre à faire qu'attendre. Jordan chercha quelque chose pour s'occuper, puis revint vers Mattie en titubant et lui tendit fièrement le trésor découvert dans un coin : un mulot en décomposition. Mattie le lui fit lâcher d'une tape en s'écriant : « Caca ! » puis elle se leva en poussant un soupir et fouilla les alentours. Il n'y avait pas d'autre rongeur mort, rien de répugnant. Elle lança le mulot dehors d'un coup de pied, se rassit et l'attente reprit.

Elle attendit quelques heures avant de manger un peu de la viande séchée que lui avait donnée le cocher. S'habituer à de minuscules rations avait été difficile, mais ces longues semaines de déplacement avaient rétréci son estomac et elle n'avalait plus qu'une bouchée de loin en loin. Jordan et Mattie étaient décharnées : Jordan avait les yeux creux, Mattie n'avait plus que la peau sur les os. Leur énergie s'était volatilisée. Heureusement, on ne dépense pas d'énergie à attendre.

Les vivres du cocher s'étaient épuisés dès le deuxième jour. Et au troisième, c'est leur maigre ration d'eau qui connut le même sort. Mattie se mit en quête d'un peu d'eau et de nourriture à proximité de l'appentis, mais ne trouva rien.

Affamée, assoiffée, épuisée, elle réfléchit. Si personne ne venait, elles mourraient de soif. Elles n'avaient d'autre choix que d'aller seules vers l'ouest. Il était hors de question de gaspiller le peu d'énergie qui lui restait à attendre la venue de quelqu'un.

Exténuée et désespérée, elle attacha Jordan dans son dos et sortit d'un pas chancelant dans la pénombre de l'aurore. Elle se fraya un chemin dans une forêt d'ormes et de hêtres. Elle suivit une trajectoire parallèle à la route afin de rester cachée. À cette heure matinale, les feuilles étaient encore humides de rosée. Mattie en lécha avidement les gouttelettes mais cela ne suffit pas à apaiser sa soif. Ni celle de sa fille.

Elle marcha toute la matinée dans la chaleur poisseuse, souhaitant à chaque pas trouver enfin un ruisseau. Elle espérait lire correctement le soleil, aller dans la bonne direction – vers son mari et son fils, vers une ville au milieu de cette forêt interminable, vers une source d'eau.

Quand elle s'arrêta pour allaiter Jordan, elle n'avait plus de lait, rien à donner à sa fille. Elle remit l'enfant dans son dos, soutenue par un vieux chiffon sale, et poursuivit sa route. L'enfant contre elle était apathique, ne se plaignait pas, ne demandait rien. Mattie lui était reconnaissante de ce silence qui l'aurait inquiétée en temps normal. Elle persista, se risquant de temps en temps à marcher sur le chemin quand la forêt devenait trop dense.

À l'occasion d'une de ces incursions, Mattie perçut un bruit d'eau courante. Elle tituba en direction du son aussi vite que son pauvre corps le lui permettait. De l'eau ! Un ruisselet coulant du nord atteignait presque le chemin. Sans se délester de Jordan, Mattie se laissa tomber au bord de l'eau et y plongea son visage. Aspirant le liquide frais qui apaisait ses lèvres couvertes de gerçures sanguinolentes, elle but et but encore jusqu'à ce que son estomac se révolte et la force à s'arrêter. Elle libéra le petit corps flasque de sa fille et l'étendit délicatement par terre. Après avoir rempli son outre, elle la porta aux lèvres de Jordan pour lui en verser un peu dans la bouche. L'eau coula des commissures.

— Y faut que tu bois-là, mon bébé. Vas-y, fille.

Elle donna encore un filet d'eau à l'enfant. L'avalait-elle ? Non. Le cœur de Mattie battait à tout rompre.

— Y faut que tu bois, ma chérie ! la supplia-t-elle.

L'eau stagnait dans la bouche sèche de Jordan. Mattie pencha un peu la tête de la petite sur le côté, en espérant que l'eau glisserait dans sa gorge – ce qui arriva, petit à petit. Encore un filet du précieux liquide, encore l'espoir qu'un peu d'eau, juste assez, passe dans la gorge de l'enfant.

Elles finirent par s'endormir toutes les deux sur la terre humide, Mattie protégeant Jordan dans ses bras.

Elle s'éveilla en pleine nuit et voulut allaiter la petite.

— Si qu'y avait quelque chose ? murmura-t-elle en pinçant son mamelon.

Quelques gouttes de lait en jaillirent. Mattie approcha son sein du visage de l'enfant.

— Essaie, mon bébé. T'aimes ça. Y en a peut-être assez.

Elle fit gicler un peu de lait entre ses lèvres, Jordan déglutit. Encore une fois. Mattie la rapprocha d'elle, mais l'enfant, trop affaiblie, fut incapable de presser le mamelon. Pendant plus d'une heure, Mattie la nourrit à force de petites giclées successives en attendant à chaque fois que Jordan ait la force d'avaler.

— Bon Dieu, fais que mon lait garde ma fille en vie.

Mattie s'endormit. Au matin, elle s'éveilla en sursaut, se tourna vers Jordan et vit qu'elle respirait. L'enfant était faible, mais elle vivait. Elle lui donna le sein. Cette fois, la petite le prit.

— Merci, bon Dieu, oh, merci, bon Dieu, dit Mattie, soulagée.

Jordan ayant pris une bonne tétée, Mattie s'apprêta à repartir. S'éloigner du ruisseau serait difficile, bien sûr, mais y rester ne les aiderait en rien. Elles avaient toutes les deux besoin de nourriture et de repos. Bien désaltérée, munie d'une outre pleine d'eau, Mattie se remit en route avec sa fille.

Elle resta à la lisière de la forêt et avança sous les grands ormes et les hêtres. Quand elle entendit les sabots d'un cheval d'attelage, elle se cacha derrière un buisson en attendant que la voiture ait passé son chemin. Mais, à sa grande surprise, l'attelage s'arrêta avant d'arriver à sa hauteur.

— Hou, hou, hou, fit une voix.

L'attelage se remit en marche. S'arrêta encore.

— Hou, hou, hou.

Nouveau clic-clac des sabots.

L'appel était identique à celui que Mattie avait si souvent guetté au cours de ses semaines passées dans les forêts de Virginie, mais elle ne s'était pas attendue à l'entendre ici, dans l'Ohio. Elle resta cachée au milieu des arbres. Était-ce le passeur qui la cherchait ? Elle voulut voir son visage avant de se montrer. C'était bien peu de chose pour la rassurer, mais que pouvait-elle faire d'autre ?

Quand la charrette passa à sa hauteur, elle s'écarta un peu de l'arbre derrière lequel elle se cachait et distingua la silhouette de l'homme qui fouillait la forêt des yeux. Deux grandes mains couleur café tenaient les rênes. Un chapeau de paille à large bord ombrait son visage. Elle dut prendre une décision sans bien voir ses traits. Ce pouvait être le passeur qui ne s'était pas présenté, mais ce pouvait aussi être un piège. Certains chasseurs de primes étaient des Noirs.

La charrette poursuivit sa route. L'homme au dos large portait une chemise à carreaux. Une silhouette frêle était à ses côtés. Ils scrutèrent la forêt, puis s'éloignèrent. Il n'y avait plus de temps à perdre. Le plus petit des deux tourna la tête, regarda derrière lui. Mattie examina son faciès.

— Oh, bon Dieu, merci ! Merci, bon Dieu ! fit-elle en sortant, titubante, de sa cachette. Samuel ! Emmanuel !

Ils n'entendirent pas sa voix éteinte. Elle voulut crier de nouveau, mais sa gorge, trop sèche, n'émit qu'un chuintement. Elle saisit l'outre, en fit sauter le bouchon d'une main tremblante et avala une grande gorgée d'eau. Puis, elle inspira profondément et cria de toutes ses forces :

— Emmanuel !

Les deux silhouettes se retournèrent comme un seul homme au son de sa voix.

— Maman !

Samuel sauta de la charrette et courut à sa rencontre.

— Mon bébé ! Mon bébé ! s'écria Mattie dans un élan de joie et de soulagement. Merci, bon Dieu ! Merci !

— Maman ! Maman ! On t'a trouvée !

Mattie ouvrit tout grand les bras pour recevoir son fils. Il s'y blottit là même, par terre, au beau milieu de la route. Emmanuel les rejoignit au pas de course. À genoux, il les enlaça tous les trois.

Mattie prit le visage de son fils dans ses mains, puis attira le garçon à elle une nouvelle fois. Il était bien là. Avec elle. Elle ne croyait pas à sa chance. Ils restèrent ainsi enlacés au milieu de la route, riant et pleurant. Jordan caressa les cheveux de sa mère.

— Toi aussi, mon bébé ? dit Mattie.

Elle tourna le dos à son mari, qui libéra Jordan. La fillette se dégagea de l'étreinte d'Emmanuel et se jeta dans les bras de Mattie. Mattie l'assit sur sa hanche gauche et entoura de son bras droit les épaules de Samuel : elle enlaçait ses deux enfants en même temps pour la première fois de sa vie. Elle crut défaillir de bonheur. Elle avait réussi. Ils s'étaient tous enfuis. Et maintenant, ils étaient tous réunis.

D'une poussée, Jordan écarta Samuel de Mattie.

— Jordan, lui, c'est Samuel, ton frère, dit Mattie avec douceur. Et lui, c'est ton papa.

Jordan les dévisagea l'un après l'autre. Sa lèvre inférieure se mit à trembler.

— Tout va bien-là, ma chérie, dit Mattie pour la rassurer en la serrant contre elle.

— On va être une vraie famille, expliqua gentiment Samuel à sa petite sœur.

— C'est sûr, acquiesça Emmanuel en les prenant tous dans ses bras.

Ils durent se résigner à desserrer leur étreinte pour remonter dans la charrette.

— Comment c'est-y que tu me cherchais ? demanda Mattie en chemin vers son nouveau chez-soi.

— M'sieur Mattox m'a dit que ton passeur était surveillé, alors y z'est pas allé. Y sont allés te chercher après, mais t'étais partie. C'est la seule route entre ici et la ville. On s'a dit que tu serais dans la forêt et que tu sortirais si que tu me voyais avec James. T'étais presque rendue à Oberlin.

— James… répéta Mattie en hochant la tête. Y va me falloir du temps pour m'habituer à nos nouveaux noms. Thomas, James, Georgia et Jennie Freedman.

— J'aime bien Jennie, dit Emmanuel en souriant. T'as choisi un beau nom pour notre fille.

— Quand on pense… Elle va jamais se souvenir qu'elle a été Jordan…

Mattie était éperdue de bonheur. Son regard allait de Samuel à Emmanuel ; elle s'imprégnait d'eux comme d'une eau salvatrice.

— Raconte-moi tout de chez nous. Je veux tout savoir, dit-elle.

— Là tout suite, on a deux pièces, expliqua Samuel. Mais papa dit qu'on va en ajouter une autre. Derrière, c'est la remise pour la construction. J'aide papa là que je suis pas à l'école.

— Tu vas à l'école ? s'écria Mattie, surprise.

— Oui, répondit Samuel, tout sourire. Le meilleur dans mon groupe d'âge, à cause que Lisbeth a été une bonne institutrice.

— C'est sûr, fit Mattie.

Ses yeux se voilèrent de larmes. Elle avait cru son cœur déjà plein à déborder d'amour, mais elle avait tort. Il y avait encore de la place. Elle serra Samuel dans ses bras.

— Je suis tellement fière de toi, Samuel… je veux dire, James ! Une école pour toi. Une maison pour nous autres… Une remise pour le travail. Le bon Dieu est grand. Il est grand. Le bon Dieu est grand.

— Oh, maman ! s'écria Samuel.

— Nous autres, on a vous deux, dit Emmanuel. T'es forte, Mattie. Je l'as toujours pensé, mais là, c'est sûr, t'es forte.

CHAPITRE 17

Printemps 1851

Lisbeth regardait le quartier et les champs de la fenêtre de sa chambre. Son rituel du matin et du soir n'avait pas varié d'un iota, bien que Mattie soit partie depuis bientôt deux ans. Mais voilà qu'en ce début de crépuscule, une animation inhabituelle agitait les champs. Quatre personnes que Lisbeth ne put identifier en transportaient une autre au quartier. Rebecca les suivait de près. Lisbeth comprit bientôt que leur fardeau n'était nul autre que Papy. Puis ils entrèrent dans la cabane et disparurent de son champ de vision.

Inquiète, Lisbeth resta aux aguets quelque temps mais ne revit ni Papy ni Rebecca avant qu'Emily ne vienne l'aider à s'habiller pour le dîner. En voyant arriver sa femme de chambre, Lisbeth indiqua le quartier d'un coup de menton.

— On dirait que Papy a eu un malaise. As-tu des nouvelles ?

— Y l'ont trouvé par terre au bout d'une rangée, qu'a dit la cuisinière. Personne l'a vu tomber, alors personne sait quoi qui s'est passé.

— Oh, non, dit Lisbeth, inquiète. Peut-il parler ? Est-il conscient ?

Emily haussa les épaules.

Le lendemain matin, Lisbeth se posta à sa fenêtre, mais Papy ne se montra pas. Elle vit Rebecca apporter de la nourriture et de l'eau, mais ressortir seule. Lisbeth descendit prendre son petit déjeuner le cœur lourd.

Devant une assiette d'œufs mollets, de petits pains au lait et de confiture de pêche, Lisbeth demanda à sa mère :

— Mère, puis-je rendre visite à Papy au quartier ?

— Pourquoi diable voudrait-il te voir ? répliqua mère d'un air moqueur. Il est vieux et malade. Laisse-le tranquille. Il n'a pas besoin d'une infirmière de quatorze ans. Le régisseur me préviendra s'il a besoin de nous. Je suis sûre que Papy sera de nouveau sur pied après un bon repos.

Lisbeth insista.

— Mary et sa mère s'occupent des esclaves malades.

Elle tenait à voir Papy et à prendre soin de lui pour l'amour de Mattie.

— Chaque plantation a ses propres façons de faire, rétorqua mère durement. À Fair Oaks, ton père et le régisseur s'occupent des travailleurs aux champs. Mme Gray et moi veillons sur la domesticité. Tu le sais parfaitement. Nous n'avons pas besoin des conseils d'une gamine pour gérer notre plantation.

Humiliée et insultée, Lisbeth préféra changer de sujet.

— Mère, j'ai vu le premier crocus du printemps, hier. Si on faisait un pique-nique pour fêter son arrivée ?

— Quelle bonne idée. Qui inviteras-tu ?

— Je pensais à un pique-nique pour seulement nous deux, vous et moi, cet après-midi, suggéra Lisbeth à voix haute tout en pensant tout bas : *comme Mattie et moi avions l'habitude de faire.*

— Ce sera une belle occasion pour toi de t'initier à ton rôle d'hôtesse, déclara mère, sans tenir compte de la suggestion de Lisbeth. Samedi en huit, ce sera parfait. Nous enverrons les invitations aujourd'hui même. Dix jours avant, c'est adéquat. Un petit groupe, murmura-t-elle pour elle-même. Une douzaine de personnes, pas davantage. Les trois enfants Ford, Edward et Emma Cunningham, bien entendu. Ce serait de mauvais goût de ne pas inviter Camilla Anderson, alors il faut l'inclure. Mais nous veillerons à la faire asseoir près de… Matthew Johnson.

Sûre d'elle, mère hocha la tête.

— Que comptes-tu leur servir ? poursuivit-elle.

— Des fruits et du pain de maïs, sans doute.

— Non. Il faut un menu plus raffiné. Des scones et du lait caillé, des concombres marinés. Il est trop tôt pour des baies. La cuisinière saura nous inspirer. Quelle bonne idée tu as eue, Elizabeth, conclut mère.

Lisbeth garda le silence. Ce n'était pas du tout ce qu'elle avait voulu : pique-niquer seule avec sa mère. Mais il était inutile d'insister.

Faisant fi du conseil de mère, Lisbeth descendit au quartier en fin d'après-midi. Elle y allait encore, quoique beaucoup plus rarement. Rebecca ne s'étonna pas du tout de la voir ouvrir la porte de la cabane de Papy.

— Comment va-t-il ? demanda Lisbeth.

— Très mal, admit Rebecca. Y peut pas s'asseoir, y peut pas avaler. On en prend soin comme qu'on peut, mais…

La voix de Rebecca s'altéra et ses yeux se voilèrent de larmes.

— Que dis-tu ? s'écria Lisbeth. Il ne va pas mourir ?

— Comment savoir ? soupira Rebecca. Y a ceux qui s'en sortent, y a ceux qui s'en sortent pas. Prie pour lui. C'est tout ce qu'on peut faire, là tout suite.

— M. Wilson est-il au courant ? Est-ce qu'il a demandé le docteur ? demanda Lisbeth à la pauvre femme.

— Le régisseur va pas demander le docteur pour un vieux, répondit Rebecca avec résignation. Papy a déjà vécu plus longtemps que la plupart des gens. Et pis, le docteur pourrait rien faire pour lui.

Lisbeth avait la gorge nouée.

— Je peux lui apporter du sel et du sucre, si cela peut l'aider, proposa-t-elle.

Rebecca sourit à la jeune fille.

— Un peu d'eau sucrée, c'est peut-être justement ça qu'y faut. Demande à la cuisinière qu'elle t'en donne. Je vas faire que Papy en avale une goutte. Y aime tout ce qu'est sucré. Ça va lui faire plaisir.

Lisbeth rapporta l'eau sucrée, mais ne sut pas si Papy y trempa les lèvres. S'il en but, elle resta sans effet. Le lendemain matin, seule à sa fenêtre et l'âme en peine, elle vit le mari de Rebecca et ses fils, Lawrence, Henry et Frank, transporter par le sentier un corps enveloppé d'un suaire, de la cabane de Papy au cimetière des esclaves, au bord de la rivière. Elle vit de loin la terre empilée à côté de la fosse béante.

Papy fut couché dans la fosse, puis recouvert de terre pendant que l'air ambiant s'emplissait de chants et de pleurs. La tombe de Papy, marquée d'une simple croix de bois, était entre celle de sa femme et celle, vide, de sa fille. Quand la cérémonie prit fin, les travailleurs s'en furent aux champs.

Lisbeth parla tout haut en les regardant se disperser dans les champs de tabac.

— Mattie, ton Papy est mort. J'ai pensé que tu voudrais que je te le dise. Dorénavant, il va veiller sur toi avec ta maman. Il était très malade. Rebecca et moi avons essayé de l'aider. Je lui ai donné du sucre et du sel, exactement comme tu l'aurais voulu. J'ai de la peine pour toi.

— Quoi c'est-y que vous dites, mam'zelle ?

Lisbeth tourna son visage baigné de larmes vers celui, paisible, d'Emily.

— Rien. Je ne m'adressais pas à toi. Tu peux m'habiller maintenant.

Le matin de son pique-nique, le ciel était couvert de nuages et Lisbeth en fut déçue, mais l'après-midi, le temps s'était transformé en un printemps radieux qui lui réjouit le cœur. Mère s'était chargée de tout, mais lui en attribua le mérite. À sa leçon de maintien deux jours auparavant, mère avait tiré vanité de sa fille.

— Elizabeth a planifié jusqu'au moindre détail de sa petite fête.

Dès l'arrivée des premiers invités, Lisbeth avait été catégorique.

— Je me charge de tout maintenant, mère.

— Tu en es sûre ? Je serais ravie de superviser Emily pendant que tu t'amuseras.

Lisbeth tenait à assumer seule cette responsabilité pour prouver qu'elle savait être une vraie demoiselle. Elle insista.

— Parfaitement sûre. Rentrez à la maison, je vous en prie.

Nerveuse et excitée, Lisbeth accueillit ses amis. Quand tous les invités furent présents, elle leur annonça :

— Emily et moi allons monter dans la voiture avec les victuailles. Jack vous précédera dans le sentier.

— Le long du cimetière, intervint Jack. Oooh ! Méfiez-vous des fantômes ! On vient d'y enterrer un nègre.

— Ne l'écoutez pas, répliqua Lisbeth que son frère agaçait.

— N'ayez crainte, gentes dames, je vous protégerai ! s'écria Edward Cunningham.

— Dans ce cas, vous êtes toutes en danger, taquina Robert Ford. Rentrez chez vous tandis qu'il en est encore temps. Et restez-y. Res-tez-yyy…

Edward poussa Robert qui tomba. Roulant sur lui-même, se débattant avec un spectre invisible, Robert se mit à crier : « Au secours, Edward, au secours ! On m'attaque ! »

— Assez, vous deux ! cria Lisbeth. Mettez-vous en route.

— Puis-je t'accompagner et te donner un coup de main ? demanda Mary Ford à Lisbeth.

— Oui, merci, Mary.

— Je serais heureux de t'aider aussi, ajouta Matthew Johnson avec empressement.

— C'est très aimable à toi, Matthew, répondit Lisbeth en souriant. Merci. Mais Mary et moi pourrons très bien nous débrouiller toutes seules. Profite de ta promenade avec les autres.

Mary et Lisbeth les saluèrent de la main quand elles passèrent à leur hauteur en voiture. Matthew leur fit un signe de tête, mais il était manifestement déçu.

— Matthew est éperdument épris de toi, déclara Mary quand elles furent hors de portée de voix.

— Je suppose, répondit Lisbeth. Il est très gentil… mais je ne suis pas amoureuse de lui. Il faudra bien qu'il souffre. Je me demande pourquoi mère l'a invité. Père et mère jettent plutôt leur dévolu sur Edward ou sur ton frère, Robert, mais ils m'ont fait jurer de ne pas en parler, pas même à toi.

— Ce serait magnifique de t'avoir pour sœur. As-tu un faible pour l'un d'eux ?

— Robert est amusant et Edward est un beau jeune homme, mais je ne suis amoureuse de personne. Matthew est le plus intéressant de tous. J'aime danser et converser avec lui plus qu'avec n'importe quel autre garçon, mais j'attends encore que Cupidon me touche de sa flèche. Et toi, lequel te plaît ? Jack ? Nous serions deux fois sœurs si tu épousais Jack, et moi Robert.

— Ton frère est beaucoup trop fantasque ! répondit Mary dans un rire. Mais les miens ne le sont pas moins.

Lisbeth marqua son assentiment d'un air exaspéré.

— Qui, sinon Jack ?

— Daniel Bartley a de si doux yeux.

— Mais non, dit Lisbeth. Si les yeux sont ce qui t'importe, ceux de Matthew sont les plus beaux.

— Tu fais erreur ! Daniel a les plus beaux yeux de tous. Ils sont si bleus.

— Je préfère les yeux noisette de Matthew. Les yeux noisette sont beaucoup plus intéressants que les yeux bleus ordinaires.

— Tu sembles tout à fait éprise de Matthew, la taquina Mary.

— J'aime ses yeux et j'aime sa conversation. Cela ne veut pas dire que je suis éprise, insista Lisbeth.

Lisbeth dit au cocher d'arrêter la voiture près d'une parcelle de gazon au sommet d'une butte, après le cimetière des esclaves. De là-haut, la vue sur la rivière James était très jolie.

Emily et le cocher déployèrent de grandes couvertures marine sur l'herbe. Le panier à pique-nique recelait un véritable festin : scones accompagnés de crème caillée, *crumpets*, brioches à la patate douce, pêches en conserve, concombres marinés… Quand elles eurent tout mis en place, Lisbeth et Mary attendirent sagement les autres.

Lisbeth avait imaginé un repas paisible entre adultes, ponctué de conversations détendues, mais les garçons avaient une autre idée en tête. Ils dévorèrent leur repas en vitesse et s'adonnèrent à une épreuve de force. Edward traça un cercle sur le sol et s'écria : « Le domaine du roi ! »

D'un bond, Robert saisit le bras d'Edward et fit basculer le roi de son *trône*. Chacun s'efforça tour à tour de détrôner le roi vainqueur tandis que les filles se contentaient de chuchoter entre elles.

— Regarde, chuchota Lisbeth en se penchant vers Mary. Daniel t'a jeté un coup d'œil. Il veut être certain que tu le verras forcer Jack à sortir du cercle.

— Il a réussi ! s'écria Mary en applaudissant Daniel.

Trois aspirants au trône ne purent vaincre Daniel. C'est Matthew qui, finalement, vint à bout du monarque. Daniel sourit à Mary en passant à côté d'elle.

— Ses yeux sont définitivement plus beaux que ceux de Matthew, chuchota Mary à l'oreille de Lisbeth.

— Pas du tout ! répliqua Lisbeth en souriant à son amie.

L'autre frère de Mary, Robert, se lança dans l'arène mais essuya une défaite. Ni Jack ni Nathaniel Jackson ne purent détrôner Matthew. Puis ce fut au tour d'Edward.

Les deux jeunes hommes se dévisagèrent. Les jambes écartées, les pieds bien ancrés au sol, Matthew ne quitta pas Edward des yeux et ne bougea pas quand ce dernier agrippa son bras et tira d'un coup sec. Edward, le plus grand des deux, y mit toute son énergie mais ne put faire perdre l'équilibre à son adversaire qui était musclé et robuste. Les jambes de Matthew tremblaient, tant il résistait à Edward qui, pourtant, usait de toute sa force. Quand la taille de Matthew fléchit un peu, un léger sourire se dessina sur les lèvres d'Edward. Mais soudain, Matthew se pencha davantage, déstabilisant Edward, puis recula rapidement en tordant son poignet pour se libérer de l'emprise de son adversaire. Edward trébucha, faillit tomber à terre mais retrouva son équilibre en reculant d'un pas. Ce faisant, il sortit de l'aire de jeu et perdit la partie.

Edward adressa à Matthew un petit sourire méprisant.

— Ça suffit ! Qui peut lancer des cailloux dans la rivière de cette distance ? cria-t-il aux autres pour les mettre au défi.

Les garçons ramassèrent des cailloux et visèrent l'eau qui coulait au pied de la butte. Matthew sourit à Lisbeth avec un haussement d'épaules, puis alla rejoindre les autres garçons.

— Mary ? cria Robert à sa sœur. Qui de nous deux a lancé son caillou le plus loin ? Albert ou moi ?

— Je ne saurais dire, répondit Mary avec son tact habituel. Ils ont touché l'eau tous les deux. Comment savoir ?

Edward se désintéressa de l'eau.

— Visez cette croix, dit-il, en indiquant une tombe du cimetière des esclaves.

Lisbeth sursauta. C'était la tombe de Papy. Edward lança une pierre qui atteignit sa cible. Robert, Albert et Jack l'imitèrent. L'une après l'autre, les pierres s'abattirent sur la croix qui vacilla sous les projectiles. Lisbeth la vit s'incliner jusqu'à ce que sa branche horizontale touche terre.

Dégoûtée, incapable de retenir sa rage, elle bondit sur ses pieds et cria :

— Arrêtez ! Vous leur manquez de respect !

— À qui ? dit Edward, narquois. Aux nègres ? Depuis quand les nègres ont-ils droit à notre respect ?

— C'est mal d'être grossier envers les morts.

Lisbeth appela des yeux le soutien de Mary, mais son amie haussa les épaules.

Tous les regards se portaient sur Lisbeth. Elle chercha ses mots, mais son cerveau était vide. Parfaitement humiliée, embarrassée d'avoir osé ouvrir la bouche, elle souhaita qu'ils cessent de la dévisager.

— C'est trop simple, dit Matthew, mettant fin avec désinvolture au silence pesant. N'importe qui peut atteindre cette croix. Le vrai défi, c'est le peuplier.

Il lança un caillou au loin, en direction de l'arbre. Les garçons se désintéressèrent de Lisbeth ; des poignées de cailloux volèrent aussitôt vers le peuplier.

Reconnaissante envers Matthew d'avoir détourné l'attention des autres, elle le fixa jusqu'à ce qu'il la regarde, puis lui sourit de loin avec un signe de tête. Il lui rendit timidement son sourire. Elle s'assit par terre et s'efforça de profiter du pique-nique en faisant mine de ne pas être bouleversée.

CHAPITRE 18

Juin 1856

— Tu iras à White Pines ce soir, même si tu es à l'article de la mort, insista mère avec fermeté. Va t'habiller. Bon sang, Elizabeth, tu te comportes comme si ce bal n'avait aucune importance. Ce serait un terrible affront à l'endroit d'Edward et des Cunningham si tu n'y allais pas. Nous aurions l'air de rejeter l'éventualité d'un mariage et nous ne tenons pas du tout à donner cette impression. Je crains que tu ne mettes sérieusement ton avenir en péril. Il semble certain qu'Edward te demandera de l'épouser, mais ta place au sein de la famille ne sera assurée qu'à l'annonce de vos fiançailles. Je t'assure que Camilla Anderson n'a pas renoncé à son intention de devenir sa femme.

— S'il veut l'épouser, rétorqua Lisbeth, eh bien, qu'il l'épouse. Cela m'est égal.

Mère se raidit d'indignation et dévisagea Lisbeth.

— Cela ne peut pas t'être égal ! Tu n'ignores pas que ce mariage assurera ton rang social pour le reste de ta vie. Robert Ford serait un parti acceptable, mais ton père et moi préférerions que tu entres dans la famille Cunningham. Je sais que la perspective de devenir la belle-sœur de Mary te séduit, mais cela ne te rendrait pas aussi heureuse qu'une vie vécue dans le raffinement. Aller au bal malgré un rhume pour assurer ton bonheur est un sacrifice qui en vaut la peine.

— Croyez-vous vraiment que je serai heureuse avec Edward ? demanda Lisbeth.

— Absolument. Il a tout ce dont une femme peut rêver. Il héritera du plus grand domaine de la vallée. White Pines n'a rien à envier aux plus belles demeures d'Angleterre. Je suis certaine qu'ils ont au moins soixante-quinze travailleurs.

— Mais est-il un homme bon ? demanda Lisbeth.

— Un homme bon ? fit mère en grimaçant. Quelle question, Elizabeth. Bien sûr qu'il l'est. Il est issu d'une des plus vieilles familles de Virginie. Je me demande où tu prends de pareilles idées. Sûrement de ta lecture de Jane Austen. Mais tu n'es pas un personnage de roman. Tu as dix-neuf ans. Il est temps que tu cesses tes enfantillages et que tu te comportes comme une demoiselle de la bonne société. Emily ! cria ensuite mère à l'adresse de la femme de chambre de Lisbeth qui attendait dans la pièce attenante.

— Oui, m'dame ?

— Je t'en prie, va aider ta maîtresse à se préparer. Pour sa coiffure, ce sera la deuxième de celles que nous avons essayées hier, la coiffure haute, en trois sections.

— Comme vous voudrez, m'dame.

Lisbeth aurait dû être flattée à la perspective de ce mariage, mais même si Edward avait une maison somptueuse et qu'il était bel homme, il lui était indifférent. Ses conversations étaient inintéressantes, il était toujours distrait et la regardait rarement quand ils dansaient. Il ne semblait pas le moins du monde attaché à elle, mais se conformait à la volonté de ses parents. Lisbeth voulait épouser un homme dont elle serait amoureuse. Qu'est-ce que mère savait de l'amour ? Lisbeth espérait-elle en vain être la cible de Cupidon ?

La salle de bal de White Pines était la plus spacieuse de la vallée. Elle était conçue spécialement pour accueillir les longues files de danseurs du quadrille de Virginie.

Il y avait là une multitude de femmes en robes de bal aux couleurs vives et au décolleté plongeant, leur respiration et leur appétit restreints par les corsets à baleines, une assiettée intacte sur les genoux. Les jeunes tournoyaient sur la musique et leurs voix se mêlaient aux instruments de l'orchestre de chambre.

Edward dansait avec Lisbeth que le tourbillon étourdissait.

— Je t'en prie, arrêtons-nous, Edward. Je me sens mal.

Mais il ne l'entendit pas. Il balayait la salle des yeux sans regarder sa cavalière.

— Edward, il faut que j'arrête, répéta-t-elle plus fort juste avant de s'affaisser.

Heureusement, le jeune homme amortit sa chute. Il la prit dans ses bras et la transporta à l'écart de la piste de danse. Si ces pertes de conscience avaient été plus rares au bal, Lisbeth aurait attiré l'attention d'un plus grand nombre de personnes, mais les femmes s'évanouissaient souvent en dansant. Au moment où Edward déposait Lisbeth sur une chaise près de la véranda, elle recouvra ses esprits. Mary Ford et Matthew Johnson accoururent. Mary éventa son amie.

— Cela n'a pas duré longtemps, la rassura Edward. Tu as déjà l'air d'aller mieux.

— Je vais mieux, merci. Mon léger refroidissement est sans doute la raison de ce vertige.

— Je suis content que tu sois remise. Tu voudras bien m'excuser si je m'acquitte de mes responsabilités d'hôte, dit Edward en parcourant la salle des yeux. Je ne te laisserais pas seule si je ne devais pas danser. Vous voulez bien prendre soin d'elle ? demanda-t-il à Mary et Matthew.

— Je t'en prie, répondit Lisbeth. Je m'en voudrais de gâcher ta soirée.

— Tu ne gâcheras jamais rien, répondit Edward. Matthew, apporte-lui un verre de punch, tu veux ?

— Nous resterons tous les deux ici, interjeta Mary. J'attends la valse pour danser.

— Je serai plus que réjoui de veiller sur ces deux charmantes demoiselles, ajouta Matthew.

Edward baisa la main de Lisbeth et alla rejoindre la cavalière suivante de l'autre côté de la salle de bal. Lisbeth le regarda escorter Camilla sur la piste, faire une révérence et la prendre dans ses bras. Mary interrompit sa réflexion.

— Ne t'inquiète pas, Lisbeth. Il est tenu de danser avec Camilla, mais je sais que tu lui plais beaucoup plus. Tu es la plus belle de toutes.

— Tu es gentille de te faire du souci pour moi, répondit Lisbeth en souriant. Cela ne me préoccupe pas, car je connais les devoirs d'un hôte bienveillant.

— Lisbeth ? fit Matthew.

— Oui ?

— Elle t'a appelée *Lisbeth.* Je n'avais encore jamais entendu personne t'appeler de ce nom.

— C'est le diminutif qu'on me donnait quand j'étais enfant. J'insistais pour que tout le monde m'appelle ainsi. Mes parents n'ont jamais voulu, mais pour beaucoup de mes amis de cette époque, je suis encore Lisbeth.

— C'est un beau nom. Et il te va à ravir.

— Merci, mon bon monsieur, dit Lisbeth, tout sourire. C'est une des plus jolies choses qu'un gentilhomme m'ait jamais dites. Mais j'ai fini par m'habituer à être Elizabeth.

— « Ce que nous appelons rose, sous un autre nom, sentirait aussi bon. »

— Shakespeare. Comme c'est flatteur.

— Tu aimes le vieux barde ? demanda Matthew avec une expression de surprise.

— Mais oui. J'ai déjà lu presque toutes ses œuvres. Ma préférée est *Hamlet.*

— Pas *Le Songe d'une nuit d'été* ?

— Non. Je préfère les tragédies aux comédies.

— Est-ce que tu aimes certains auteurs contemporains ?

— J'adore Jane Austen.

— Sa peinture de la société britannique est extrêmement juste et néanmoins terrible.

— En effet, répondit Lisbeth. Ce doit être affreux de se conformer aux attentes de la société. Je suis si heureuse d'être née en Amérique, une terre de liberté.

— Moi aussi, je suis content d'être américain, acquiesça Matthew. Même si l'on peut se demander si nous sommes aussi libres qu'on le pense. Mais assez parlé de littérature. Si vous voulez bien m'excuser, mesdemoiselles, je vais aller vous chercher du punch.

Comme Matthew s'éloignait, Mary réprimanda Lisbeth.

— Tu sais bien qu'une dame ne doit pas parler de littérature avec un gentilhomme, Lisbeth.

— C'est lui qui a abordé le sujet, répliqua Lisbeth pour se justifier. *L'homme propose et la femme dispose*, dit Lisbeth en singeant Mlle Taylor. Selon mère, « il est à peine plus qu'un cultivateur ». Mais il est un des hommes les plus bienveillants que je connaisse. Penses-tu qu'Edward aurait remarqué que tu m'avais appelée *Lisbeth* ? Crois-tu que je serais plus heureuse avec Matthew qu'avec Edward ?

— Voyons, Lisbeth, ne sois pas ridicule. Matthew est le benjamin. Il n'héritera d'aucune des terres de sa famille. Tandis qu'Edward héritera de tout ceci. Tu ne peux pas refuser. Ce sera merveilleux pour toi d'être la maîtresse de White Pines. Regarde un peu cette salle de bal ! Il n'y en a pas de pareille dans toute la vallée. Tu organiseras des soirées somptueuses. Et Edward est si bel homme. Pourquoi risquer de tout perdre en flirtant avec Matthew Johnson ?

— Je ne flirtais pas avec Matthew Johnson, s'offusqua Lisbeth. Nous avions une conversation agréable, et voilà tout.

— Je n'ai pas eu cette impression, dit Mary sur un ton de reproche.

— Je pense que Matthew est intéressant, protesta Lisbeth. Je l'ai toujours pensé. Cela ne veut pas dire que je flirte avec lui. Quoi qu'il en soit, ce ne serait qu'un jeu innocent. Edward a tout ce que je pourrais souhaiter trouver en un mari, mais il n'est ni intéressant ni amusant. Il se moque de mes opinions et nous ne parlons jamais de littérature – ou de quoi que ce soit d'autre, à vrai dire.

— Je suis sûre que vous ne manquerez pas de sujets de conversation quand vous serez mariés, la rassura Mary.

— Je suppose. J'espère que tu as raison. Mais chut, voici Matthew.

Après s'être désaltérée, Lisbeth retourna sur la piste s'acquitter de ses obligations auprès des cavaliers inscrits à son carnet de bal. Edward fut le dernier de ses partenaires de la soirée.

— Edward, fit-elle quand elle fut dans ses bras, crois-tu que ce que nous appelons une rose, sous un autre nom, sentirait aussi bon ?

— À vrai dire, je n'ai jamais aimé le parfum des roses. Il me donne des maux de tête. Par conséquent, leur nom ne revêt à mes yeux aucune importance. Mère a terminé les derniers préparatifs du thé de demain, enchaîna-t-il. N'oublie pas qu'elle est un peu vieux jeu. Elle préfère les jeunes filles avenantes aux jeunes filles extraverties. Puis-je compter sur toi ?

— Ne t'inquiète pas. Je serai aussi convenable qu'on peut l'être. Ma conduite la séduira.

— C'est très bien, dit Edward en lui tapotant le dos. Je n'y serai pas, bien entendu, mais Emma sera des vôtres. Je lui ai demandé de te donner un coup de main, de t'accueillir comme une sœur.

— Je serai ravie de ces moments passés en sa compagnie.

Chapitre 19

— Dis-moi tout. Je veux que tu me racontes ton thé avec la mère d'Edward dans les moindres détails, dit Mary à Lisbeth quelques jours plus tard tandis qu'elles se promenaient dans le parc de Fair Oaks.

— Ce fut très agréable, répondit Lisbeth, heureuse de lui parler de son après-midi à White Pines. Edward m'avait laissé croire que sa mère était une femme austère, mais elle est charmante et raffinée.

— Où étiez-vous et qu'y avait-il au menu ? demanda Mary.

— La table était mise dans la véranda qui donne sur le parc. Je n'avais jamais mangé d'aussi succulents petits gâteaux. Les sandwichs au cresson et au fromage frais étaient délicats et sans croûte. Évidemment, il y avait du thé, mais on nous a également servi un chocolat divin, riche, délicieux, préparé avec du lait de vache. À Fair Oaks, le chocolat est uniquement une gâterie de veille de Noël et on le fait avec de l'eau. Il n'est pas aussi onctueux. Mais comme Emma n'a pas fait de commentaire, j'ai supposé que ce chocolat était au menu de toutes les occasions spéciales.

On nous a aussi servi de la pastèque, des pêches et des fraises sur un très beau plateau en argent.

— Quelle élégance…

— Tout était délicieux, continua Lisbeth. Les domestiques sont si adroits que je n'ai pas su quand ils nous resservaient, mais ils devaient bien le faire puisque nos assiettes n'étaient jamais vides. J'ai remarqué que Mme Cunningham faisait fi de leurs allées et venues, si bien que notre conversation n'a pas été le moins du monde interrompue. Elle m'a mise tout à fait à l'aise. Elle s'est enquise de mes amis, de ma famille, de mes goûts. La dernière mode n'a pas de secrets pour elle. Nous avons pesé les mérites de la soie et du velours.

— T'a-t-on fait visiter White Pines ? demanda Mary.

— Presque entièrement. Ils ont trouvé un ingénieux prétexte pour me faire visiter les chambres. Cela m'a paru tout à fait naturel, pas manigancé. Emma a feint d'avoir cassé un peigne ; elle a voulu aller en chercher un autre et m'a priée de l'accompagner. Évidemment, elle n'en a pas trouvé dans la première chambre, si bien que notre quête nous a menées d'une chambre à l'autre. Nous ne sommes pas entrées dans toutes – il y en a beaucoup trop –, mais presque. Pendant tout ce temps, Emma me parlait comme si c'était la chose la plus naturelle du monde que je l'accompagne dans sa tournée des chambres à coucher de la famille.

« La maison est charmante et très bien décorée. L'équilibre entre le traditionnel et le moderne est une réussite. Mme Cunningham a un goût exquis. Tous les lits sont des lits à colonnes en bois de cerisier et les couvre-lits sont en soie damassée dernier cri.

Les meubles de toilette marquetés à dessus de marbre sont cependant un peu démodés. Le sol de chaque chambre est recouvert d'un superbe tapis persan. Emma s'est même débrouillée pour me montrer la cuisine. Elle a trouvé une assiette dans une des chambres et a voulu l'y rapporter. Elles se sont sûrement donné beaucoup de mal pour planifier une visite aussi décontractée, mais n'est-ce pas que c'était aimable de leur part ?

— Oh, Lisbeth, dit Mary avec un grand sourire, je suis si heureuse pour toi. Tu as beaucoup de chance d'avoir trouvé un aussi bon mari. Sans parler de sa sœur et de sa mère, qui sont merveilleuses. Sa mère n'a pas été du tout désagréable ?

— Au contraire. Je pense avoir beaucoup à apprendre d'elle. En outre, Emma et moi serons de grandes amies.

Se repentant aussitôt de ces paroles, Lisbeth ajouta :

— Pas autant que toi et moi, bien entendu.

Mary sourit.

— As-tu visité le parc ?

— Oui, nous nous sommes promenées dans le parc après le thé. J'ai suggéré en passant d'emprunter une direction qui nous aurait menées au quartier, mais Mme Cunningham a répondu qu'il n'y avait rien là qui soit digne d'intérêt. On semble penser que je n'ai pas à me préoccuper des travailleurs aux champs. J'en déduis que je serai responsable des esclaves domestiques. Un jour futur, évidemment ; pas tout de suite. Ce sont aussi nos habitudes à Fair Oaks, alors cela me convient.

— Lisbeth, lui fit remarquer Mary, il y a à peine une semaine, tu te demandais si Edward serait un bon mari parce que vous ne parliez jamais de littérature.

— J'ai été sotte en effet, reconnut Lisbeth. Dieu merci, tu es là. Je peux te dire ce qui me passe par la tête et voir si ces bêtises tiennent la route. Comment ai-je pu hésiter même une seconde à devenir une Cunningham et la future maîtresse de White Pines ?

— Que tu aies pu penser que Matthew Johnson serait un mari plus convenable qu'Edward Cunningham est décidément incroyable. Connais-tu la nouvelle ? Il ira cultiver une terre dans l'Ohio. Daniel dit qu'il est devenu abolitionniste.

— *Abolitionniste* ?! s'exclama Lisbeth. J'en ai assez d'entendre cela. Les gens n'ont que ce mot épouvantable à la bouche. Pourquoi ne pas se séparer, tout simplement, et en finir avec ce sujet lassant.

— Père dit que cela déclenchera une guerre.

— Je me demande bien pourquoi, répliqua Lisbeth. Qu'est-ce que cela peut faire que nous soyons deux pays ou un seul ? Pour quel motif nous battrions-nous ?

Chapitre 20

Avril 1857

Lisbeth se réveilla en sursaut. Elle ne se souvenait pas du rêve qui avait troublé son sommeil, mais elle en avait ressenti une vive poussée d'adrénaline. Elle resta allongée quelques minutes et se força à respirer normalement tout en songeant à la journée qui l'attendait. En ce jour, sa vie changerait à tout jamais : elle deviendrait officiellement la promise d'Edward. Sa famille offrait une réception pour célébrer son anniversaire et annoncer ses fiançailles. Elle avait vingt ans. Sa vie était toute tracée.

Lisbeth salua Emily qui entrait avec un plateau qu'elle déposa sur le guéridon à côté du canapé avant de ressortir. La jeune femme se versa une tasse de thé avec du sucre et de la crème, puis elle alla le boire à la fenêtre comme tous les matins. Les esclaves étaient déjà aux champs. Elle distinguait à peine le parc pour bébés à une extrémité d'un rang de tabac. Sarah, plus âgée qu'elle de six mois, était déjà mère de deux enfants. Depuis que grand-maman Washington était morte, Lisbeth ne savait plus qui veillait sur les enfants des travailleurs.

Elle avait une année entière pour planifier son somptueux mariage du printemps suivant, mais tout allait trop vite. Pourtant, au même âge, mère avait déjà mis Lisbeth au monde et était enceinte de Jack. Lisbeth aurait dû se sentir prête pour le mariage ; pourtant, c'était loin d'être le cas.

— Emily ! appela Lisbeth. Je vais porter ma robe en lin couleur crème. Prépare-la.

— Oui, mam'zelle.

Emily sortit une crinoline de la garde-robe, puis un corset que Lisbeth glissa par-dessus sa tête avant de s'allonger sur le lit. Penchée au-dessus d'elle, Emily tira sur les lacets jusqu'à ce que les lisières du corset se touchent. Lisbeth se releva et respira à petits coups pour s'habituer à la constriction, poussa un soupir et enfila une culotte bouffante en premier, puis une crinoline à quatre cerceaux. Elle leva les bras, et Emily y glissa la robe en lin qui retomba sur la crinoline.

Lisbeth s'assit face au miroir. Emily lissa ses cheveux et les enferma dans un filet.

— Emma viendra avec sa femme de chambre cet après-midi. Je crois qu'elle s'appelle Margaret. Tu lui tiendras compagnie et elle te familiarisera un peu avec les habitudes de White Pines.

— Oui, mam'zelle.

— Nous avons beaucoup de chance d'aller vivre dans un aussi grand domaine.

— Oui, mam'zelle.

— Tu es d'accord ? insista Lisbeth.

— J'ai pas à être d'accord ou pas d'accord, mam'zelle.

— Tu ne crois pas que je fasse un beau mariage ?

— C'est pas à moi de le dire.

— Je t'en prie, Emily, dit Lisbeth avec coquetterie, je veux que tu me dises la vérité.

— Vous avez pas l'air heureuse, répondit Emily d'une voix neutre.

— C'est faux ! protesta Lisbeth. Je suis enchantée de ce qui m'arrive. C'est un mariage rêvé. White Pines est une résidence magnifique. Je ne pourrais pas espérer avoir une belle-sœur plus avenante, et M. et Mme Cunningham ont fait l'impossible pour que je me sente bienvenue dans leur famille.

— Et le jeune M. Cunningham ? se risqua prudemment à demander Emily.

— Qu'essaies-tu d'insinuer ? rétorqua Lisbeth en fronçant les sourcils. Edward est un bel homme aux manières exquises. Cela suffit maintenant. As-tu fini de me coiffer ?

— Oui, mam'zelle.

— Alors, laisse-moi ! ordonna-t-elle.

Emily recula mais Lisbeth resta assise. Une rage qu'elle ne comprenait pas bouillonnait dans ses veines.

— Qu'est-ce qui m'arrive ? se demanda-t-elle à voix haute.

Emily garda le silence. Lisbeth se leva et alla à la fenêtre en espérant y trouver le même réconfort que d'habitude, en vain. Elle arpenta sa chambre, mais cela ne fit que l'agiter davantage.

— Je suis sûre que ma nervosité est tout à fait normale dans ces circonstances, tempéra Lisbeth. Mère dit que tous les futurs mariés ressentent cela.

Emily hocha la tête.

— J'ai besoin de repos, marmonna Lisbeth. Je vais m'allonger quelques minutes.

— Comme que vous voulez, mam'zelle. C'est-y qu'y faut que je vous déshabille ?

Lisbeth poussa un soupir.

— Non.

Des larmes de frustration brillèrent au coin des yeux de Lisbeth. Manquant de temps pour se déshabiller puis se rhabiller, elle ne pourrait pas se reposer comme elle l'avait souhaité. Elle s'assit au bord du lit en veillant à ne pas froisser sa robe, glissa une main sous l'oreiller sans s'en rendre compte. Elle puisa un peu de réconfort dans le coquillage de Mattie qu'elle caressa entre ses doigts jusqu'à s'être calmée.

Elle noua le pendentif à son cou et le glissa sous sa robe au lieu de le remettre dans sa cachette, puis se regarda dans la glace de la cheminée. Le tissu crème dissimulait le coquillage dont la tiédeur réchauffait son cœur.

— Emily, est-ce que cela se voit ?

— Non, mam'zelle. Personne va deviner que vous l'avez.

Quelques heures plus tard, les invités étaient rassemblés dans le jardin. Des hommes et des femmes âgés étaient attablés devant des bouquets de fleurs sauvages tandis que les plus jeunes discutaient avec animation sur des couvertures déployées dans l'herbe. Lisbeth était assise à côté de Mary. Le galant de Mary, Daniel Bartley, charmait son auditoire en racontant une anecdote amusante. Lisbeth fut surprise de voir Matthew Johnson venir tout droit vers elle. Elle lui sourit de loin. Il s'approcha.

— Tu es ravissante, Elizabeth, dit Matthew.

— Merci. Tu es trop aimable. Joins-toi à nous, je t'en prie.

Matthew s'assit à distance respectueuse. Parvenu à la fin de son histoire, Daniel Bartley se tourna vers lui.

— J'ai entendu dire que tu nous quittais.

— Je songe à m'installer dans l'Ohio, répondit Matthew. La terre y est plus abordable.

— Mais pas les esclaves, rétorqua Daniel.

— Je préfère engager des employés à qui je verserai un salaire, répliqua Matthew.

Tous les regards convergèrent vers lui.

— Comment peux-tu abandonner ta famille et ta maison ? fit Daniel.

— L'Ohio ! s'exclama Edward. Quel pays barbare. Elizabeth, promets-moi que tu n'insisteras jamais pour que nous quittions White Pines.

Avant qu'elle ait pu répondre, M. Wainwright intervint :

— Elizabeth, Edward, suivez-moi. C'est l'heure.

Lisbeth regarda Matthew en haussant timidement les épaules avant de suivre Edward et son père. Un petit groupe de personnes formèrent un demi-cercle autour de Lisbeth, Edward et leurs parents. M. Wainwright prit la parole en premier.

— Nous avons l'immense joie de vous faire part des fiançailles de notre fille, Elizabeth, avec M. Edward Langston Cunningham.

Applaudissements polis

M. Cunningham s'adressa ensuite aux invités.

— Nous sommes ravis d'accueillir Elizabeth dans notre famille et nous lui offrons ce collier en gage de notre affection.

D'un geste ample, Edward montra le contenu du coffret aux invités qui manifestèrent leur approbation. Puis il présenta à Elizabeth le gros saphir bleu nuit monté en pendentif entre deux rangs de petits saphirs. Il était trop voyant au goût de Lisbeth, mais ses yeux brillèrent pour témoigner du plaisir qu'Edward et les autres espéraient d'elle. Edward la regarda, comme s'il attendait quelque chose.

— Merci beaucoup. Il est très joli, dit Lisbeth assez fort pour que tout le monde l'entende.

Les yeux toujours fixés sur elle, Edward traça de son index un cercle dans les airs.

— Oh ! fit Lisbeth.

Tournant le dos à son fiancé, elle fut soudain très consciente du coquillage contre son cœur et se retint d'y porter la main. Edward mit le collier à son cou. Elle le sentit tirer sur la cordelette. Quand les invités applaudirent encore une fois, Lisbeth leur sourit, puis sourit à Edward, mais il évita son regard jusqu'à ce que les invités se soient dispersés.

— Qu'as-tu autour du cou ? siffla-t-il à son oreille.

— Ça ? fit Lisbeth avec désinvolture en tâtant la cordelette.

Elle inventa aussitôt une histoire.

— Je porte toujours ce collier à mon anniversaire. C'est un cadeau que m'a fait une vieille amie partie depuis longtemps.

— Eh bien, il ne convient pas du tout à un événement comme celui-ci, lui reprocha-t-il tout bas. Une cordelette ! Décidément, tu m'étonneras toujours.

— Personne ne se rend compte de rien, rétorqua Lisbeth pour se défendre. C'est tout à fait invisible.

— Pas pour moi, insista Edward.

— Oui, Edward. Tu as raison. Je ne sais pas ce qui m'a pris. Je suis parfois trop sentimentale. Je ne porterai plus jamais ce pendentif en ta présence.

— Merci. Maintenant, allons retrouver nos invités en tant que fiancés.

Ils firent d'abord le tour des petites tables, s'entretenant poliment avec les personnes âgées et les couples mariés. Quand quelqu'un demandait à voir son collier de plus près, Lisbeth soutenait le saphir de sa paume pour que personne ne remarque le coquillage sous le tissu de sa robe.

Les fiancés purent enfin rejoindre leurs amis. On admira le collier, on discuta des préparatifs du mariage, et on en vint à parler de la lune de miel.

— J'adorerais aller à Paris, dit Lisbeth. Ou peut-être à Londres. L'Europe semble si belle et si mystérieuse. J'irais n'importe où en Europe, même à Rome !

— Moi, je craindrais de faire un si long voyage, déclara Mary.

— Pas moi, expliqua Lisbeth. Pareille aventure me passionnerait.

— New York suffira à combler mon besoin d'aventures, dit Edward. Je ne vois aucune raison de quitter ce pays. Et je n'ai nulle envie d'entendre parler français ou italien.

— Le français est pourtant une très belle langue, interjeta Matthew.

— Sans doute, rétorqua Edward, mais cela ne m'intéresse pas.

— On dirait bien que votre lune de miel aura lieu à New York, observa Mary.

— On dirait, acquiesça Lisbeth avec un signe de tête.

Elle frotta discrètement le tissu de sa robe pardessus le coquillage.

CHAPITRE 21

Avril 1858

L'année, consacrée aux préparatifs, fut vite passée. Le mariage devait avoir lieu le 14 mai 1858, à deux heures de l'après-midi, à l'église chrétienne de Mount Vernon. Quatre cents personnes étaient attendues à la cérémonie, puis à la réception. Après de longues discussions, il fut décidé que la réception aurait lieu chez les parents de la mariée. Lisbeth avait presque terminé de coudre son trousseau. Le fruit de son travail ne lui serait cependant jamais d'aucune utilité, car à White Pines, la qualité du linge de maison lui était de beaucoup supérieure. Mais la coutume voulait qu'une nouvelle mariée ait un trousseau, et Lisbeth dut terminer le sien. Elle devait encore broder deux serviettes de table avant le mois de mai.

Lisbeth reçut ses amis et sa famille pour le thé à White Pines, à l'occasion de son vingt et unième anniversaire. Emma l'accueillit d'une accolade sincère.

— Elizabeth, la couturière a apporté la robe que je porterai à ton mariage ! Viens, je vais te la montrer. Mary, tu peux venir aussi.

Les trois jeunes femmes montèrent à la chambre d'Emma. D'un geste théâtral, Emma leur présenta une robe en soie vert pâle. Le décolleté bordé d'un ruban émeraude parsemé de petites perles attirerait l'attention.

— Elle est très belle, Emma, dit Lisbeth à son amie. Tu me voleras la vedette le jour de mon mariage !

— Mais non, Lisbeth, protesta Mary. Ta robe de mariée est la plus belle chose que j'aie jamais vue. La soie translucide drapée par-dessus la jupe donnera le ton à la mode de l'an prochain. J'aimerais que ma mère me permette de porter une robe aussi raffinée quand viendra mon tour de me marier.

— Lisbeth, dit Emma. Quel prénom ridicule ! Je préfère Elizabeth. C'est beaucoup plus distingué. Il te faut un prénom à la mode si tu portes une robe à la mode.

— Tu as raison, dit Lisbeth en hochant la tête. Mary, souviens-toi de m'appeler Elizabeth dès mon mariage. Je serai alors Elizabeth Cunningham et non plus Lisbeth Wainwright.

Comme Lisbeth en avait désormais l'habitude, le thé à White Pines était simple et élégant. Bien entendu, il fut question des préparatifs du mariage et de la lune de miel. Le souhait qu'avait formulé Lisbeth d'un long voyage en Europe avait été tué dans l'œuf sans autre forme de procès. Les nouveaux mariés se rendraient en train à New York pour un séjour d'un mois. Lisbeth avait hâte de déambuler dans Central Park et de visiter des musées. N'ayant jamais connu de ville plus raffinée que Richmond, elle se dit que New York serait quand même une aventure bienvenue.

— Elizabeth, ma chérie, irais-tu voir ce qui retient Edward ? demanda Mme Cunningham à sa future bru. Je lui avais dit de revenir à temps pour l'heure du thé. Il est dans le parc, à l'arrière, occupé à Dieu sait quoi.

— Certainement, madame Cunningham.

— Je ne te permettrai pas de m'appeler ainsi encore longtemps. Après le mariage, tu m'appelleras *mère*.

— Je suis impatiente de vous appeler ainsi, dit Lisbeth, rayonnante, en posant un baiser sur sa joue avant d'aller trouver son fiancé.

Emma et Mary offrirent de l'accompagner, mais Lisbeth refusa, car elle entendait bien profiter de ces quelques minutes de solitude avec Edward. Elle se sentit en paix en traversant le parc. Cette résidence, cette famille seraient bientôt aussi les siennes. Elle en était venue à se convaincre d'avoir fait un choix adulte.

Le collier de Mattie était dans sa poche. Cela aurait été puéril de le porter en public, mais elle ne voyait pas de mal à le garder sur elle le jour de son anniversaire en souvenir de sa nourrice. Elle caressa le coquillage tout en admirant les beautés du parc et, en silence, elle formula ce message :

Mattie, où que tu sois, j'espère que tu es en sécurité et que tu es comblée. Moi, je le suis. Je veux que tu saches que je ferai un très beau mariage. Tu serais heureuse pour moi.

Derrière la maison, Lisbeth aperçut un saule gigantesque, plus imposant encore que celui de Fair Oaks, dont le feuillage balayait le sol. Délaissant son itinéraire, elle écarta les délicats rameaux de l'arbre, respira l'air frais et l'odeur d'humus, et se réjouit de la lumière tamisée. Ce lieu était un véritable trésor, un abri, un immense parasol privé. Elle viendrait bientôt y lire à sa guise, assise sur un banc, adossée au tronc. Ce serait son refuge personnel, l'endroit où elle emmènerait un jour sa fille faire la sieste, lui apprendre son alphabet et lui raconter des histoires.

Elle entendit un bruissement derrière le tronc du saule : un animal, sans doute. Elle n'en fut pas effrayée mais s'avança doucement en comptant ses pas – un… deux… trois… quatre… cinq – jusqu'au tronc qu'elle contourna lentement en veillant à ne pas effaroucher la bête. Quand elle découvrit la source du bruit, elle s'arrêta net, sans pouvoir détacher son regard de la scène déroutante qui s'offrait à sa vue.

Edward, fesses nues, le pantalon ramassé autour des chevilles, les genoux légèrement fléchis, les cuisses couvertes de poils noirs. Edward donnait de grands coups de bassin, la tête rejetée en arrière et les yeux fermés, indifférent au monde alentour. Il chevauchait une jeune esclave, la possédait avec acharnement, si concentré sur son propre plaisir qu'il ne vit pas que sa fiancée le regardait. La surprise de Lisbeth se mua peu à peu en horreur.

Elle trembla quand une vague de colère et de haine la submergea. Un haut-le-cœur lui laissa dans la bouche un âcre goût de bile. Elle s'appuya d'une main contre le tronc de l'arbre pour ne pas défaillir.

Lisbeth plongea son regard dans celui de la fille. L'enfant, terrifiée, la fixa de ses yeux couleur caramel. Son visage était empreint de souffrance et de honte. Elle détourna la tête et se cacha derrière sa main.

— Laisse-la ! hurla Lisbeth.

Puis elle s'enfuit en courant, impatiente de se soustraire à cette scène immonde.

Tremblant de tous ses membres, elle sanglotait et trébuchait sur le sentier quand Edward la rattrapa et lui fit faire volte-face. Elle dégagea aussitôt son bras.

— Ne me touche pas ! Tu es ignoble !

— Calme-toi, Elizabeth, intima Edward à voix basse. Laisse-moi t'expliquer !

Furieuse, elle recula.

— M'expliquer ? cria-t-elle. Que crois-tu pouvoir expliquer ? J'ai parfaitement vu ce que tu étais en train de faire !

— Je ne suis pas le premier ni le dernier jeune homme qui s'offre un peu de plaisir avant son mariage. Cela n'affecte en rien mes sentiments envers toi ni nos projets. Il n'y a rien de changé.

— Pour toi, sans doute, mais pas pour moi ! cria Lisbeth. Je ne me vois pas vivre avec un homme comme toi.

— Un homme comme moi ? dit-il, moqueur, en retroussant les lèvres. Ne sois pas stupide. Tous les hommes sont comme moi.

— Tous les hommes ? rétorqua Lisbeth, que cette accusation rendait encore plus furieuse. Comment peux-tu dire une chose pareille ? Mon père n'est pas comme ça ! Ni mon frère !

— Ne sois pas si naïve, dit Edward avec suffisance. Décidément, tu n'es qu'une enfant.

Il la regarda d'un air de pitié et secoua la tête.

— Pourquoi crois-tu qu'il y a tant d'esclaves domestiques à la peau claire ? Je t'assure qu'ils ne sont pas nés de deux nègres. Et si je me souviens bien, vous en avez quelques-uns à Fair Oaks.

Le visage d'Emily s'imposa à Lisbeth tandis qu'une horreur paralysante l'envahissait. Sa colère disparut, subitement remplacée par la honte et la détresse. Elle dévisagea Edward avec stupéfaction, en ravalant ses larmes. Quelques instants plus tard, Edward mit lentement son bras autour de ses épaules. Lisbeth ne résista pas. Ils marchèrent vers la maison. Lisbeth se laissa guider, pendant que des idées confuses gambadaient dans sa tête.

— Elizabeth, nous dirons que tu t'es sentie mal, dit gentiment Edward comme s'il s'adressait à une gamine. C'est presque vrai, du reste. Je vois que tu es assez bouleversée. Tu es très ingénue. J'aime ton innocence. Rentre chez toi. Repose-toi. Ne dis rien à personne de ce que tu as vu. Une fois remise de tes émotions, tu comprendras que tout va bien. Tu m'es si chère. Il ne faut pas annuler le mariage maintenant. Tout a déjà été planifié.

Sans s'en rendre compte, Lisbeth acquiesça à la voix apaisante d'Edward.

CHAPITRE 22

Lisbeth monta à sa chambre en chancelant et se laissa tomber sur le lit. Elle enfouit son visage dans l'oreiller de plumes et repassa dans sa tête les événements de l'après-midi, se demandant ce qu'elle aurait pu faire pour se soustraire à une expérience aussi épouvantable. Elle se reprocha son impulsivité. Elle aurait dû se contenter d'appeler Edward au lieu d'explorer le refuge sous le saule. Elle tenta péniblement de chasser de son esprit le souvenir de ce qu'elle y avait vu. Elle souhaitait plus que tout oublier le regard couleur caramel de l'enfant qui la suppliait de venir à son secours.

Lisbeth dit être trop souffrante pour descendre dîner. Emily lui servit à sa chambre un potage de panais. Lisbeth examina attentivement le visage d'Emily. Il n'y avait pas d'équivoque possible : les yeux noisette d'Emily étaient identiques à ceux de Jack. Comment avait-elle pu ne jamais s'en rendre compte ?

— Emily, as-tu déjà vécu au quartier ? demanda Lisbeth.

— Y paraît que je suis née en bas, répondit-elle, manifestement surprise. Mais je me souviens pas du quartier.

Lisbeth hocha la tête et n'ajouta rien malgré toutes les questions qui s'entrechoquaient dans sa tête. Emily était-elle au courant ? Et les parents de Lisbeth ? S'intéressait-on à ces choses-là ?

Il lui sembla que son univers s'écroulait, qu'elle ne le comprenait plus. Redeviendrait-il jamais comme avant ? Le sommeil finit par la gagner, un sommeil agité, entrecoupé de mauvais rêves.

Le lendemain après-midi, Lisbeth n'étant toujours pas levée, mère monta lui adresser ses remontrances.

— Qu'as-tu donc, Elizabeth ? Je vois bien que tu as pleuré. Tu n'es pas vraiment malade, il me semble. J'ignore ce qui a bien pu te pousser à ces caprices. Dis-moi ce qui s'est passé entre toi et Edward.

— Mère, répondit Lisbeth, reconnaissante de pouvoir soulager son cœur, à l'heure du thé, le jour de mon anniversaire, je suis allée le retrouver au fond du parc. Edward était… il faisait… il faisait avec une des esclaves… ce qu'un homme fait avec une femme.

— C'est tout ? dit mère avec dédain. Il est normal que la vue d'un tel acte t'ait choquée. Cette activité est, en effet, fort déplaisante à voir. Mais elle n'est pas aussi terrible qu'elle en a l'air.

Lisbeth dévisagea sa mère.

— Elizabeth, enchaîna mère en poussant un soupir, les hommes ont des besoins qu'ils doivent satisfaire avant d'épouser une demoiselle. Les demoiselles de la bonne société ne font pas ces choses-là avant leur mariage, si bien que les hommes se tournent vers les esclaves. De se voir accorder l'attention du jeune maître de maison est très flatteur pour une domestique.

— Est-ce que… père… ? Jack… ? balbutia Lisbeth, perplexe.

— Je n'ai pas à savoir ces choses ! dit brusquement mère, rouge de colère. Toi non plus. Ce qu'ils font en dehors de cette maison ne nous regarde pas.

— Mais n'est-ce pas immoral d'agir ainsi ? s'inquiéta Lisbeth. Ne devons-nous pas protéger nos esclaves ?

— Elles ne sont pas de vraies chrétiennes, rétorqua mère. La plupart recherchent ces attentions. C'est pour elles une façon d'obtenir des traitements de faveur. Elles n'ont pas les mêmes valeurs morales que nous, Elizabeth.

Sceptique, Lisbeth insista.

— Elle n'avait pas l'air le moins du monde ravie, mère.

— Je conçois que ce soit difficile à comprendre, Elizabeth. Mais tu seras bientôt une femme mariée. Ta naïveté et ton idéalisme ne sont plus de mise. La vie n'est pas toujours rose, mais chaque créature humaine y a un rôle à jouer. Edward y joue son rôle, cette jeune esclave y joue le sien, et toi aussi. Nous ne le choisissons pas toujours, nous ne l'aimons pas toujours, mais nous devons l'accepter.

Se délestant de toute retenue, Lisbeth demanda :

— Mère, Emily est-elle ma sœ…

La gifle de mère la fit presque chavirer. Mère la transperça de ses yeux brûlants de rage.

— Cela suffit, Elizabeth ! Cette discussion a assez duré. Tu as encore deux jours pour rester couchée à te lamenter sur ton sort. Tu descendras dîner vendredi, correctement vêtue, souriante et prête à séduire nos invités. Est-ce clair ?

Lisbeth frotta sa joue brûlante. Parfaitement humiliée, elle esquissa un signe affirmatif.

Le lendemain, après une autre nuit agitée, Lisbeth accepta que Mary lui rende visite.

— Quelles jolies fleurs ! s'écria Mary.

— C'est Edward qui me les a offertes, répondit Lisbeth, sourcils froncés. Avec ce collier de grenats. En signe de réconciliation.

— A-t-il eu un geste dont il se repent ? demanda Mary.

— Je doute qu'il se repente de ce qu'il a fait, même s'il voudrait que je le pense. J'en suis profondément troublée.

Lisbeth raconta à son amie ce qui s'était passé sous les rameaux du saule.

— Savais-tu que c'était très courant ? lui demanda-t-elle.

— Je m'en doutais sans avoir jamais entendu personne parler ouvertement de ces choses-là, répondit Mary. Des mulâtres viennent au monde dans toutes les plantations. Mes frères se taquinent souvent à ce sujet ; ils se demandent qui a semé la récolte. Je comprends qu'il est question de sexualité. Selon moi, cela ne fait pas d'Edward un monstre.

— D'après toi, je devrais donc l'épouser quand même ? s'inquiéta Lisbeth, pressée d'entendre le conseil de son amie.

— Bien sûr ! Que peux-tu faire d'autre ? Tu n'as aucun autre prétendant. Ils se sont tous fiancés. Il est trop tard pour que Robert rompe ses fiançailles pour t'épouser. T'imagines-tu pouvoir trouver un bon parti l'an prochain si tu renonçais à te marier ? Personne ne croira que c'est une raison suffisante pour prendre une telle décision. Et tes parents, approuveraient-ils ton choix ?

— Mère m'a dit que les jeunes hommes ont des besoins que les jeunes filles ne doivent pas satisfaire avant leur mariage. Elle dit que je dramatise tout et que je suis naïve. Mais j'ai tant de peine pour cette pauvre petite négresse. Elle n'est qu'une enfant. J'ai honte de ce que j'ai vu. Mère dit que ce spectacle m'a choquée, mais que je m'en remettrai vite.

— Il me semble que tu n'as pas le choix, dit gentiment Mary. Tu dois épouser Edward. Si tu refusais, il faudrait que tu partes d'ici. Et où irais-tu ?

— Je l'ignore. Je ne connais personne qui ait rompu ses fiançailles. Et toi ?

— Pas personnellement, non, dit Mary avec un hochement de tête. Mais j'ai entendu des rumeurs.

— La sœur de ma mère m'hébergerait peut-être, mais seulement provisoirement, dit Lisbeth, les yeux brûlants de larmes. Oh, Mary, je suis si confuse ! Il faut que je prenne bientôt une décision.

— Te souviens-tu de t'être demandé si ce serait romantique d'épouser Matthew Johnson parce que vous partagiez la même passion pour Shakespeare ?

Lisbeth fit signe que oui.

— Tu as fini par comprendre que ce serait une bêtise de te marier pour cette raison, la sermonna Mary. La situation est la même. Tu ne dois pas plus rejeter un homme pour la façon dont il traite les esclaves que tu ne dois en épouser un autre pour son amour de la littérature. Tu renoncerais à tout. Dans quel but ? Cela ne change rien.

Lisbeth l'écoutait en silence, accueillait sa sagesse en hochant lentement la tête. Mary enchaîna, cette fois avec douceur :

— C'est égoïste, je sais, mais je ne supporterais pas que tu vives ailleurs qu'ici. Je nous vois déjà en train de prendre le thé dans la véranda de White Pines pendant que nos enfants s'amusent dans le parc.

— J'en rêve aussi.

— Je t'en prie, supplia Mary. Chasse cette idée de ta tête et va de l'avant.

— J'essaierai de ne plus y penser, la rassura Lisbeth. Je te le promets.

Après le départ de Mary, Lisbeth s'assit dans le fauteuil à bascule devant la fenêtre et regarda au loin la cuisine, le fumoir, le saule, le quartier des esclaves, les travailleurs courbés dans les champs. Elle chercha des silhouettes familières, Rebecca, Sarah ou Henry. Elle ne les vit pas. Il y avait si longtemps qu'elle ne leur avait pas rendu visite, elle ne reconnaissait presque personne. Ses visites s'étaient espacées petit à petit. Elle avait renoncé à sa vieille habitude en préparation de sa nouvelle vie.

Lisbeth regarda son frère donner des instructions au régisseur. Maintenant qu'il avait dix-neuf ans, il était plus souvent aux champs, et se préparait à assumer son rôle de maître de Fair Oaks. À sa façon de s'adresser au régisseur et d'échanger avec les esclaves, Lisbeth eut soudain la douloureuse certitude qu'Edward avait dit vrai. Son frère n'était pas différent des autres. Il n'hésiterait pas à abuser d'une esclave pour sa satisfaction personnelle. Il l'avait sûrement déjà fait, sans doute même sous l'abri de son saule tant aimé.

Accablée de chagrin, Lisbeth fut soudain secouée de sanglots qui lui coupèrent le souffle. Elle haletait, la poitrine comprimée, la respiration sifflante. Des hoquets violents, incoercibles, la saisirent, sa bouche se remplit de salive. Elle eut un haut-le-cœur, courut à son meuble de toilette et cracha un filet de bile. Trop lasse, trop faible pour retourner s'asseoir, elle se laissa tomber par terre, s'épongea le visage avec un essuie-main et s'adossa au petit meuble en cerisier pour verser toutes les larmes de son corps.

Ce soir-là, avant de s'endormir, elle demanda à Dieu de la guider.

— Seigneur, que votre volonté soit faite. Si je dois épouser Edward, chassez ces images de mon esprit et rendez-moi mon innocence. Si je ne dois pas épouser Edward, montrez-moi la voie à suivre. Je vous en supplie, mon Dieu, indiquez-moi ce que je dois faire.

D'autres mauvais rêves envahirent le sommeil de Lisbeth. Quelqu'un la pourchassait dans une jungle de rameaux de saule. Elle criait, les longues tiges souples lui fouettaient les jambes, se mêlaient à ses cheveux. Elle courait, chaque pas étant une torture, puis soudain elle trébucha et tomba brusquement sur un corps d'enfant : la fillette qu'Edward avait possédée était allongée sous elle.

— Non ! s'écria Lisbeth.

Elle voulut détourner la tête, mais ses yeux restèrent rivés à ceux de l'enfant. La fillette se transforma : elle fut Mattie d'abord, puis Jordan. Épouvantée, Lisbeth se débattit, lutta contre la terre qui cherchait à la retenir, tenta de se lever, mais ses jambes refusaient de la soutenir. Elle dut rester où elle était. Une foule s'était rassemblée autour d'elle et l'encourageait. Père, mère, Edward et Mary l'exhortaient en lui criant des mots indistincts que Lisbeth s'efforçait en vain de comprendre. Elle baissa alors les yeux sur Mattie/Jordan qui secoua la tête et dit :

— Toi qui avais si bon cœur…

Lisbeth se trouva tout à coup face à un mur blanc devant lequel étaient alignées des femmes à la peau sombre. Allant de l'une à l'autre, elle les passa en revue. Edward la talonnait de si près qu'elle sentait la chaleur de son souffle dans son cou.

— Choisis, Elizabeth, susurra-t-il d'une voix ensorceleuse.

C'était difficile. Lisbeth désirait plaire à Edward, ne pas se tromper, mais elle ne connaissait aucune de ces esclaves. Soudain, elle reconnut Jordan. Ce n'était plus un bébé, mais c'était elle, indiscutablement, celle-là même qu'elle avait portée contre sa hanche si longtemps auparavant.

— Celle-ci, dit Lisbeth en pointant son doigt.

— Excellent choix, confirma Edward.

Edward prit Jordan par la main et s'éloigna avec elle. *Elle peut marcher maintenant*, constata Lisbeth en rêve. Au même instant, Mattie parut.

— Mon bébé ! cria-t-elle. Prenez pas mon bébé !

— Ce n'est rien, Mattie, dit Lisbeth pour apaiser sa vieille nourrice. Nous allons veiller sur elle. Nous ne lui ferons pas de mal. Regarde…

Lisbeth se tourna vers Edward. Il emmenait Jordan sous le saule. Lisbeth comprit dans quel but elle avait choisi l'enfant.

— Non ! Pas Jordan. Pas elle. Pas là. Non !

Lisbeth poussa un cri et s'éveilla en sursaut. Elle s'assit, tremblante, à bout de souffle. Seule, effrayée, elle chercha le pendentif de coquillage sous son oreiller et le caressa entre ses doigts, respira profondément et scanda : « Mon Dieu, mon Dieu, mon Dieu ! »

Pour la première fois depuis deux jours, elle se laissa aller à revoir en pensée le visage de la petite esclave, une enfant aux yeux si douloureusement semblables à ceux de Mattie. La terreur de la fillette la traversa de part en part. Elle imagina ce que devait ressentir sa mère, sa souffrance devant pareille ignominie, son impuissance à protéger sa fille. Lisbeth sut avec certitude que, si Mattie était restée, un Blanc aurait un jour écrasé Jordan de tout son poids. Mattie avait-elle déjà connu un pareil sort ? Si pénible que cela fût, Lisbeth s'efforça d'imaginer la vie à Fair Oaks du point de vue de Mattie. Ce faisant, elle comprit que Mattie s'était enfuie pour protéger Jordan.

Père et mère disaient toujours que les esclaves étaient comme des enfants, incapables de survivre par eux-mêmes. Ils étaient farouchement opposés à leur émancipation, affirmant que celle-ci serait néfaste pour les esclaves. Mais comment mère pouvait-elle penser que l'incident sous le saule soit une forme de protection ? Épouser Edward signifiait approuver de tels comportements.

Je ne peux pas, comprit-elle. *Je ne peux pas épouser Edward.*

Une poussée subite d'adrénaline lui donna le vertige. Elle ferma les yeux, ses mains se glacèrent. La vie qui avait toujours été la sienne prendrait fin. Lisbeth dirait adieu à son rang social le long des berges de la rivière James. Elle ne pouvait déjà plus prétendre que l'esclavage des Noirs avait pour but de les protéger.

Elle se recoucha, enferma le coquillage dans son poing et se sentit en paix. Libre. Elle avait peur, elle était confuse, plus confuse que jamais à certains égards, mais sa décision était irrévocable. Elle n'épouserait pas Edward.

Il lui fallait maintenant songer à son avenir.

Elle réfléchit presque jusqu'au matin. Elle se remémora toutes les femmes célibataires qu'elle avait connues : Mme Gray, tante Béatrice, Mlle Taylor qui lui enseignait les bonnes manières. Elle considéra chacun des jeunes et moins jeunes hommes de sa connaissance qui étaient libres de se marier. Elle pesa le pour et le contre, imagina ce que serait sa vie avec chacun d'eux. Elle arrêta enfin son choix, si aléatoire fût-il, sur le meilleur parti possible.

CHAPITRE 23

Le lendemain, Lisbeth laissa entendre à mère qu'elle allait rendre visite à Mary. Ses parents auraient été abasourdis de connaître sa véritable destination. Après avoir roulé pendant une heure, elle s'arrêta devant une résidence modeste mais bien construite. Des roses et des œillets d'Inde en pleine floraison bordaient la pelouse. Sept marches de couleur verte menaient à une véranda meublée de fauteuils en osier. Lisbeth les monta sans se presser en respirant lentement et délibérément pour calmer son cœur qui battait à tout rompre puis, craignant que le rouge ne lui soit monté aux joues, elle s'arrêta quelques instants et s'éventa avec un mouchoir. Elle ouvrit la contre-porte à moustiquaire et frappa trois petits coups sur le bois vert brillant de la porte, puis attendit, les bras le long du corps, qu'on vienne lui ouvrir.

Une domestique corpulente la scruta depuis l'intérieur de la maison.

— Vous désirez, maîtresse ?

— Je désire voir M. Matthew. Est-il chez lui ?

— Oui. Asseyez-vous. Je m'en vas le prévenir.

Elle précéda Lisbeth jusqu'à un petit salon avec un canapé, deux fauteuils et un piano à queue. La pièce était conviviale, nullement intimidante. Toujours debout, Lisbeth regardait autour d'elle quand Matthew arriva. Il écarquilla ses yeux noisette et un petit sourire se dessina à ses lèvres.

— Elizabeth ? fit Matthew, l'air ravi. Quelle bonne surprise. Je suis si content de te voir ! Que me vaut l'honneur de ta visite ? As-tu besoin de mon aide pour ton mariage ? Tu sais que je serai toujours heureux de te rendre service.

— Oh, Matthew… j'espère sincèrement que tu pourras m'aider.

Lisbeth se retint de pleurer en respirant à fond. Sensible à sa détresse, Matthew la pria de s'asseoir et alla chercher de la limonade. À son retour, Lisbeth marchait de long en large.

— Assieds-toi, s'il te plaît, le pria-t-elle. Tu n'as sûrement pas l'habitude de rester assis pour écouter une femme te parler en arpentant la pièce, mais j'ai besoin de bouger. Et sans doute suis-je différente des autres. Cela dit, j'ai une question à te poser. Une question indiscrète qui me rend nerveuse. En fait, ce n'est pas ma seule question. J'espère que tu sauras me pardonner.

— Tu peux me poser toutes les questions que tu veux, Elizabeth. Ne crains surtout pas de m'offusquer.

Les émotions de Matthew, nerveusement assis au bord de son fauteuil, reflétaient celles de Lisbeth. Il était fébrile. Il bougeait la jambe, tapotait son genou et suivait des yeux les allées et venues de Lisbeth.

Lisbeth essuya ses paumes humides sur la jupe de sa robe, s'arrêta, déglutit et, en cherchant ses mots, formula sa première question.

— As-tu déjà… connu… une esclave ?

Elle baissa les yeux, honteuse, incapable de dire les choses plus clairement. Elle se mordit la lèvre inférieure en espérant qu'il ait compris et attendit sa réponse.

— Tu parles de relations charnelles ? demanda Matthew, incrédule.

— Oui ! répondit Lisbeth avec un soupir, soulagée de ne pas devoir s'expliquer davantage.

Rouge de confusion, elle confirma :

— De relations charnelles.

Le silence s'abattit sur eux. Lisbeth n'osa pas lever les yeux de peur de voir l'expression de Matthew.

— Tu es venue ici pour me demander ça ? répondit Matthew, sous le choc.

Lisbeth acquiesça d'un signe de tête.

— Je suis très surpris. Mais, non. Je ne peux pas dire que j'ai eu des… des relations charnelles avec une esclave.

Lisbeth poussa un soupir de soulagement. Elle avait deviné juste.

— Ce que je vais te demander maintenant risque de te surprendre encore plus, dit-elle. Accorde-moi quelques instants.

En route, elle avait préparé sa demande, elle l'avait répétée mentalement. Mais maintenant, aucune de ces formulations ne lui paraissait appropriée. Elle but une gorgée de limonade et inspira longuement. Elle chercha avec anxiété les mots justes, mais aucun ne lui vint à l'esprit. Finalement, elle se lança.

— Je… j'ai décidé de ne pas épouser Edward Cunningham, lâcha-t-elle.

Une digue venait de s'ouvrir en elle. Lisbeth regarda Matthew franchement. Abasourdi, il écarquilla les yeux. Elle enchaîna, vite, vite :

— Emmène-moi avec toi dans l'Ohio ! Comme ta femme. J'ai besoin d'un mari. Tu n'es pas fiancé. Nous aimons tous les deux Shakespeare.

Matthew se laissa retomber contre les coussins du fauteuil et regarda fixement Lisbeth. La confusion la plus totale se lisait sur son visage.

— Tu plaisantes ?

L'effet de l'adrénaline s'arrêta brutalement. Lisbeth se sentit défaillir et s'affaissa dans le canapé. Tremblante, elle eut envie de se rouler en boule et de disparaître. Elle fit appel au peu d'énergie qui lui restait.

— J'espère que tu pourras pardonner mon audace, dit-elle poliment. J'ai été stupide. C'était ma meilleure solution. Mais je comprends que tu ne veuilles pas de moi pour épouse.

Elle se leva pour partir.

— Adieu, Matthew. Merci de m'avoir accueillie. Je regrette de t'avoir embarrassé. Je te prierais de ne pas ébruiter cette conversation.

— Tu m'as mal compris, Elizabeth, dit Matthew.

Il alla vers elle, leva la main et toucha délicatement son bras. Elle se rassit, consciente du fait que son genou, qui tremblait, touchait presque le sien. Matthew la regarda intensément.

— Je n'ai pas dit que je ne voulais pas de toi pour épouse. Mais je ne comprends pas pourquoi tu voudrais de moi pour époux.

— J'ai vu Edward… avec une esclave, raconta-t-elle, impatiente de se justifier. J'ai honte de l'avouer, mais j'ignorais qu'il se passait de telles choses. Après, je n'ai plus su prétendre que les nègres gagnaient à être esclaves. Mes parents m'ont toujours assuré que nous sommes bons envers eux, qu'ils ont besoin de nous pour avoir une vie décente, qu'ils ont besoin de notre aide pour être de vrais chrétiens et pour gagner leur salut éternel.

La voix de Lisbeth s'imprégna de colère et de véhémence.

— Mais qu'y a-t-il de chrétien à posséder une fille contre sa volonté ? enchaîna-t-elle. Si j'étais la femme d'Edward, je ne pourrais pas prier Dieu chaque soir. Mais je le peux, si je suis mariée avec toi. À vrai dire, je veux épouser un homme bon plutôt qu'un bon parti. Je crois que tu es cet homme-là.

Lisbeth scruta Matthew en quête d'un signe qui lui indiquerait qu'il avait compris. Matthew hocha lentement la tête.

— J'espère seulement te prouver que tu auras eu raison d'avoir confiance en moi, dit-il.

Il rit et un sourire amusé se dessina sur son visage.

— Ce n'est pas une plaisanterie ? demanda-t-il. Tu veux vraiment m'épouser ? Tu as bien saisi que je me rendrai dans l'Ohio pour cultiver la terre ? Je n'aurai pas d'esclaves, que des travailleurs salariés. Ma maison ne sera même pas aussi spacieuse que celle-ci. Elle n'aura que quatre chambres et aucun cabinet de travail.

— Je comprends. Si tu veux de moi, j'irai.

— Es-tu libre de te marier ? Tes parents seront-ils d'accord ?

— Oui, je suis libre, répondit Lisbeth qui n'avait pas encore parlé à Edward. Et non, mes parents ne seront pas d'accord. Mais ils ne décideront pas pour moi. Je suis prête à t'épouser sans leur consentement. Je suis majeure. Ils ne peuvent pas empêcher ce mariage si j'ai en main mon certificat de naissance.

Matthew mit un genou à terre et prit la main de Lisbeth dans la sienne. Il tremblait. Plongeant ses yeux dans ceux de Lisbeth, il dit clairement :

— Elizabeth Wainwright, me feras-tu l'honneur de devenir ma femme ?

Lisbeth regarda le doux visage de Matthew et ses beaux yeux noisette remplis d'espoir. Un frisson lui parcourut l'échine. C'était plus encore que ce qu'elle avait espéré. Matthew était un homme si généreux. Des larmes de soulagement et d'espoir luisirent dans ses yeux.

— Oui, Matthew.

Elle se pencha pour l'étreindre, mais recula aussitôt, intimidée. Elle avait déjà été assez hardie. Elle ne tenait pas à perdre son respect.

Matthew s'éclaircit la voix et se rassit.

— Quand le ferons-nous ? Désires-tu un grand mariage ?

— Marions-nous le plus vite possible, veux-tu ? Devant un juge de paix.

— Comme tu voudras. Tes désirs sont des ordres.

Lisbeth lui fit part du plan qu'elle avait conçu la nuit précédente.

— J'aimerais que nous nous mariions à Charles City lundi. J'annoncerai la nouvelle à mes parents après coup.

Évidemment, elle annoncerait aussi la nouvelle à Edward, mais elle ne crut pas utile de le préciser. Jusqu'au lundi matin, ils feraient mine de rien et vivraient comme avant. Matthew accompagna Lisbeth à sa voiture et l'aida à y monter.

En s'éloignant, elle sentit qu'il la regardait.

Lisbeth se réjouit de sa bonne fortune. Elle avait réussi. Elle avait trouvé une solution pour ne pas gâcher sa vie.

À des lieues de tout ce qui se passait autour d'elle, Lisbeth supporta le dîner en silence. On discutait, comme d'habitude, des désaccords persistants avec le Nord et de leurs conséquences probables, de l'arrogance des abolitionnistes et des raisons qui justifiaient ou non que le Sud fasse sécession des États de l'Union. Lisbeth ne prêtait pas beaucoup d'attention à la conversation. Elle vivrait bientôt en territoire libre où elle n'aurait pas à se préoccuper des aspects politiques et moraux de l'esclavagisme. Elle laisserait tout cela derrière elle.

Mère ne comprenait pas les vraies raisons du détachement de Lisbeth.

— Je suis si heureuse de voir que tu es complètement remise, Elizabeth. Tu es tout à fait à l'aise, ce soir. C'est de bon augure pour ton aptitude à assumer ton rôle à White Pines.

Lisbeth ne se coucha pas tout de suite après la prière du soir, mais lut dans un fauteuil à la faible lueur d'une lampe à huile. Elle refusa le lait chaud qu'Emily avait offert de lui préparer. En luttant contre le sommeil jusqu'au plus noir de la nuit, elle attendit que toute la maisonnée dorme profondément. À deux heures du matin, elle quitta le refuge de sa chambre.

Elle parcourut le couloir en s'éclairant de la lampe, descendit l'escalier et entra dans le cabinet de travail de son père. Elle chercha son certificat de naissance dans les tiroirs de son bureau. Celui du haut renfermait de l'encre, des plumes, un couteau et tout un bric-à-brac. Celui du bas, des livres comptables, des papiers, plusieurs années de registres de vente des récoltes. Aucun certificat de naissance.

Elle fouilla la bibliothèque. Les étagères supérieures étaient pleines de livres à reliure de cuir. Sur l'étagère du bas, se trouvaient un coffret en fer forgé plein de documents. Elle le déposa sur le bureau de père et en examina les papiers, prenant soin de remettre chacun à sa place. L'un de ceux-là était un arbre généalogique très détaillé qui remontait à plusieurs générations.

Elle y chercha son nom, le trouva : *Elizabeth Ann Wainwright, 14 avril 1837, née vivante*. Deux traits reliaient son nom à ceux de ses parents. À côté du sien, celui de Jack, suivi de trois autres entrées : *Bébé Wainwright (garçon), 20 août 1840, mort-né* ; *Bébé Wainwright (garçon), 30 septembre 1841, mort-né* ; et *Bébé Wainwright (fille), 27 avril 1842, mort-née*. Lisbeth en fut bouleversée. Elle ne se souvenait pas d'avoir vu sa mère enceinte ni d'avoir entendu dire que ses parents avaient perdu autant d'enfants.

Un autre nom apparaissait à la gauche du sien : Emily. Un trait interrompu par un point d'interrogation reliait le nom d'Emily à celui de père.

— Mon Dieu ! s'exclama Lisbeth avec un hoquet de surprise.

Un autre trait, également coupé en son milieu par un point d'interrogation, allait d'Emily à l'oncle Alistair. Ce papier qui prouvait qu'Emily était sa parente – sa demi-sœur ou sa cousine – la détermina encore plus fermement à partir.

Elle dépouilla avidement les autres documents, y trouva son certificat de naissance, remit tout en ordre et remonta dans sa chambre sans être vue. Elle cacha le certificat dans l'armoire et dormit du sommeil du juste.

Chapitre 24

Après deux longues et angoissantes journées à faire comme si de rien n'était, le lundi matin arriva enfin. Avant de se lever, Lisbeth passa en revue les événements de la journée à venir. Elle s'imagina aux côtés de Matthew devant le juge de paix dont elle ne parvenait pas à se représenter le visage. Elle sentit un léger mouvement de panique la gagner, qu'elle réprima aussitôt. *C'est la bonne décision !* se persuada-t-elle.

Elle réfléchit à ce qu'elle dirait à Edward après la cérémonie et s'imagina annoncer son union à ses parents.

Lisbeth eut du mal à choisir une robe. Elle ne voulait pas éveiller les soupçons de ses parents, mais tenait quand même à être joliment vêtue pour ses noces. Elle passa un long moment à trier ses vêtements pendant qu'Emily attendait. Il lui fallait une robe non seulement seyante, mais qu'elle puisse enlever elle-même, car elle ignorait si quelqu'un l'assisterait. Où serait-elle, et avec qui, au moment venu de se dévêtir ? Elle n'osa pas y songer. De toute façon, elle devrait apprendre à s'habiller et se déshabiller toute seule à l'avenir. Elle entrait aujourd'hui dans sa nouvelle vie. Elle finit par choisir une robe en broderie suisse à petits pois saphir, sur un fond bleu ciel qui boutonnait sur le devant. Comme elle n'était pas trop ajustée, elle pouvait la porter avec un corset lacé sur le côté.

Emily eut l'air surprise quand Lisbeth mit le même soin à choisir sa coiffure, mais elle ne dit rien. Elle essaya un chignon torsadé serré, puis elle remonta ses cheveux et opta enfin pour un chignon lâche. Pour la touche finale, Lisbeth voulut porter le coquillage en pendentif, mais ses mains tremblantes refusèrent de coopérer. Emily se chargea d'attacher la cordelette sans faire de commentaire.

— Merci Emily, dit Lisbeth en glissant le coquillage sous son corsage. C'est très aimable à toi.

— C'est-y que tout va bien, mam'zelle ?

— Ça ira. Je suis seulement un peu nerveuse. Il se passe quelque chose d'important aujourd'hui. Je t'en parlerai à mon retour.

Elle dit à mère qu'elle allait rendre visite à Mary mais dirigea son cheval vers la maison familiale de Matthew. Il l'attendait dans la véranda. Elle eut la joie de le voir vêtu d'un beau costume pour l'occasion. C'était incroyable et pourtant vrai. Ils allaient se marier. Il la salua d'un signe de tête. Quand il l'aida à descendre de voiture, il semblait décontenancé. Il lui fit un sourire, qu'elle lui rendit.

— Je suis content de te voir, dit-il. Tu es très jolie.

— Merci, répondit Lisbeth en baissant les yeux, confuse.

— Tu es sûre de vouloir aller jusqu'au bout ? demanda-t-il en penchant la tête pour mieux voir son visage.

— Oui, dit Lisbeth, osant, cette fois, le regarder dans les yeux.

Ils empruntèrent la voiture de Matthew pour se rendre à Charles City. Lisbeth chercha quelque chose d'intéressant à dire. Il lui avait toujours été facile de dialoguer avec le jeune homme, mais voilà qu'aujourd'hui elle cherchait ses mots. Elle se repassa mentalement les leçons de Mlle Taylor.

— Nous avons de la chance que le temps soit doux aujourd'hui, dit-elle.

— Oui, acquiesça Matthew. Il l'est.

— Le climat est-il similaire dans l'Ohio ? fit Lisbeth.

— On dit que les étés sont plus chauds et les hivers plus frais.

Lisbeth hocha la tête mais ne trouva aucun autre sujet de conversation.

— J'ai prévu d'emménager là-bas au début du mois de mai afin de superviser les semailles, expliqua Matthew. Est-ce que cela te convient ?

— Oui, Matthew. Ce qui te convient me convient.

— Il n'y a aucune maison encore sur la terre dont j'ai fait l'acquisition. J'en fais construire une. Nous habiterons en ville jusqu'à ce qu'elle soit prête. Tu pourras décider de l'aménagement de la cuisine. Elle sera comme tu le souhaites.

— Mon Dieu. Je n'ai aucune expérience, dit Lisbeth, anxieuse. Je ne sais pas cuisiner.

Combien de choses ne savait-elle pas faire ! La lessive, la cuisine, tenir une maison…

— Je n'ai pas voulu t'inquiéter, se hâta d'ajouter Matthew. Évidemment, nous engagerons une cuisinière. J'ai seulement voulu dire que tu pourras organiser cette pièce comme bon te semblera.

— Merci, Matthew, répondit Lisbeth, soulagée. Je pense, en effet, qu'il serait sage d'engager une cuisinière. Elle pourra aussi m'apprendre à préparer les repas.

En route vers le lieu de la cérémonie, ils firent de prudents projets d'avenir. À Charles City, tout se déroula très vite. Lisbeth avait craint que le juge refuse de leur accorder un permis de mariage, mais son certificat de naissance prouvait qu'elle était majeure et lui évita ce problème. La courte cérémonie fut bouclée en moins de dix minutes. De retour à la voiture, Matthew s'inclina pour embrasser Lisbeth qui lui présenta sa joue. Se souvenant qu'elle devait offrir ses lèvres à son mari, elle tourna la tête, trop tard. Le baiser de Matthew atterrit sur sa commissure.

— Pardonne-moi, balbutia-t-il.

Lisbeth rougit. Honteuse de ne pas savoir comment agir avec Matthew maintenant qu'il était son mari, elle ne dit presque rien en route. Elle lui était si reconnaissante.

Elle espérait qu'il ne regrettait pas de l'avoir épousée.

Lisbeth s'éloigna de la maison familiale de Matthew qui était maintenant devenue sa propre résidence temporaire. Matthew lui avait offert de l'accompagner mais elle préférait affronter seule Edward et ses parents. Depuis deux jours, elle répétait ce qu'elle leur dirait. Elle pria plutôt Matthew de venir la retrouver à Fair Oaks à l'heure du dîner. Soit ils dîneraient en famille, soit Lisbeth repartirait avec son mari avant le repas. Cette décision appartiendrait à ses parents.

Arrivée à White Pines, Lisbeth inspira profondément pour calmer son agitation. Elle confia la voiture au palefrenier, un grand bonhomme d'un certain âge. Il l'avait toujours attendue devant la résidence à chacune de ses visites, mais pour la première fois, elle le regarda en essayant d'imaginer sa vie.

— Merci, Francis, dit Lisbeth en espérant ne pas s'être trompée de nom. Bon après-midi.

Le palefrenier eut une expression de surprise.

— Bonjour à vous aussi, mam'zelle. C'est une bien belle journée.

— C'est en effet une journée particulièrement belle. Je ne resterai pas longtemps. Ce n'est pas la peine de dételer Shadow.

— Oui, mam'zelle. Merci, mam'zelle.

Madame, songea Lisbeth. *Dorénavant, ce sera madame.* Mais elle ne le corrigea pas.

La domestique fit entrer Lisbeth dans l'élégant boudoir. Nerveuse, elle attendit Edward debout devant le canapé. Il eut l'air soulagé en la voyant.

— Elizabeth. Cette visite inattendue me ravit. Tu es magnifique. Je vois que tu es complètement remise de ton *malaise*, dit Edward avec une déférence un tantinet ironique.

Lisbeth ne lui répondit pas et ne fit pas même un mouvement vers lui. C'est Edward qui s'approcha d'elle.

— As-tu reçu le collier que je t'ai fait porter ? Mère m'a aidé à le choisir. Elle désirait qu'il soit simple et à ton goût. Mais je vois que tu ne le portes pas. Tu lui as préféré cette vieille chose. C'est par nostalgie, je suppose. Veux-tu que je demande à mère et à Emma de venir prendre le thé avec nous ?

Il voulut l'embrasser sur la joue, mais elle se dégagea et s'assit. Il s'installa à côté d'elle et tenta de prendre ses mains dans les siennes, mais elle les croisa fortement. Elle s'écarta de lui et plongea ses yeux dans les siens. Son cœur battait vite, mais elle était déterminée à être claire et ferme.

— Edward, je tenais à te parler en tête à tête. Ce n'est pas facile pour moi.

Elle s'arrêta, s'éclaircit la voix et enchaîna :

— Je… je suis venue te dire que je ne t'épouserai pas. Chaque jour depuis l'incident, j'ai demandé à Dieu qu'il me guide et je sais maintenant qu'il est hors de question pour moi de devenir ta femme.

— Elizabeth, aurais-tu perdu la tête ? s'écria Edward, indigné. Si c'est à cause de l'épisode sous le saule, je te promets que cela ne se reproduira pas. Quand nous serons mariés, il n'y aura pas d'autre femme. Je peux aussi me retenir jusqu'à notre nuit de noces. Tu n'as aucune raison de t'inquiéter.

Il allongea le bras et lui caressa la main du bout du doigt. Elle la retira aussitôt, dégoûtée.

— Edward, j'en suis venue à comprendre qu'il ne s'agit pas de toi et moi, mais de la fillette que tu possédais. Quand je ferme les yeux, le soir, je revois son visage, sa souffrance, son désespoir. C'était mal de la traiter de cette façon. En toute franchise, Edward, je suis devenue abolitionniste.

Edward la regarda comme si elle l'avait giflé. Elle reprit son souffle et poursuivit sur sa lancée.

— Le jour de mon anniversaire, j'ai compris… J'ai compris que c'était mal d'être le propriétaire d'un autre être humain. Je refuse cet état de choses. Je m'en vais vivre dans un État libre. Je vais dans l'Ohio.

— Alors, là, tu as vraiment perdu la tête ! cria Edward avec mépris. Tu n'as rien ! Tu n'as aucune fortune personnelle. Tes parents ne te le permettront pas. Tu te comportes comme une gamine, tout ça pour une vétille. T'attends-tu à ce que je te supplie ? Qu'espères-tu accomplir par cette menace ? Quelle curieuse façon d'entamer un mariage ! Je serai ton mari. Je ne ramperai pas devant ma future épouse. Cela suffit. Je ne veux plus en entendre parler. C'est fini.

— C'est fini, en effet, acquiesça Lisbeth d'une voix délibérément calme. Car ma décision est prise. Ce n'est pas une menace, Edward. Je ne t'épouserai pas.

— Comment peux-tu gâcher ainsi ta vie et la mienne ? hurla-t-il.

— Je ne gâche pas ma vie. Je la protège. En ce qui te concerne, sache que je me suis attachée à toi depuis…

— Attachée ? grogna Edward, incrédule. Jolie consolation. C'est scandaleux.

— Transmets mes adieux à ta mère et à ta sœur, je te prie, dit-elle avec un sang-froid que démentaient les battements furieux de son cœur.

Se levant, elle lui remit une pochette en velours rouge qui renfermait tous les cadeaux qu'il lui avait offerts.

Elle courut à la porte pour le fuir. Les quelques domestiques qui étaient dans le hall virent Edward talonner Elizabeth.

— Ne te donne pas la peine de revenir quand tu auras changé d'idée ! Tu es finie !

Elle voulut tourner la poignée qui glissa de sa main humide. Elle essuya sa paume sur sa jupe, puis réussit à ouvrir la porte.

Dehors, dans la véranda, elle entendit la porte claquer derrière elle et un bruit de verre cassé. Un éclat pointu rebondit sur sa cheville, y traçant une fine coupure. Elle poussa un petit cri mais ne se retourna pas. Elle ne souhaitait pas revoir Edward.

Heureuse de trouver sa voiture devant la porte, elle dévala les marches et ne regarda la véranda qu'une fois à l'abri dans son véhicule. La porte s'ouvrit brusquement et Edward sortit, le regard furibond et les joues empourprées de rage. D'un grand geste du bras, il lança un objet dans sa direction. Le collier traça un grand arc dans les airs, évitant de justesse Lisbeth quand elle baissa la tête. Elle fouetta son cheval. Les yeux haineux, Edward continua à lancer les bijoux en ponctuant chaque mouvement du bras par des imprécations.

— Personne… ne… voudra… plus… jamais… de… toi !

Un des projectiles, une boucle d'oreille en saphir, tomba aux pieds de Lisbeth dans la voiture. Elle arrêta son cheval, rejeta le bijou au loin et tourna la tête une dernière fois. Edward était assis sur la plus haute marche, le visage dans ses mains, les doigts enfouis dans sa chevelure brune, secoué de sanglots. Devant lui, Francis ramassait calmement les bijoux éparpillés.

— Je ne me suis pas trompée. Je ne me suis pas trompée. Je ne me suis pas trompée, scandait Lisbeth, en larmes, tout en poursuivant son chemin.

— Ta sortie t'a sûrement fatiguée, ma chérie, déclara mère négligemment. Repose-toi quelques minutes avant le dîner. Nous passerons à table dans une heure.

— Mère, père, j'ai quelque chose à vous dire, annonça Lisbeth d'une voix tremblante. Cela ne peut pas attendre.

Elle examina ses parents, regarda autour d'elle. Cette pièce lui serait peut-être interdite à jamais. Elle remarqua la dernière serviette de table de son trousseau dans le panier à couture, les rideaux de velours, l'odeur de fumée mêlée à celle du parfum. Les souvenirs affluèrent. Elle se revit en train de broder près du feu en écoutant de la poésie, ou à chanter en s'accompagnant au piano, ou à mémoriser des passages de la Bible. Elle se rappelait père lisant le journal tout en argumentant, pendant que mamie Wainwright défaisait les points de son ouvrage. Elle s'imprégna de chaque recoin de la pièce avant de regarder à nouveau ses parents. Elle voulait se montrer courageuse et sûre d'elle, mais ses yeux humides la trahirent.

— Tu me fais peur, Elizabeth, dit mère avec fermeté, mais sans pouvoir cacher son angoisse. Cesse de dramatiser et exprime-toi.

— Allons, parle, insista père.

— Je n'épouserai pas Edward, lâcha Lisbeth.

— Oh, ce n'est que cela, dit mère, manifestement soulagée. Tu es nerveuse, c'est tout. Toutes les jeunes filles sont nerveuses avant leur mariage. Tu m'as fait craindre le pire. Va te reposer. Tu te sentiras mieux après.

— Non, mère, insista Lisbeth. Je n'épouserai pas Edward. En fait… je suis déjà mariée… avec quelqu'un d'autre.

Père bondit, scandalisé. Il ne comprenait pas.

— Que veux-tu dire par *déjà mariée* ? Elizabeth, il n'y a pas là matière à rire !

— Mère, père, je suis navrée, dit-elle d'une toute petite voix, mais je n'épouserai pas Edward et je ne serai pas la maîtresse de White Pines. J'ai épousé Matthew Johnson aujourd'hui. Nous irons vivre dans l'Ohio. Je ne vous demande pas de nous comprendre, seulement de l'accepter.

— Matthew Johnson ! hurla mère, écarlate. Tu t'attends à ce que Matthew Johnson devienne le père de mes petits-enfants ? Dans l'Ohio ? Il n'en est pas question. Je te l'interdis.

— Il est trop tard, mère. Nous nous sommes mariés cet après-midi à Charles City.

— Nous ferons annuler ce mariage, déclara père.

— Je refuse de faire annuler mon mariage, répliqua Lisbeth avec détermination. Je resterai la femme de Matthew Johnson.

Père fulminait, allant et venant entre le piano et le gros globe terrestre. Incapable de se contenir, il fusilla Lisbeth de ses yeux enflammés de colère.

— Tu n'as aucune conscience des conséquences de ta décision, siffla-t-il. Ta réputation sera ternie. Ma réputation sera ternie. Tu te couvriras de honte et tu déshonoreras ta famille et tout Fair Oaks. Je t'interdis formellement d'agir de la sorte.

— C'est déjà fait, rétorqua Lisbeth en tremblant de tous ses membres. Je suis une femme adulte. Vous ne pouvez pas m'empêcher de partir avec Matthew. Votre décision se résume à ceci : nous laisser partir avant ou après le dîner. Je vais faire mes bagages. Dites-moi, je vous prie, si je dois renoncer à emporter certains de mes effets personnels.

Elle récupéra la serviette de table inachevée qui était dans le panier à couture en prenant soin de contourner ses parents et passa le seuil. Derrière elle, père frappait du poing sur le piano au rythme des sanglots de mère.

Lisbeth monta à sa chambre en tremblant, se laissa tomber sur le fauteuil à bascule et pleura, secouée de hoquets. Elle pouvait enfin donner libre cours, dans ce refuge familier, aux émotions qu'elle avait vécues depuis le matin. Une main se posa doucement sur son épaule.

— Tenez, mam'zelle, dit Emily en lui offrant un verre d'eau.

Les mains de Lisbeth tremblaient trop.

— Je le laisse là. Dites-moi si qu'y vous faut autre chose. Dommage que vous êtes triste.

Lisbeth inspira profondément pour retrouver son calme et finit par balbutier un faible « merci ». Emily resta près d'elle en silence, lui tapotant le dos, lui murmurant des mots de réconfort. Quand Lisbeth eut enfin séché ses larmes, elle avala une gorgée d'eau, épongea son visage et annonça à Emily qu'elle devait faire ses bagages.

— Déjà ? Le mariage, c'est juste dans deux semaines, mam'zelle.

— À vrai dire, même si la chose est difficile à croire, je suis déjà mariée. J'ai rompu mes fiançailles avec Edward Cunningham. Je suis maintenant Mme Matthew Johnson. Nous nous sommes mariés ce matin. Je pars avec lui ce soir. Va chercher ma malle, veux-tu ?

— Oui, répondit Emily.

Sur le seuil, elle se retourna et dit doucement :

— Félicitations.

— Merci, Emily. Merci beaucoup.

— C'est-y que je me prépare à partir aussi, mam'zel… pardon… m'dame ?

— Non, Emily. Tu ne seras pas le cadeau de noces que mes parents comptaient m'offrir.

Mère entra dans la chambre les yeux rougis et enflés tandis que Lisbeth choisissait avec Emily ce qu'elle emporterait et ce qu'elle laisserait. Elle avait l'air inquiète et épuisée. Elle s'assit dans le fauteuil devant le foyer.

— Je ne changerai pas d'idée, mère, prévint Lisbeth pour la devancer.

— Tu es bouleversée, évidemment. Ton père et moi le sommes aussi. Je cherche à comprendre ce qui te passe par la tête. Ce qu'a fait Edward t'a blessée, j'en conviens, mais son comportement justifie-t-il que tu gâches ta vie ? Je doute que tu comprennes ce à quoi tu renonces. Tu seras l'épouse d'un fermier et loin de ta famille. Tu pourrais vivre tout près d'ici, passer tes vacances avec nous, jouir des bonnes choses de la vie, cultiver tes amitiés. Tiens-tu vraiment à tout perdre ? Tu es vraiment ingénue et sentimentale si tu crois que Matthew Johnson te sera fidèle. Oui, Edward t'a fait du mal, mais tu t'en fais encore plus à toi-même.

— Je vais vous dire ce que j'ai dit à Edward, lui lança Lisbeth, bien que je sache à l'avance que vous ne me comprendrez pas mieux qu'il ne m'a comprise. Je n'ai pas annulé ce mariage parce que Edward m'a blessée. J'ai rompu nos fiançailles à cause de la fillette à qui il a fait du mal.

— Qu'est-ce que tu racontes ? s'écria mère.

— Voilà le problème, mère ! Vous ne voulez pas admettre qu'il a traumatisé cette pauvre fille en la possédant, alors que moi, je ne parviens pas à chasser cette image de mon esprit ! Chaque soir, en fermant les yeux, je revois son visage. Qu'a-t-elle fait pour mériter qu'on la traite ainsi ? Elle souffre, elle souffre infiniment plus que je ne souffrirai jamais. Et vous essayez de me convaincre – de vous convaincre – qu'elle était flattée de ce qui lui arrivait ? Je ne vous crois pas, mère. Elle ne l'était pas le moins du monde. Elle endurait un supplice. Et c'est la raison pour laquelle je vais vivre dans l'Ohio, un État libre, où je n'aurai rien à faire avec ce fléau qu'est l'esclavage.

— Quelle naïveté, dit mère avec dérision. Où que tu ailles, l'esclavage te suivra. Il fait autant partie de toi que la couleur de tes cheveux et le sang qui coule dans tes veines. Il est un des fondements de ce pays et n'est pas près de disparaître. Gâcher ta vie pour une négresse… Tu me fais honte.

Lisbeth ne sut que répondre. Elle avait prévu l'incompréhension et l'absence de compassion de sa mère. Il n'y avait aucune raison de prolonger leur discussion. Les deux femmes se turent et Lisbeth continua d'emballer ses affaires avec Emily qui n'avait rien perdu de leur échange.

Au bout du compte, Lisbeth rompit le silence.

— Mère, j'aimerais prendre le fauteuil à bascule, si vous n'y voyez pas d'inconvénient.

— Tu peux prendre tout ce qu'il y a dans cette chambre, sauf Emily.

Mère se leva et regarda en soupirant les effets personnels de Lisbeth sur le lit. Elle alla à la porte à pas lents et, sur le seuil, elle parla d'une voix douce, les yeux luisants de larmes.

— Préviens-moi quand tu seras prête. J'enverrai William prendre tes affaires. Matthew et toi n'êtes pas les bienvenus à ma table.

Lisbeth inspira longuement pour calmer ses nerfs. Elle adressa un sourire maladroit à Emily avant de se remettre au travail. Elle entendit s'ouvrir et se refermer la porte d'entrée. Curieuse, elle descendit au rez-de-chaussée. Le hall était désert, mais des voix lui parvinrent du cabinet de travail de père. Elle s'en approcha.

— Éloigne-toi de cette porte, Elizabeth ! lui ordonna mère.

— À qui père parle-t-il ?

— À Matthew. Il lui fait entendre raison.

Lisbeth repoussa sa mère, tourna la poignée mais ne put ouvrir la porte. Elle était verrouillée. Elle frappa.

— Père, laissez-moi entrer !

— Arrête, Elizabeth ! lui ordonna mère. Ton père et moi faisons cela pour ton bien. Il n'est pas question de te laisser agir sans intervenir.

Lisbeth plaqua son oreille contre le bois de la porte mais ne put saisir ce qui se disait.

— Vous ne parviendrez pas à nous intimider, mère. Je ne changerai pas d'idée. Et Matthew non plus.

Elle cogna de nouveau à la porte.

— Ton père a offert mille dollars à Matthew pour qu'il accepte d'annuler ce mariage. Il lui fait également comprendre que vous ne recevrez pas un sou de nous si vous persistez dans ce déshonneur. Tu sais bien qu'il t'a épousée pour ton argent, Elizabeth.

Lisbeth était consternée. Elle savait que ses parents n'approuveraient pas sa décision, mais jamais elle n'avait cru possible qu'ils en viendraient à les soudoyer. La colère et la peur s'emparèrent d'elle. Elle frappa à grands coups. Finalement, la porte s'ouvrit. Père avait un chèque à la main. Matthew jetait à Lisbeth des regards implorants.

— Est-ce vrai ? demanda Matthew. Ton père dit que tu as changé d'idée. Je veux l'entendre de ta bouche. Je ne veux pas d'argent, mais si tu veux annuler notre mariage, qu'il en soit ainsi.

Lisbeth alla vers lui, prit sa main et le regarda dans les yeux.

— C'est faux, Matthew. Il te ment. J'ai choisi Matthew, poursuivit-elle à l'intention de ses parents. Je le choisis. Je ne changerai pas d'avis. Nous n'avons que faire de votre argent.

Avant que ses parents ne puissent répondre, on entendit s'ouvrir et se refermer la porte d'entrée. Père sortit.

— Qui est-ce, mère ? demanda Lisbeth.

— Le shérif. Il vient faire valoir nos droits.

— Et les miens, mère ? dit Lisbeth, affolée. Je suis majeure. Vous ne pouvez pas m'obliger à épouser Edward.

La porte s'ouvrit et père entra, suivi du shérif et de Jack.

— Le shérif Hugues a quelques questions à te poser, Matthew, dit père. Elizabeth, va attendre au salon.

— Je ne veux… commença Lisbeth.

— J'irai vous parler après, mademoiselle, interrompit le shérif.

— *Madame*, rétorqua Lisbeth.

Elle sourit nerveusement à Matthew et serra son bras en lui chuchotant : « Nous ne nous trompons pas. » Il lui rendit son sourire et tapota sa main. Lisbeth et mère laissèrent les hommes seuls.

Mère regarda Lisbeth arpenter le salon comme père l'avait fait plus tôt dans la soirée entre le grand globe terrestre et le piano. Lisbeth avait les nerfs à fleur de peau. Cela n'en finissait plus. Elle alla jeter un coup d'œil dans le couloir. La porte du cabinet de travail était toujours fermée.

— Reviens ici, Elizabeth ! lui ordonna mère.

Lisbeth ne répondit pas. Elle resta sur le seuil, les yeux rivés sur la porte. Quelques minutes plus tard, le shérif, Jack et père sortirent en bavardant. Matthew n'était pas avec eux. Quand ils furent au salon, le shérif accepta le verre que père lui offrit, puis s'adressa à Lisbeth.

— Où est Matthew ? demanda-t-elle.

— Je vous interroge séparément, dit le shérif Hugues. Votre père me dit que M. Johnson a fait pression sur vous pour que vous l'épousiez. Il le nie, mais c'est une réaction à laquelle nous nous attendions. N'ayez pas peur de provoquer la colère de M. Johnson. Nous vous protégerons.

— Il n'a pas fait pression sur moi. En fait, c'est moi qui lui ai demandé de m'épouser.

— Vous êtes trop jeune pour prendre une telle décision, répliqua le shérif. La loi est on ne peut plus claire. Vous ne pouvez pas vous marier sans le consentement de vos parents, et ils ne vous l'ont pas donné.

— Je suis majeure, déclara Lisbeth.

Perplexe, le shérif regarda père.

— Elizabeth n'a aucune preuve de son âge, dit père en riant. C'est sa parole contre la mienne. Et je me souviens de sa naissance mieux qu'elle.

— Au contraire, je détiens la preuve de ma majorité, rétorqua Lisbeth. Mon certificat de naissance dit que j'ai vingt et un ans.

— Hélas, Elizabeth, nous n'avons pas accès à ton certificat de naissance, dit père, narquois. J'en suis navré.

— Mais je l'ai, père.

— Quoi ? fit-il, surpris.

— Je l'ai rangé avec mes affaires. Il dit que je suis née le 14 avril 1837. J'ai vingt et un ans. Je suis majeure. Et j'ai pris ma décision.

— Allez me chercher ce document, dit le shérif.

Lisbeth monta à sa chambre en vitesse et en rapporta le papier.

— C'est bien son certificat de naissance ? demanda le shérif à père après l'avoir examiné.

Père hocha la tête en marmonnant.

— Elle est donc en âge de se marier sans votre consentement, dit le shérif Hugues à père.

— Matthew Johnson a profité d'Elizabeth, insista mère. Il l'a poussée à commettre cette erreur.

— Est-ce vrai ? demanda le shérif.

— Non. Je vous l'ai déjà dit. Matthew ne m'a pas poussée à l'épouser. Je l'ai fait de mon propre chef.

— Je suis navré, monsieur et madame Wainwright. La loi ne peut rien pour vous. La jurisprudence est parfaitement claire. Je vais prendre congé, si vous le permettez.

Ils restèrent tous les quatre silencieux après le départ du shérif Hugues. Lisbeth avait l'impression d'être une poupée de chiffon abandonnée dans la tempête. Elle espérait que l'affaire soit bouclée, mais craignait en même temps l'arrivée d'une autre bourrasque. Elle calma son agitation et réfléchit avant de parler.

— Mon mari et moi allons partir, maintenant. Nous reviendrons prendre mes affaires demain matin.

— Elizabeth, dit mère, tu sais que nous avons tes intérêts à cœur.

— Vous me l'avez dit. Je crois que vous pensez savoir ce qui est dans mon intérêt, alors qu'en fait vous ignorez tout de ce qui se passe dans mon cœur et dans mon âme. Et cela ne vous intéresse pas. Avec le temps, vous verrez que ma décision était la bonne.

Lisbeth alla rejoindre Matthew au fond du couloir. Il se leva d'un bond quand elle ouvrit la porte. Elle s'approcha de lui.

— Le shérif est parti, lui annonça-t-elle. Si nous partions aussi ?

— Nous sommes libres ? demanda Matthew.

— Oui, Matthew. Nous sommes libres.

Les deux époux se sourirent.

— Ont-ils renoncé ?

— Je n'en ai pas la certitude, mais je pense qu'ils perdront tout espoir quand ils nous verront nous éloigner. Tu ne t'imaginais certes pas avoir autant de problèmes quand tu as accepté de m'épouser…

— J'avais prévu la réaction de tes parents. Les gens de la vallée ont très peur des changements qui se préparent. Ils devront bientôt renoncer à leur façon de vivre. Je n'ai pas du tout envie de me battre pour eux et je suis très heureux que tu sois à mes côtés plutôt qu'ici, avec eux.

— Merci Matthew, dit tendrement Lisbeth. Je vais monter chercher quelques affaires pour ce soir. Veux-tu m'attendre ici ?

— J'aimerais t'accompagner, si cela ne t'ennuie pas.

— J'en serais très heureuse.

La présence de Matthew avec elle dans sa chambre lui parut étrange. Aucun jeune homme n'y avait encore mis les pieds. Emily arriva sur ces entrefaites.

— Matthew, je te présente Emily, dit Lisbeth. Emily, voici mon mari, monsieur Johnson. Nous ne prendrons que le nécessaire ce soir. Je viendrai chercher le reste demain.

— Félicitations pour votre mariage, m'sieur.

— Merci.

Lisbeth s'approcha de la fenêtre qui donnait sur le quartier. Matthew la suivit. Emily rangea les affaires de Lisbeth dans un sac de voyage.

— J'ai regardé par cette fenêtre tous les jours, deux fois par jour, d'aussi loin que je me souvienne, expliqua Lisbeth. Quand j'étais petite, ma nourrice et moi espérions voir son fils et le reste de sa famille. Je n'ai jamais renoncé à cette habitude. Pourtant Mattie est partie depuis neuf ans.

Il ne se passait pas grand-chose. Les travailleurs étaient rentrés des champs de tabac pour la nuit. Quelques personnes allaient et venaient entre les cabanes ou préparaient le repas dans des marmites, dehors. Lisbeth ne vit ni Rebecca ni personne de son entourage. Emily interrompit sa contemplation.

— Je pense que j'ai rien oublié, mam'zelle. Pardon, m'dame Johnson.

— Merci, Emily. Merci pour tout. Je te souhaite tout ce qu'il y a de mieux. Dis adieu pour moi à la cuisinière, à Rebecca et à sa famille, tu veux ? Je crains de ne jamais les revoir.

Emily hocha la tête. Matthew prit le sac de voyage et ils descendirent. Dans le hall, Lisbeth était tiraillée. Mère, père et Jack étaient sans doute encore au salon. Elle aurait aimé leur dire au revoir, mais ne désirait pas déclencher une scène. Elle était sur le point de sortir quand elle changea d'idée et ouvrit la porte du salon.

— Nous partons.

Père et mère la regardèrent. Lisbeth eut envie d'aller les prendre dans ses bras, mais décida de ne pas le faire.

— Je reviendrai demain prendre le reste de mes affaires. Serez-vous ici ?

— Quand tu seras partie, nous ne pourrons plus rien pour toi. Absolument rien. C'en sera fait de ta vie.

— Je sais ce que je fais, mère. Au revoir.

Elle referma la porte avant que ses parents ne puissent lui répondre.

Lisbeth vit disparaître au loin la maison de son enfance. Un tourbillon d'émotions la chavirait. Elle avait la gorge serrée et les yeux brûlants. Elle resta aux aguets, craignant que quelqu'un ne les suive, mais elle ne vit personne. Ils avaient sans doute capitulé. Elle était contente d'avoir pu partir, mais triste de quitter la seule maison qu'elle eût jamais connue. Jusqu'à la dernière minute, elle avait naïvement espéré que ses parents approuveraient sa décision. Elle avait terriblement déshonoré sa famille, et regrettait de les décevoir et de les faire souffrir à ce point.

Perdue dans ses pensées, silencieuse, elle ne vit rien du trajet. C'est seulement quand ils s'engagèrent dans le chemin qui menait chez Matthew qu'elle prit conscience des alentours.

— Pardonne-moi, Matthew. Je ne suis pas de très bonne compagnie.

— Je comprends que tu sois préoccupée, dit-il. Tu as vécu de bien grandes émotions aujourd'hui.

Elle ne saisissait pas encore tout à fait la portée du tournant que sa vie venait de prendre. Et ce n'était pas fini. Plus ils approchaient de sa nouvelle maison, plus elle devenait fébrile. Elle y saluerait ses beaux-parents, elle dînerait dans une ambiance peu familière, elle partagerait le lit de Matthew pour la première fois.

Il parut lire dans ses pensées.

— Rien ne nous oblige à dormir ensemble cette nuit, si tu n'es pas prête.

Épuisée, elle fut tentée d'accepter. Mais elle était aussi déterminée à être une bonne épouse. Elle devait bien cela à l'homme qui lui avait offert sa liberté.

— Non, Matthew. Je suis ta femme. Je dormirai avec toi dans ta chambre.

Le reste du parcours se déroula en silence.

Les parents de Matthew les accueillirent chaleureusement à leur arrivée.

— Bienvenue dans notre famille, déclara le père de Matthew, tandis que sa femme serrait timidement Lisbeth dans ses bras.

— Merci, monsieur Johnson.

Elizabeth, dit la mère de Matthew, puisque tu es de la famille, dorénavant nous serons pour toi beau-papa et belle-maman Johnson.

— Oui, madame. Je veux dire, belle-maman. Cela me plairait beaucoup… Quant à vous, appelez-moi Lisbeth, vous voulez bien ? C'est le prénom que je préfère, même si peu de gens l'utilisent.

— Certainement, dit beau-papa.

— Toi aussi, Matthew, proposa Lisbeth à son mari. S'il te plaît ?

— Je n'aurai pas à me forcer pour t'appeler comme je le faisais autrefois, dit-il.

Sa réaction surprit Lisbeth en même temps qu'elle la ravit.

— Tu t'en souviens ?

— Je me souviens de chaque mot que nous nous sommes dit, répondit-il en souriant timidement.

Lisbeth lui sourit à son tour.

— Allons. Le dîner attend, dit beau-papa Johnson. Vous en profiterez pour nous raconter votre aventure.

Après le dîner, ils s'installèrent tous les quatre au séjour pour une partie de whist. Lisbeth était ravie que Matthew aime jouer aux cartes : ils auraient de quoi s'occuper quand ils seraient seuls tous les deux, dans l'Ohio. Puis l'heure du coucher s'annonça. Beau-papa et belle-maman Johnson se retirèrent pour la nuit, laissant Lisbeth seule avec Matthew. Alors qu'elle suivait son mari dans sa nouvelle chambre, les jambes de Lisbeth flageolaient en montant l'escalier.

— Pourrais-je être seule pour me changer et me glisser sous les draps ? pria-t-elle son mari. Jamais un homme ne m'a vue en robe de nuit.

— Certainement, répondit Matthew. Veux-tu que mère ou Fanny t'aident à te dévêtir ?

— Non, merci. Je me débrouillerai. Dis-moi seulement où je peux ranger mes affaires.

Matthew ouvrit la porte de leur chambre au bout du couloir.

— C'est rudimentaire, comparé à ce que tu as connu. J'espère que tu y seras à ton aise, même si nous ne serons ici que quelques semaines. Tu peux ranger tes vêtements là, dans cette armoire. Elle t'est réservée. J'ai mis les miens dans une autre chambre. L'eau pour ta toilette est chaude. Voici une serviette.

Matthew la laissa seule. Lisbeth inspira à fond. *Tu y arriveras*, se dit-elle. Elle avait choisi des vêtements qu'elle pourrait enlever toute seule, mais ses mains tremblaient et elle eut du mal à délacer son corset. Elle se demanda si Matthew attendait de l'autre côté de la porte. Elle avait beau être seule, elle se sentit à découvert et vulnérable. Elle enfila une robe de nuit, puis elle prit un cintre dans l'armoire. Sa robe glissa du cintre. Elle réessaya. La robe glissa encore. Quelle enfant. Elle ne savait même pas se servir d'un cintre. Finalement, elle trouva le tour de main et la robe resta en place. Elle lui parut bien solitaire au milieu de l'armoire. Elle eut l'idée d'y ranger ses dessous, mais changea d'avis, les plia soigneusement et les rangea dans un tiroir. Puis elle plaça ses chaussures et son sac de voyage sur l'étagère du bas. Elle dénoua ses cheveux et les brossa soigneusement, se lava le visage et se glissa sous le couvre-lit en piqué bleu et brun pour attendre Matthew.

Après une éternité – il n'avait sans doute pas voulu la brusquer –, il revint, en vêtements de nuit. Elle voulut s'attarder sur son visage mais ses yeux survolèrent malgré elle le corps de son mari. Elle vit la chemise de nuit, puis les jambes pâles couvertes de poils noirs. Le pied de Matthew frôla le sien quand il s'allongea près d'elle. Elle tressaillit. Son cœur battait à tout rompre. Elle resta étendue sur le dos, les bras de chaque côté du corps, en regardant le plafond.

— Nous ne sommes pas obligés de… commença Matthew.

— Si, l'interrompit-elle.

Elle avait peur, mais ne tenait pas à reporter la chose au lendemain.

Matthew se pencha sur elle et posa doucement ses lèvres sur les siennes. Elle voulut lui rendre son baiser, mais les siennes semblaient scellées. Il embrassa doucement une joue, puis l'autre, et revint à la charge. Cette fois, Lisbeth se détendit et lui offrit sa bouche.

Il couvrit son menton de baisers, puis son cou, écarta le col de sa robe de nuit. Elle frissonna de plaisir quand il goûta de la langue le creux de son épaule. Lisbeth était concentrée sur cette bouche qui parcourait son corps.

Quand le tissu fit obstacle à Matthew, elle le regarda manier gauchement les boutons en marmonnant, puis sursauta de plaisir quand il la toucha de nouveau.

— Pardonne-moi.

— Non, non… chuchota Lisbeth. Continue, je t'en prie.

Une main enroulée dans ses cheveux, il caressa son corps de l'épaule à la taille où la robe de nuit freina encore son geste. Remontant le tissu, puis glissant sa main dessous, il frôla la hanche douce et chaude de sa femme, descendit tout au long de sa cuisse. Lisbeth écarta la jambe, et la main de Matthew se posa sur son genou.

Il hésita un peu avant de suivre du bout des doigts l'intérieur de la cuisse en traçant de lents méandres paresseux qui allaient et venaient. Elle frissonna. Il se figea. Pourquoi s'arrêtait-il ? Elle tourna la tête pour le regarder. Il la fixait intensément. Que faisait-elle de travers ? Était-elle censée faire autre chose que de rester allongée ? Elle l'interrogea des yeux en silence.

— Je ne veux pas que tu aies mal.

Il avait chuchoté si bas qu'elle l'avait à peine entendu.

— Oh, Matthew, ne t'en fais pas.

Un frisson la parcourut. C'était si merveilleux. Elle ne s'était pas attendue à ce que ce soit si agréable. Elle lui fit face et caressa son dos. Elle souhaitait que les doigts de Matthew reprennent leur course. Son souhait fut exaucé.

Tremblante de désir, Lisbeth pressa son corps contre celui de Matthew jusqu'à ce qu'il la pénètre. Il gémit. Elle gémit aussi, de douleur et de désir.

Au bout de quelques minutes, Matthew se raidit, tout frissonnant. Elle crut qu'il souffrait. Au moment où elle allait lui demander s'il allait bien, il poussa un grand soupir et retomba lourdement sur sa poitrine où il resta longtemps à haleter. Puis il roula sur le côté et serra Lisbeth contre lui. C'était fini. Elle avait fait l'amour. Elle se blottit entre ses bras, corps contre corps, étonnée de son propre désir.

Portée par une marée d'émotions – joie, stupéfaction, bonheur et soulagement –, elle se laissa aller à pleurer contre la poitrine de son homme.

Chapitre 25

24 juillet 1858

Très chère Mary,
Merci infiniment de m'avoir donné des nouvelles de chez nous. Ta lettre était si détaillée qu'il m'a semblé que j'assistais avec vous tous à ton mariage. Mon seul regret, depuis que je suis dans l'Ohio, c'est de n'avoir pas pu être à tes côtés. Je suis ravie que Daniel et toi ayez une si belle lune de miel. New York est sûrement une ville splendide. Je sais que tu ne comprends pas ma décision, et cela me désole. Je regrette aussi la honte et les bouleversements que j'ai ainsi occasionnés à ma famille. Tu me manques. Nous ne nous assoirons pas ensemble dans une véranda de Virginie pour voir grandir nos enfants. Mais je suis heureuse que tu m'aies pardonné suffisamment pour m'écrire. Je te promets de répondre à chacune de tes lettres.
Quant à nous, nous allons bien. La maison se construit petit à petit. Si tu savais combien

de décisions nous devons prendre chaque jour. Nous avons choisi des moulures en bois de cerisier et un parquet en chêne pour le hall, le séjour et la salle à manger. Nous n'aurons pas de cabinet de travail – ce n'est pas à la mode ici, semble-t-il –, mais le salon s'ouvrira sur une véranda fermée dotée de grandes fenêtres – ils appellent cela un solarium. Cela, en plus de la véranda traditionnelle sur les trois autres côtés de la maison. Nous n'aurons que quatre chambres à l'étage, et les quartiers des domestiques derrière la cuisine. Une maison modeste a ceci de bon que la décoration n'est pas un fardeau. Nous aménageons des chambres pour les domestiques, mais il est bien possible qu'elles aient un autre usage. Dans l'Ohio, les serviteurs ont leur propre foyer. À vrai dire, c'est très commode de ne pas devoir assumer la responsabilité d'une domesticité vingt-quatre heures sur vingt-quatre. Matthew et moi passons des soirées très agréables, rien que tous les deux. Et, heureusement, nous nous entendons sur presque tout. Oberlin est une fort jolie ville. Le temps est très humide maintenant, mais on me dit que, cet automne, les feuilles prendront de jolies nuances de rouge, de jaune et d'orangé. Je me prépare au froid de l'hiver. Nous espérons avoir emménagé dans notre nouvelle maison à Noël. Ce sera curieux d'être seuls tous les deux pour les fêtes, mais nous ne sommes pas encore en mesure de recevoir.

Bon, eh bien, je m'arrête ici. Je crois pouvoir t'annoncer, dans la plus stricte confidence, la

probable arrivée d'un nouveau membre de la famille au Nouvel An. Je te prie de transmettre mes amitiés à tout le monde en Virginie.
Ta chère amie,
Lisbeth Johnson.

CHAPITRE 26

Février 1859

Lisbeth ramassait les œufs du poulailler tôt le matin quand elle eut ses premières douleurs. Elle avait mal, mais elle sourit. Le bébé arriverait peut-être aujourd'hui même. Elle voulut cependant s'assurer que ce n'était pas un faux travail avant de prévenir Matthew, alors elle ne dit rien et continua de vaquer à ses occupations en s'arrêtant pour respirer lentement à chaque contraction.

Au déjeuner, Matthew remarqua son malaise.

— Es-tu en travail ?

— J'ai quelques contractions, mais il est encore tôt.

Qu'il soit si sensible à ses besoins la touchait. Il avait été si bon et si attentionné durant toute sa grossesse. Il serait certainement un merveilleux père.

— Tu en es certaine ? dit-il, à la fois heureux et craintif.

— Je n'ai qu'une dizaine de contractions par heure. Aux dires de Mme Williams, quand le moment sera venu, elles seront deux fois plus rapprochées.

— Veux-tu que j'aille la chercher ? demanda Matthew.

— Elle m'a dit d'attendre que j'aie vingt contractions à l'heure, répondit Lisbeth.

— Tu as confiance en elle ?

— Elle a eu huit enfants. Elle s'y connaît. Et elle m'assure que la sage-femme est encore plus compétente qu'un médecin si un problème survenait. Tu étais d'accord avec tout cela quand nous en avons parlé, conclut-elle pour le taquiner.

— Tu as raison, dit Matthew en soupirant. Ma mère est elle aussi d'avis que les sages-femmes savent le mieux mettre les enfants au monde.

— Tout ira bien, Matthew. Je suis impatiente de connaître notre enfant. Ne te fais pas de souci pour moi.

Lisbeth comprenait ses appréhensions. Un grand nombre de femmes et de bébés ne survivaient pas à l'accouchement. Accoucher était toujours un risque, surtout pour une primipare.

— Moi aussi, j'ai hâte, mais je ne peux pas m'empêcher d'être inquiet.

Lisbeth arpenta la maison tout l'après-midi, ne s'arrêtant que pour s'appuyer contre la paroi quand une douleur la tenaillait. En fin de journée, les contractions se succédaient toutes les trois minutes. Matthew demanda à la cuisinière d'aller chercher Mme Williams. Lisbeth perdit les eaux peu après son arrivée.

— Le bébé naîtra d'une minute à l'autre, dit Mme Williams. Vous aurez bientôt envie de pousser.

Lisbeth continua à faire les cent pas. Les contractions se suivaient, mais l'envie de pousser ne venait pas. Au lieu de cela, elle vomit tout le contenu de son estomac. Elle s'étendit sur son lit, épuisée, pour se reposer entre les contractions. Matthew et Mme Williams lui épongèrent le front avec une serviette fraîche et lui offrirent quelques gorgées d'eau, mais elle les régurgita aussi. Les heures passèrent et la nuit tomba. Lisbeth semblait dormir, mais elle entendit ce que dirent Matthew et Mme Williams.

— Est-ce normal ? chuchota Matthew.

— Il n'y a pas lieu de s'inquiéter, répondit Mme Williams. Un premier accouchement est très long. Il suffit d'assurer son confort et de permettre au corps de faire son œuvre.

Lisbeth eut peur. Quelque chose n'allait pas. Son bébé refusait de naître. Les contractions se poursuivirent toute la nuit, puis commencèrent à s'espacer à l'approche de l'aurore. Quand elles se firent sentir toutes les huit minutes, Mme Williams en fut préoccupée.

— Monsieur Johnson, ça, ce n'est pas normal. Le bébé aurait dû naître à l'heure qu'il est. Il faut aller chercher la sage-femme. J'espère qu'elle pourra faciliter les contractions.

Lisbeth entendit à peine ce que disait Mme Williams. Exténuée et déshydratée, elle se laissa bientôt glisser dans un autre monde.

La sage-femme se réveilla immédiatement. Habituée depuis tant d'années à mettre des enfants au monde, elle réagissait sur-le-champ aux coups frappés à la porte.

Elle quitta la chaleur du lit qu'elle partageait avec son mari pour aller ouvrir, à peine présentable après avoir enfilé le peignoir suspendu à un crochet près de la porte. Une Blanche menue frissonnait devant elle dans la nuit.

— On a un accouchement difficile aux Acres. Ils m'ont envoyée vous chercher.

— Je m'habille, je prends mes affaires et pis j'arrive là tout suite. C'est-y que vous voulez attendre à l'intérieur ?

— Non. Dans la voiture.

En moins de dix minutes, Mattie était prête. Elle réveilla Emmanuel pour le prévenir. Il lui souhaita bonne chance et se rendormit aussitôt. Puis elle embrassa Jordan sur le front. Quand elle voulut embrasser Samuel, elle trouva son lit vide et en fut contrariée. Sorti la veille avec ses amis, il n'était pas encore rentré.

Près de dix ans avaient passé depuis que Mattie et Jordan étaient venues rejoindre Emmanuel et Samuel à la périphérie d'Oberlin. Il ne leur restait plus rien des vestiges de leur ancienne vie, que des souvenirs. Les gens de couleur de la région avaient assez de jugeote pour ne pas trop poser de questions. Cela avait été un soulagement de constater que les Blancs de ce coin de pays s'intéressaient peu aux Noirs, tout en étant disposés à leur acheter et leur vendre des biens et des services. Mattie s'était forgé une réputation d'excellence en tant que sage-femme, et même les Blanches faisaient appel à elle quand c'était une question de vie ou de mort.

Mattie et Emmanuel étaient fiers de leur maison, de leur travail, de leurs enfants. La maison était agréable et grande depuis qu'ils avaient construit deux chambres supplémentaires. Emmanuel, réputé pour la qualité de ses meubles, fabriquait les meilleures chaises à bandeaux du pays. Le tour qu'il s'était procuré grâce à plusieurs années d'économies lui permettait de fabriquer des bandeaux ronds en plus des bandeaux carrés. En comptant la culture du maïs, l'ébénisterie d'Emmanuel et le travail de sage-femme de Mattie, le couple gagnait bien sa vie.

Jordan fréquentait encore l'école pour enfants de couleur quand elle n'était pas au travail. C'était une bonne élève, tout comme Samuel qui avait fini premier de sa classe. Il était si doué qu'il retournait en classe chaque semaine enseigner aux plus jeunes. L'institutrice, de religion Quaker, disait toujours qu'il devrait fréquenter l'université – Oberlin College – mais Samuel n'était pas certain de vouloir poursuivre ses études. Il aimait travailler le bois avec son père. Emmanuel aurait été content que son fils suive ses traces, mais Mattie espérait que son fils étudie à l'université. À l'université ! Son fils avait accès à l'université ! Tout ce chemin parcouru depuis la Virginie… Elle remerciait Dieu et Lisbeth d'avoir libéré son fils et de lui avoir donné la possibilité de faire carrière comme enseignant ou même comme avocat.

Mattie était fière de son fils, mais il lui causait beaucoup de soucis. Il préférait sortir avec ses copains plutôt que de rester à la maison. Emmanuel répétait à son épouse que c'était un bon garçon, qu'il était normal pour un jeune homme de passer la nuit dehors. Mais elle craignait de le voir rentrer estropié, même ici, dans l'Ohio.

Elle repoussa ces préoccupations familiales pour aller mettre une autre vie au monde.

Moins d'une heure plus tard, Mattie entra dans la chambre de naissance. Avant même de poser des questions, elle alla droit vers le lit de la mère, dont les joues luisaient de sueur. Elle avait les yeux fermés mais des mouvements oculaires étaient visibles sous les paupières. Elle respirait difficilement.

Un frisson parcourut Mattie. Le visage de la parturiente ne lui était pas inconnu. Lisbeth ! Elle avait changé et les longues heures de travail avaient laissé des traces, mais Mattie la reconnaissait.

— Bon Dieu, murmura-t-elle tout bas.

Était-ce possible ? Le coquillage au cou de la jeune femme effaça le moindre doute. Mattie repoussa du front de Lisbeth une mèche de cheveux humide. Pleinement consciente de tous les regards posés sur elle, ébranlée par la tournure des événements, elle respira lentement pour se calmer et cacher les sentiments qui la submergeaient.

Elle sentit que Lisbeth était brisée par cette naissance, qu'elle n'était plus tout à fait de ce monde et qu'elle n'avait aucune conscience de ce qui l'entourait.

Mattie s'agenouilla à son chevet et lui chuchota quelques mots à l'oreille.

— Je suis là. Mattie est là pour toi, ma courageuse. Tout va bien aller.

Avant de se relever, elle toucha le coquillage au cou de Lisbeth et ceux qu'elle-même portait sous sa robe. Puis elle récita la prière qui précédait tous ses accouchements en lui ajoutant un post-scriptum pour Lisbeth.

— Bon Dieu, fais que je mets ce bébé au monde, fais que je sauve la vie de cette femme. Merci de me permettre de veiller sur elle encore une fois. Fais que ça va bien pour nous deux et pour le bébé. Amen.

Elle s'adressa ensuite aux personnes présentes et à l'homme agité à ses côtés.

— Georgia Freedman. Je suis contente que vous m'avez appelée.

— Matthew Johnson. C'est ma femme, Lisbeth Johnson. Pouvez-vous l'aider ? demanda-t-il en posant sur Mattie des yeux où se lisait son désespoir.

Matthew Johnson. Ce nom ne lui était pas inconnu. Elle sourit intérieurement. Lisbeth avait bien fait. Elle avait su choisir un bon mari et fuir le milieu délétère de son enfance. *Je suis fière de toi, fille*, songea-t-elle.

— Y faut que m'dame Johnson avale quelque chose, m'sieur Johnson, expliqua Mattie. Faites apporter de l'eau sucrée avec du sel. Madame Williams, voulez-vous m'aider à l'examiner ?

— Elle ne peut rien garder, déplora Matthew.

— Y faut espérer qu'elle va être capable, dit Mattie. De l'eau sucrée avec du sel. C'est ça qu'y faut en premier. C'est ça qui va aider votre femme.

Impuissant, Matthew regarda Mattie. Elle aurait voulu le rassurer, lui dire que tout irait bien. Elle voulait se rassurer elle-même, se dire qu'elle serait capable de sauver Lisbeth et son bébé, mais la situation était inquiétante. Pourquoi le bébé refusait-il de descendre ? Quelle qu'en fût la raison, elle espérait pouvoir résoudre le problème.

Elle regarda fixement Matthew jusqu'à ce qu'il s'en aille, puis commença son examen. Elle palpa toute la surface du ventre arrondi de Lisbeth de ses doigts expérimentés, en murmurant le nom des différentes parties du corps du bébé. Puis elle introduisit la main dans le bassin de Lisbeth, ce qui confirma ses soupçons.

— M'sieur Johnson, le bébé est mal placé pour sortir, dit-elle à Matthew quand il revint avec la potion demandée.

— Je vous en supplie, faites quelque chose. Sortez-le. Faites n'importe quoi, pourvu qu'elle vive.

— Je veux bien, m'sieur Johnson, mais je peux pas juste sortir le bébé. Je vas le tourner dans le bon sens. Comme ça, peut-être qu'elle va l'expulser toute seule. Y faut m'aider avec m'dame Williams pendant que je le tourne. Si vous avez peur, allez chercher quelqu'un d'autre, mais y faut deux personnes pour la tenir.

Torturé par l'anxiété, Matthew voulut dire quelque chose, mais se ravisa. Il regarda Lisbeth, puis Mattie, prit une grande respiration et fit un signe de tête affirmatif.

— Ce n'est pas la peine d'aller chercher quelqu'un d'autre. Je vous aiderai. J'aiderai ma femme. Elle ne mourra pas, n'est-ce pas ? fit-il en espérant que Mattie le rassurerait.

— Pas si que j'ai mon mot à dire et pis si que le bon Dieu veut. Je promets rien que je vas pas tenir, mais c'est pas ma première fois.

Énumérer les dangers potentiels de cette situation n'aiderait en rien le futur père épouvanté, Lisbeth ou elle-même. Il fallait se mettre au travail.

— On va la déplacer. Y faut que ses jambes pendent au bord du lit. Vous autres, restez là pendant que j'entre ma main dans son ventre. Là que je vous dirai, vous allez la mettre debout.

La sage-femme s'approcha de la tête de lit et se pencha sur Lisbeth, inconsciente.

— Je vas aller dans ton ventre, chuchota Mattie. Pour tourner le bébé. Tu vas avoir mal. Très mal. Mais ça va vous sauver la vie à tous les deux.

Chacun se mit en position. Les jambes de Lisbeth pendaient au bord du lit. Matthew et Mme Williams lui tenaient les bras et Mattie s'était agenouillée devant la parturiente. Mattie introduisit sa main dans le vagin de Lisbeth et dilata des doigts le col de l'utérus pour atteindre l'épaule du bébé. Lisbeth hurla, le visage convulsé de douleur. Par une poussée sur l'épaule du bébé et un mouvement de rotation de la main, Mattie ramena la tête au-dessus du bassin. Elle indiqua à ses assistants de mettre Lisbeth en position debout pour que la gravité contribue à engager la tête du bébé dans le bon axe, puis elle retira sa main.

— Ça y est, dit-elle. Couchez-la doucement.

Matthew sourit et poussa un soupir de soulagement. Lisbeth allongée, Mattie vérifia l'emplacement du bébé.

— Bon Dieu ! grommela-t-elle. Y s'est remis comme avant. Y faut tout refaire. Là, on va pas la coucher. On va l'accroupir. Si que le bon Dieu veut, le bébé va rester à la bonne place. Allez me chercher un tabouret de traite, m'sieur Johnson.

À son retour, ils reprirent leurs positions. Mattie réintroduisit sa main dans le vagin de Lisbeth, retourna le bébé et maintint sa tête en place pendant que Matthew et Mme Williams aidaient Lisbeth à se lever. Puis, sur son ordre, ils firent asseoir Lisbeth, genoux repliés, sur le tabouret et l'adossèrent à des coussins et des piles de couvertures. Mattie retira sa main.

— C'est bon, déclara Mattie peu après. Le bébé reste comme que je l'as mis.

— Et maintenant ? s'enquit Matthew.

— On attend. On prie pour que les contractions reviennent. Donnez-y des petites gorgées d'eau sucrée. Madame Williams, faites-moi une décoction avec cet ellébore noir. J'espère que ça va provoquer les douleurs.

Matthew, terrifié, regarda le visage moite et blême de Lisbeth. Il se mit à arpenter la pièce. Mattie partageait sa frayeur, mais son agitation ne lui était d'aucun secours. Pour que Lisbeth et le bébé s'en tirent, il leur fallait un peu de calme.

— C'est-y que vous allez y donner la décoction, à votre femme, m'sieur Johnson ? C'est-y qu'y va falloir que moi je lui donne ? Je sais. Vous avez peur. Mais pour l'aider, y faut qu'elle boit ce qui va lui donner la force d'expulser le bébé là que les douleurs vont revenir.

Matthew acquiesça, s'assit près de Lisbeth et, tenant d'une main la décoction, il en versa doucement une cuillerée entre les lèvres entrouvertes de sa femme. Elle la recracha.

— Dites-y quoi que vous faites. Elle est pas trop inconsciente. Elle sait qui que vous êtes. Parlez-y.

— Lisbeth, c'est moi, Matthew… ton mari, commença-t-il. Nous essayons de t'aider et d'aider l'enfant. Tu dois boire ceci pour reprendre des forces. Je ne veux pas te perdre. Je t'aime depuis que nous avons dansé ensemble pour la première fois. Tu avais douze ans. Tu étais si amusante, si volubile, pas du tout comme les autres filles. Et si belle. Je voulais que la danse ne s'arrête jamais. Je n'ai jamais osé espérer que tu sois un jour ma femme. Cette année a été merveilleuse. J'en suis venu à croire que tu pourrais être vraiment heureuse avec moi. Oh, Lisbeth, supplia-t-il, bois, bois, je t'en prie.

— C'est bon, m'sieur Johnson, dit Mattie pour l'encourager. Parlez-y encore comme ça. Elle va s'en sortir.

Il approcha de nouveau la cuillère des lèvres de Lisbeth et, cette fois, le liquide tiède coula dans sa gorge. Il persévéra, une cuillerée à la fois, en alternant l'eau sucrée et la décoction d'ellébore jusqu'à ce que, finalement, une contraction ait lieu. Ils n'étaient pas au bout de leurs peines, mais c'était un pas dans la bonne direction. Mattie en fut soulagée.

— Bon, c'est bon, dit-elle. Encore quelques contractions, et pis avec, on va voir la tête.

— Elle est encore inconsciente. Comment parviendra-t-elle à expulser le bébé ?

— Ça arrive. L'instinct prend le dessus. Mais y faut l'aider beaucoup.

Les contractions s'intensifièrent. À chacune d'elles, Lisbeth gémissait de douleur mais n'ouvrait toujours pas les yeux. Pendant que son corps était ici, en travail, son esprit était ailleurs. Matthew murmurait des mots d'encouragement à son oreille et lui donnait à boire entre les contractions. La tête du bébé mit plusieurs heures à affleurer entre les cuisses de Lisbeth.

— Y veut sortir, là tout suite. Y faut aider votre femme à pousser. Là que les douleurs vont être très fortes, levez-y les jambes. Moi, je vas presser autour de la tête pour qu'elle sort.

Une contraction intense agrippa Lisbeth. Les assistants repoussèrent ses jambes contre sa poitrine et quand la tête du bébé émergea, Mattie massa le périnée en l'étirant.

— Le voilà, le voilà. Continuez. Y s'en vient.

Mattie encouragea le bébé jusqu'à la fin de la contraction.

— C'est tout. Baissez ses jambes jusqu'à la prochaine douleur.

Les vagues de souffrance se succédèrent. La tête du bébé était à chaque fois un peu plus visible, mais elle se rétractait sitôt après et bleuissait à chaque contraction. Quand elle cessa de retrouver une couleur normale entre les douleurs, Mattie s'en inquiéta. Le bébé était fatigué. Il fallait le faire sortir avant qu'il ne soit trop tard.

— Y faut qu'elle s'aide, dit Mattie. Y faut qu'elle pousse.

Mattie s'approcha de l'oreille de Lisbeth et lui dit doucement, mais fermement :

— Écoute, Lisbeth. Aide-toi-là. Ton bébé, y pourra pas sortir si tu pousses pas. Je sais, t'es fatiguée, mais tu peux. Juste deux ou trois grosses poussées, c'est tout, et avec tu vas avoir ton bébé. Trouve ta force, Lisbeth. Tu l'as en toi. C'est juste toi qui peux sauver la vie de ton bébé.

Mattie caressa le front moite et les cheveux de Lisbeth. Lisbeth n'ouvrit pas les yeux, mais Mattie pria pour que ses paroles la rejoignent au-delà du brouillard.

— Tu peux, fille. Je sais que tu peux.

Quand se fit sentir la contraction suivante, Mattie lui enjoignit de pousser.

— Pousse, Lisbeth, pousse ! Ici, sur ma main. Pousse !

Lisbeth reprit vaguement conscience, poussa faiblement mais se laissa vite retomber sur le dos.

— C'est bon, fille, c'est bon. Refais ça, mais plus fort.

Elle donna ses instructions aux autres.

— À la prochaine contraction, baissez-y la tête et levez-y les jambes. Parlez-y, m'sieur Johnson. Encouragez-la.

Ce qu'il fit, d'une voix douce, quand vint le moment.

— Pousse, Lisbeth, pousse.

Lisbeth cligna des yeux et rencontra le regard apeuré de Matthew. Il s'approcha d'elle.

— Tu peux y arriver, Lisbeth, dit-il. Nous y arriverons à deux. Pousse, je t'en supplie, pousse.

Lisbeth serra faiblement la main de Matthew, posa sur lui un regard terne, se recroquevilla et poussa. *Plus fort, plus fort, plus fort, comme ça, comme ça, comme ça, encore, encore...*

— Ça y est ! s'écria Mattie. La tête a sorti. T'as réussi, fille, t'as réussi !

Lisbeth se laissa retomber sur le lit, un pâle sourire aux lèvres, puis s'évanouit de nouveau.

— Tu y es arrivée, Lisbeth, murmura Matthew en couvrant de baisers ses cheveux et ses joues. Merci. Merci. Merci.

Une autre contraction survint presque aussitôt. Mattie empoigna le bébé sous la mâchoire et l'aida à sortir. Il était bleu. Il n'y avait pas de temps à perdre. Elle le coucha à plat ventre sur ses genoux. Pressant d'une main le cordon pour faire passer le sang du placenta au nouveau-né, de l'autre, elle massa le dos du bébé. Silence.

— Vas-y, dit Mattie pour l'encourager. Respire.

Elle poursuivit son massage énergique. Finalement, le nouveau-né se cabra et poussa un cri. Mattie soupira de soulagement et un frisson la parcourut.

— Vas-y, petit. Laisse-toi aller.

Le bébé de Lisbeth pleura et hurla. C'était une joie de l'entendre. Il était bien vivant. Mattie leva des yeux pleins de larmes vers Matthew.

— C'est un gars ! s'écria-t-elle. Vous avez un gars, m'sieur Johnson !

Matthew admira son fils entre les mains de Mattie et pleura, heureux, rassuré.

— Merci. Merci mille fois. Vous leur avez sauvé la vie.

— Oui, m'sieur Johnson. Avec beaucoup d'aide du bon Dieu, avec aussi juste ce qu'y faut d'aide de vous autres. On les a sauvés.

Jamais encore Mattie ne s'était sentie si heureuse après un accouchement difficile. Ce n'était pas le premier, évidemment. Mais aucun ne l'avait autant marquée. Elle ne se détendit qu'après l'expulsion du placenta et la section du cordon ombilical.

La mère et l'enfant se portaient bien.

— M'sieur Johnson, c'est-y que vous avez choisi son nom ? demanda Mattie quand Lisbeth se fut endormie auprès de son garçon tout propre et bien emmailloté.

— Pas encore, répondit Matthew. Nous n'avons pas voulu tenter le diable. Mais si Lisbeth est d'accord, j'aimerais l'appeler Samuel en l'honneur de mon grand-père.

Mattie hoqueta.

— C'est joli. J'avais connu un bébé Samuel, dans le temps.

— Avez-vous des enfants ?

— Oui, répondit-elle avec un signe de tête. James, vingt-deux ans, et pis Jennie, onze ans.

— Vous devez en être fière.

— L'amour pour nos enfants, c'est une grande chose. Je savais pas quoi attendre avec le premier, et pis je pensais le savoir avec la deuxième. Mais j'as aimé les deux de tout mon cœur.

— Je vous ai déjà dit plusieurs fois merci, mais vous ne savez pas à quel point je vous suis reconnaissant de ce que vous avez fait. Je ne vous en remercierai jamais assez. Vous êtes un ange descendu du ciel pour sauver la vie de ma femme.

— Vous avez bien aidé votre femme dans son travail. Beaucoup d'hommes auraient eu peur.

Matthew haussa timidement les épaules.

— J'ai l'habitude des mises bas des animaux de ferme. Quand j'ai eu peur, je me suis dit que ce n'était pas si différent.

— Elle a de la chance de vous avoir. Vous êtes bon.

— Merci, mais c'est moi qui ai la chance de l'avoir pour femme, répondit-il en souriant. Je suis l'homme le plus heureux de la terre. Ce jour aurait pu être le pire de ma vie et, grâce à vous, c'est un des plus beaux. Merci pour tout.

— C'est rien. Vraiment rien, fit-elle, avec un hochement de tête satisfait.

Mattie regarda autour d'elle. Elle s'était si souvent inquiétée pour Lisbeth au fil des ans. Chaque soir, elle avait prié pour l'enfant qu'elle avait dû laisser derrière. Et voilà qu'elle était ici, en personne, auprès de ce sympathique jeune homme, loin de la société perverse de la rivière James. *Le bon Dieu est grand* se dit-elle. *Le bon Dieu est grand.*

Quelques jours plus tard, Lisbeth, qui se remettait encore de son accouchement difficile, souriait au nouveau-né blotti entre ses bras, Matthew à ses côtés.

— Il est merveilleux, Matthew, dit Lisbeth. Un cadeau du ciel.

Elle étudia ses traits, le dessin de l'oreille, le rose des petits ongles, les cils presque translucides. *Samuel*, songea-t-elle. *Mon petit Samuel à moi.*

— J'ai grandi auprès d'un Samuel, dit-elle tout haut. Le fils de ma nourrice.

— Je l'ignorais. Préférerais-tu un autre prénom pour notre enfant ?

— Non. Je suis heureuse que notre fils et celui de Mattie portent le même nom. Est-ce qu'il grandit assez vite ? s'inquiéta Lisbeth. Il est encore si petit.

— Il n'a que trois jours. Donne-lui le temps de s'habituer à sa vie hors de ton ventre. Mais si cela t'inquiète vraiment, nous pouvons engager une nourrice… Après ce que tu as vécu, tu dois être exténuée.

— Pas question ! réagit Lisbeth. Samuel n'aura pas de nourrice. Si je ne peux pas l'allaiter, il boira du lait de vache.

Matthew s'approcha et, tout en caressant le bras de Lisbeth, il pesa bien ses mots et lui parla avec tendresse.

— Je te demande pardon. Je n'ai pas voulu te blesser. Seulement, je crains que tu ne sois très fatiguée après cette pénible expérience. Du lait de vache, bien sûr. Mais je ne crois pas que nous ayons à nous faire du souci.

Il se tut un long moment, puis :

— N'as-tu pas gardé un bon souvenir de ta nourrice ?

— Bien sûr que si. Je l'aimais tendrement ; plus que ma propre mère. Je ne supporterais pas que Samuel aime une autre femme plus que moi. J'adorais Mattie. J'allais toujours la trouver quand j'avais peur. En fait, la nuit où Samuel est né, je l'ai vue en rêve.

— La sage-femme t'aura fait penser à elle, je suppose. Elle a été très douce avec toi.

— Lui as-tu versé ses honoraires ?

— Pas encore. Mme Williams dit que deux poulets suffisent pour un accouchement normal.

— Dans ce cas, nous lui en donnerons quatre. Mon accouchement était tout, sauf normal. Je suis certaine qu'elle m'a sauvé la vie, ainsi que celle de Samuel.

Soudain, Lisbeth eut une idée.

— Matthew, j'irai lui porter ses honoraires moi-même, dès que je serai sur pied.

— Est-ce prudent ? demanda Matthew.

— Je suis parfaitement capable de transporter des poulets toute seule en voiture. C'est pour moi la seule façon correcte d'exprimer en personne ma reconnaissance à cette sage-femme de couleur. Rien ne m'arrivera. Mais si tu préfères, nous pourrons y aller ensemble.

CHAPITRE 27

Quelques semaines plus tard, Lisbeth fut assez remise pour se déplacer. En ce frais matin de printemps, elle s'assit à côté de Matthew sur le siège du cocher et ils se mirent en route, leur voiture tirée par deux chevaux d'un noir de jais. Le soleil les enveloppait de sa chaleur et une brise légère caressait leur visage. Le caquètement de trois poules et d'un coq les accompagna en ville, passé les champs de leurs voisins. Repu du lait de sa mère et bien emmailloté dans une couverture en flanelle, Samuel dormait dans un panier aux pieds de Lisbeth. Il était coiffé d'un petit bonnet rose offert par Mary Bartley, Mary Ford de son nom de jeune fille. Durant leur trajet boueux, Lisbeth aperçut une fleur jaune devant une maison de ferme toute blanche. Un crocus ! Quelle surprise. Comme un signe de Mattie à travers les années.

— Regarde, Matthew… Un crocus ! La preuve que le printemps est enfin là. J'aimerais que des crocus fleurissent dans notre jardin l'an prochain.

— Ce serait charmant, répondit Matthew en souriant à sa femme.

— Mais les bulbes coûtent cher…

— Nous pouvons nous permettre ce luxe, assura-t-il.

— Merci, Matthew, dit-elle en lui rendant son sourire. Nous vivons ici depuis bientôt un an. N'est-ce pas incroyable ?

— Les mois ont filé à toute vitesse.

Ils se turent, chacun suivant le fil de ses pensées. Matthew rompit le silence.

— Lisbeth, regrettes-tu de vivre dans l'Ohio ?

— Absolument pas, répondit Lisbeth, que cette question avait surprise. Tu n'as pas à t'inquiéter, Matthew. Je ne regrette pas du tout ma décision. Au contraire, je remercie Dieu chaque soir pour toi et Samuel. J'aime notre foyer, Matthew.

Lisbeth s'approcha de son mari, glissa son bras sous le sien et appuya la joue sur son épaule. Levant les yeux vers lui, elle le vit hocher la tête en souriant de contentement. Elle pressa son bras, satisfaite d'avoir su exprimer ses sentiments les plus profonds.

Ils s'arrêtèrent en ville pour acheter des provisions – de la farine, du sucre, du tissu – et prendre le courrier arrivé par le train. Puis ils se rendirent à l'autre bout de la ville dédommager la sage-femme pour avoir mis Samuel au monde. En route, Lisbeth déchira lentement une enveloppe couverte de l'écriture précise de sa mère et parcourut sa lettre en silence. Puis elle poussa un soupir.

— Que te dit-elle ? demanda Matthew.

Lisbeth lut à haute voix :

Chère Elizabeth,

Merci pour l'annonce de la naissance de Samuel. Félicitations à toi et à ton mari. Je conçois votre

fierté d'avoir un fils. Merci de ton invitation, mais je ne suis pas en mesure de voyager ces temps-ci. Peut-être pourrais-tu venir en Virginie l'été prochain, avec le bébé ? Vous serez les bienvenus tous les deux. Ton père t'envoie ses meilleurs vœux.
Sincèrement,
Ta mère.

— Cela ne me surprend pas, dit Lisbeth. Mais j'espérais tout de même que la naissance de Samuel suffirait à l'attirer chez nous.

— Ma mère saura peut-être la convaincre que cette région n'est pas si sauvage. Je suis sûr qu'elle nous rendra visite un jour. Elle se réconcilie petit à petit avec ta décision.

— Je suppose que tu as raison, dit Lisbeth. Mais quoi qu'elle fasse, je ne la laisserai pas détruire mon bonheur.

Au-delà des limites de la ville, ils virent des maisons modestes entourées de champs en jachère qui attendaient les semailles du printemps. La lessive séchait sur les cordes, des poules picoraient dans les cours. De temps à autre, une personne de couleur coiffée d'un chapeau à large bord interrompait son travail pour les regarder passer.

Lisbeth lut attentivement les indications de Mme Williams.

— Nous y sommes presque. Ce sera le troisième lopin de terre à gauche. En contrebas. Dans le ravin.

Ils passèrent devant une première ferme, puis une deuxième. La troisième n'était pas loin. Lisbeth dit à Matthew de ralentir. La maison se trouvait à une trentaine de mètres, au fond d'une allée.

— C'est ici. À ta gauche.

Conduits par Matthew, les chevaux étaient presque arrivés à destination quand Lisbeth aperçut quelque chose.

— Arrête la voiture ! chuchota-t-elle en hâte.

Matthew obéit et regarda sa femme. Elle eut un hoquet de surprise. Ce qu'elle vit la glaça.

— Oh, mon Dieu, dit-elle tout bas. C'est impossible.

— On jurerait que tu as vu un fantôme ! s'écria Matthew. Qu'as-tu donc ?

Elle examina la scène qui se déroulait sous ses yeux. Deux silhouettes mettaient du linge à sécher sur la corde. Une petite fille, la tête couverte de nattes, tendait le linge mouillé à une femme coiffée d'un turban de couleur sombre d'où s'échappaient quelques mèches grises.

— Mais qu'as-tu, Lisbeth ? insista Matthew.

— Je crois que c'est Mattie, dit-elle sans quitter la scène des yeux.

— Qui ?

— Mattie. Ma nourrice.

— Dans l'Ohio ? C'est difficile à croire, dit Matthew en hochant la tête. Quand l'as-tu vue pour la dernière fois ?

— Cela fera dix ans le 14 juin prochain.

— C'est elle ? Tu en es sûre ?

— Non.

Lisbeth regarda attentivement les deux individus vaquer à leurs occupations. La fillette taquina sa mère, lui arrachant des mains le drap qu'elle lui avait remis quelques secondes plus tôt. La mère en attrapa un coin et une lutte s'ensuivit qui prit fin quand la mère chatouilla sa fille pour le récupérer. Leur rire parvint aux oreilles de Lisbeth.

— Ce rire… c'est celui de Mattie. J'en suis sûre.

Lisbeth était abasourdie.

— La fille est sûrement Jordan. Elle a grandi. Dieu qu'elle a grandi. Elles sont belles. Elles ont l'air si heureuses.

Lisbeth se tourna vers Matthew en pleurant.

— C'est stupide, je sais, mais toutes ces années, je me suis demandé ce qu'elles étaient devenues… si même elles étaient encore de ce monde. Et voilà que je les vois enfin, que je constate leur bonheur…

Lisbeth les observa de loin, pétrifiée. Elle regarda leurs vêtements, leurs mains, leur visage. Incroyable… Mattie et Jordan étaient là, bien en vie, à seulement quelques mètres de distance.

— Devrais-je les laisser tranquilles ? se demanda-t-elle à voix haute avant de s'adresser à Matthew. Mattie m'a sûrement reconnue quand j'ai accouché de Samuel. Elle ne t'a rien dit ?

— Non. Mais les esclaves en fuite sont très en danger en ce moment. Elle ignore si elle peut me faire confiance.

— Elle le peut.

— Bien sûr, mais elle ne le sait pas.

— Crois-tu qu'elle ait envie de me voir ? se demanda Lisbeth.

— Sa tendresse pour toi pendant l'accouchement était manifeste. Son inquiétude et sa douceur m'ont beaucoup surpris. Elle t'a même appelée Lisbeth. Je crois qu'elle t'aime profondément.

Lisbeth pleura de plus belle.

Quand Mattie finit par remarquer la présence du couple de Blancs près de chez elle, elle reconnut Lisbeth. Elle s'empara en vitesse du panier à linge.

— Viens. Rentre, dit Mattie à sa fille.

— Mais, maman, on a pas fini, insista Jordan.

— Tu vois la Blanche-là ? fit Mattie avec un signe de tête.

— Mmh-hmm.

— Faut que je te la raconte, dit Mattie en entrant en toute hâte chez elle. Tu te souviens de la petite fille blanche que je t'ai dit ? Celle que je m'occupais ? Ben, c'est elle là, en haut, sur le chemin. Je pense qu'elle a venu me donner quelque chose pour avoir aidé son bébé à sortir. Si qu'elle vient plus près, y faut que tu l'appelles mam'zelle Elizabeth. Mais elle pourrait bien s'en aller si qu'elle m'a reconnue. C'est sa famille qu'on a fuie.

— Elle va nous dénoncer ?

— Non, répondit Mattie avec certitude. On va juste se préparer pour si qu'elle descendrait.

— Y a jamais eu de femme blanche qu'est venue chez nous, dit Jordan, émerveillée.

— Je vais faire ce que je suis venue faire, Matthew, décida Lisbeth. Conduis-moi chez Mattie.

D'un claquement sec des rênes, Matthew amena les chevaux jusqu'à la maison en contrebas. Lisbeth essuya ses larmes.

— Attends-moi ici, dit-elle à Matthew. Je viendrai te chercher si j'ai besoin de quelque chose.

Lisbeth descendit prudemment de la voiture sur ses jambes flageolantes. Tous les sons autour d'elle lui semblèrent amplifiés : le caquètement des poules dans la voiture, le crissement du gravier sous ses semelles. Elle compta ses pas de la voiture à la porte de la maison de Mattie – un… deux… trois… jusqu'à douze.

Devant la porte, dans la lumière vive du soleil, Lisbeth hésita. Mattie ne désirait peut-être pas la voir. Son cœur battait très vite. Elle était stupide. Mattie ne voulait sûrement pas ressasser le passé, risquer sa vie.

Puis, Lisbeth entendit une voix, une voix profonde et chaude, la voix qui l'avait tant apaisée quand elle était petite, cette même voix qui chantait encore dans ses rêves. Mattie.

Elle leva la main et frappa.

L'ancienne esclave ouvrit. Elle s'était dit qu'elle ferait entrer Lisbeth sans attendre, mais elle resta là, à regarder la femme devant elle sur le seuil. Elle était grande et forte, si différente de la gamine qu'elle avait aimée, mais ses yeux étaient exactement les mêmes. Mattie retint son souffle, sa gorge se serra et ses yeux se voilèrent de larmes. D'un geste de la main, elle fit signe à Lisbeth d'entrer, puis, après avoir soigneusement refermé la porte, elle attira Lisbeth dans ses bras à la fois tendres et rassurants.

ÉPILOGUE

J'aimerais pouvoir vous dire qu'à compter de ce jour Mattie et moi avons formé une famille de cœur, mais c'est impossible. Ceci est une histoire vraie, je l'ai déjà dit. Pour que Mattie soit auprès de moi dans ma maison, il n'y aurait qu'une solution convenable : il faudrait que je l'engage comme domestique. Mais je n'ai aucune envie de lui donner des ordres et je doute qu'elle puisse avoir envie d'en recevoir de moi. Il ne serait pas non plus acceptable que je lui rende visite sauf pour lui venir en aide, pour faire la charité à une famille démunie. Ce que je ferais sans hésiter si c'était le cas, mais Mattie n'a pas besoin de moi. Samuel et Jordan, ses vrais enfants, peuvent prendre soin d'elle.

Chaque année, à Noël, j'offre un petit quelque chose à Mattie et aux siens, une bagatelle qui ne pourra jamais suffire à la rembourser pour tout ce qu'elle m'a donné. Je prie pour qu'elle ressente l'amour et la reconnaissance que j'ai mis dans ces muffins, ces couvertures ou ces pots de confiture. De temps en temps, nous nous croisons en ville. La dernière fois, c'était au printemps dernier. Mon Samuel avait sept ans. Il s'est mis à courir à côté du magasin général où nous devions acheter de la farine et du sucre pour un gâteau. Je l'ai suivi pour le réprimander quand Mattie a surgi de l'arrière. Paralysée de surprise, incapable de parler, je suis restée là à la dévisager. Elle m'a fixée à son tour, en lisant jusqu'au fond de mon âme. C'est Samuel qui a rompu le charme.

— Regarde, s'est-il écrié, le premier crocus du printemps !

Mattie et moi avons aussitôt regardé là où pointait son doigt.

— Tiens, tiens. Un crocus jaune. C'est joli, dit Mattie.

— Les crocus jaunes sont les fleurs préférées de ma maman, déclara fièrement Samuel. Ma maman et moi, nous irons faire un pique-nique aujourd'hui et nous mangerons des doliques pour fêter ça.

— Ah oui ? fit Mattie en penchant la tête de côté. C'est drôle, dans ma famille, on fait pareil.

Mattie et moi nous sommes regardées à nouveau. J'espérais qu'elle comprenne tout ce que je ressentais pour elle. J'aurais souhaité plus que tout courir me jeter dans la chaleur familière de ses bras aimants, rire avec elle, l'enlacer. J'aurais voulu dire à mon fils que Mattie était celle qui m'avait appris à surveiller l'arrivée du premier crocus. J'aurais voulu qu'elle connaisse Samuel, et que Samuel la connaisse et l'aime. Mais je n'ai pas couru vers elle, je ne les ai pas présentés l'un à l'autre, je n'ai pas ri avec elle en la serrant dans mes bras. Je me suis contentée de lui adresser un sourire tendre et ému par-delà le gouffre qui nous séparait.

Mattie m'a souri à son tour, puis nous sommes reparties, chacune de notre côté.

Remerciements

J'ai écrit ce roman avec l'énergie du désespoir. On a dû beaucoup m'encourager à persévérer. Je suis infiniment redevable à tous ceux qui en ont lu les différentes versions et m'ont fait part de leurs commentaires. C'est ce qui m'a permis de continuer. Merci à mes lecteurs Sheri Prud'homme, Mo Morris, Rinda Bartley, Kathy Post (doublement : elle fut une de mes premières et une de mes dernières lectrices !), Catherine Fisher, Kyle Fisher, Julie Scholz, Carolyn Hand, Bonnie Richman, Susan Pence, Cathy Cade, Heather MacCleod, Michelle Berlin, Darlanne Hoctor, Anne-Lise Breuning, Niall O'Regan, Kate Hand, Pat St. Onge, Jody Savage, Melanie Curry, Mary Bartley, RuAjna Kai, Hannah Eller-Isaacs, Fran Bartley, Charlotte Dickson, Carmen Bartley, Laura Prickett, Alisa Peres, Janne Eller-Isaacs, Rob Eller-Isaacs, Skot Davis, Cambron Williamson, Ann Hecht, Jill Miller, Jean Weiss, Mona Ibrahim, Jamie Ibrahim, Sarah Moldenhauer-Salazaar, Mike Jung, Cathy Rion, et Kalin Ibrahim-Bartley. Je suis reconnaissante aux relecteurs qui ont beaucoup amélioré mon texte : Janis Newman, Jane Cavolina, Renee Johnson,

Tiffany Yates Martin et Michael Townley. Un grand merci aussi à Gogi Hodder qui m'a soutenue comme personne, pour les nombreuses copies qu'elle a distribuées de mon manuscrit, pour sa lecture de presque tous mes brouillons et pour sa certitude que cette histoire devait être publiée.

Merci à tous les élèves de l'école Woolsley qui illuminent ma vie et à leurs parents qui me laissent les aimer.

Merci aux lecteurs qui m'ont dit que j'avais rendu justice à l'histoire de Mattie et de Lisbeth, et qui ont passé le message.

Merci enfin à Terry Goodman et à Amazon Publishing pour avoir fait en sorte que *Le Crocus jaune* rejoigne un plus vaste public.

Composition et mise en pages
FACOMPO, Lisieux

Achevé d'imprimer en France par
La Nouvelle Imprimerie Laballery
58500 Clamecy (Nièvre)
N° d'impression : 108062
Dépôt légal : avril 2021
S31543/02

POCKET, 92 Avenue de France, 75013 PARIS